와인즈버그, 오하이오

세계문학의 숲 049

W i n e s b u r g ,   O h i o

와인즈버그, 오하이오

셔우드 앤더슨 지음
김선형 옮김

시공사

일러두기

1. 이 책은 1919년 발표된 셔우드 앤더슨의 《와인즈버그, 오하이오(Winesburg, Ohio)》를 우리말로 옮긴 것이다.
2. 번역 대본으로 삼은 것은 1992년 펭귄클래식에서 출간된 《Winesburg, Ohio》이다.
3. 본문의 주는 모두 옮긴이 주이다.

삶에 대한 날카로운 관찰력으로
내게 처음으로 다양한 인생의 저변을
들여다보고 싶다는 갈망을 깨우쳐주신
우리 어머니 에마 스미스 앤더슨의 추억에
이 책을 바친다

차례

《그로테스크의 서》 11

손 16

종이 알약 26

어머니 31

철학자 44

아무도 모른다 55

독실한 신앙 61

아이디어가 많은 남자 110

모험 123

품위 134

사색가 144

탠디 164

하느님의 권능 169

교사　181

고독　193

각성　208

'괴짜'　222

말하지 않은 거짓말　238

술　248

죽음　261

성숙　277

출발　291

해설 슬프고 아름다운 그로테스크의 마을　297

셔우드 앤더슨 연보　311

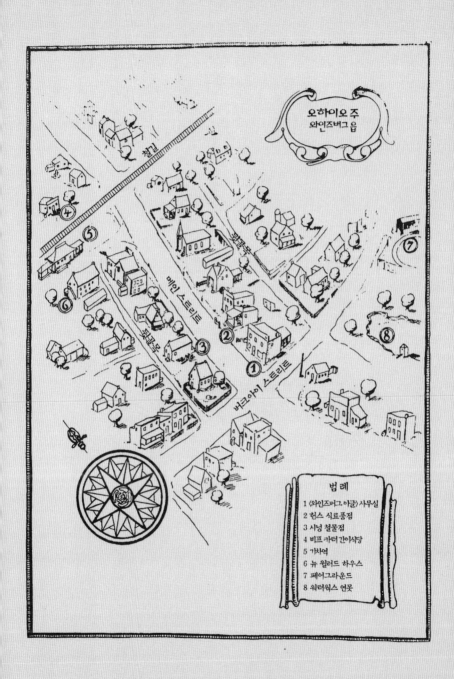

오하이오 주
와인즈버그 읍

범례

1 《와인즈버그.이글》사무실
2 헌스 식료품점
3 시닝 철물점
4 비프 카터 간이식당
5 기차역
6 뉴 윌러드 하우스
7 페어그라운드
8 워터웍스 연못

《그로테스크의 서》

하얀 콧수염의 노인인 작가는 잠자리에 드는 데 좀 어려움이 있었다. 작가가 사는 집은 창문이 높았는데, 작가는 아침에 잠에서 깨었을 때 나무들이 보고 싶었다. 목수가 와서 침대가 창문과 같은 높이가 되도록 고쳐주었다.

상당히 거추장스러운 일들이 많았다. 남북전쟁 참전병인 목수는 작가의 방에 와서 앉아 침대를 높이기 위한 플랫폼을 제작하기 위해 상의를 했다. 작가 방에는 시가가 널려 있었고 목수는 시가를 피웠다.

한동안 두 남자는 침대를 높이는 얘기를 하다가 다른 얘기를 하게 되었다. 참전병사는 전쟁의 화두를 꺼냈다. 사실 작가가 유도했던 것이다. 목수는 한때 앤더슨빌 감옥의 포로였고 형제를 잃었다. 형제는 굶어 죽었고, 목수는 그 얘기를 할 때마다 울었다. 목수 역시 늙은 작가와 마찬가지로 하얀 콧수염을 기르고 있었고 울면 입술에 주름이 져서 콧수염이 위아래로 들썩거렸다. 시가를 입에 물고 훌쩍거리며 우는 노인은 우스꽝스러웠다. 침대를 높이려던 작가의 처음 계획은 잊히고 목수가 나중에 자기 마음대로 일을 해주고 가는 바람에, 예순이 넘은 나이의 작가는 그날 밤 의자를 놓고 침대로 올라가야 했다.

침대에서 작가는 옆으로 돌아누워 꼼짝도 않고 가만히 있었다. 심장 문제로 이런저런 생각들에 시달려온 지 수년째였다. 작가는 골초였고 심장 박동이 불규칙했다. 언젠가 불시의 죽음을 맞을 수도 있다는 생각이 뇌리에 박혀 작가는 침대에 들 때마다 그 생각을 했다. 걱정이 되지는 않았다. 사실 그 효과는 상당히 특별했고 쉽게 설명할 수 있는 것도 아니었다. 그렇게 침대에 누워 있을 때면, 그 어느 때보다 더 살아 있다는 느낌이 들었다. 미동도 없이 누워 있는 작가의 몸은 늙고 더 이상 별쓸모가 없었지만, 내면의 어떤 존재는 젊디젊었다. 작가는 임신한 여자 같았다. 배 속에 품은 게 아기가 아니라 청년이라는 게 달랐을 뿐이다. 아니, 청년이 아니라 여자였다. 기사처럼 사슬갑옷을 입고 있는 여자였다. 그러니까 높은 침대에 누워 심장의 불규칙한 박동 소리를 듣고 있는 늙은 작가 안에 무엇이 있는지 말하려 하는 건 터무니없는 일이었다. 작가, 아니 작가 안의 젊은 그 무엇이 생각하고 있는 것에 다가가야 하니까.

늙은 작가는 세상 모든 사람들처럼 긴 삶을 살아오면서 머릿속에 수없이 많은 생각들을 품게 되었다. 옛날에는 아주 잘생겨서 여러 여자들의 사랑을 받았었다. 그리고 물론 사람들, 많은 사람들을 알았다. 당신과 내가 사람들을 아는 방식과는 다른, 특별히 내밀한 방식으로 그 사람들을 알았다. 아무튼 적어도 그게 작가의 생각이었고 그런 생각에 그는 기분이 좋았다. 노인의 생각을 두고 뭐 하러 굳이 시비를 걸겠는가?

침대에서 작가는 꿈이 아닌 꿈을 꾸었다. 이제 좀 졸리지만 의식이 있는 상태에서, 눈앞에 형체들이 나타나기 시작했다. 작가는 자기 안에 있는 젊고 형용할 수 없는 그것이 눈앞에서 긴 형체들의 행렬을 이끌고 가는 상상을 했다.

이 모든 것에서 흥미로운 건 작가의 눈앞을 지나치는 형체들이다. 그것들은 모두 그로테스크하다. 작가가 이제까지 알았던 모든 남자와 여자들이 그로테스크해졌다.

그로테스크한 형체들이 모두 끔찍하지는 않다. 어떤 것들은 재미있고 어떤 것들은 아름답다시피 했는데, 길게 늘어져 형체가 일그러진 한 여자는 그로테스크해서 늙은 작가의 마음을 아프게 했다. 그 여자가 지나갈 때 작가는 낑낑대는 강아지처럼 앓는 소리를 냈다. 방 안에 들어가 봤다면 노인이 악몽을 꾸고 있거나 소화불량에 걸렸다고 생각했을 것이다.

한 시간쯤 그로테스크한 형체들의 행렬이 노인의 눈앞을 지나간 뒤, 고통스러운 일이었지만 그래도 노인은 침대에서 내려와 글을 쓰기 시작했다. 그로테스크한 형체들 중 어떤 하나가 마음에 깊은 인상을 남겨 그것을 묘사하고 싶었던 것이다.

책상에서 작가는 한 시간 동안 작업했다. 그리하여 《그로테스크의 서(書)》라고 이름 붙인 책을 한 권 썼다. 영영 출판되지는 못했으나 나는 한 번 본 적이 있는데, 마음속에 지울 수 없는 인상을 새겼다. 책의 중심 사상은 딱 하나였고, 아주 이상해서 그 후로 내내 뇌리에서 떨칠 수 없었다. 그걸 기억해내면서 나는 예전에 도저히 이해할 수 없었던 수많은 사람들과 사물들을 이해할 수 있게 되었다. 복잡다단한 생각이었지만, 단순하게 서술해보면 다음의 문장과 비슷하게 될 것이다:

태초에 세계가 어릴 때는 어마어마하게 많은 생각들이 있었지만 진실 따위는 없었다. 인간이 진실들을 창조했고 각각의 진실은 어마어마하게 많은 막연한 생각들의 복합체였다. 세계 어디에나 진실들이 널려 있었고 그 진실들은 모두 아름다웠다.

노작가는 책에 그런 진실들을 수백 가지 나열해놓았다. 나는 그걸 전부 이야기해주려 하지는 않을 것이다. 동정(童貞)의 진실도 있고 열정의 진실, 부와 가난의 진실, 검약과 과소비의 진실도 있었으며, 부주의와 방종의 진실도 있었다. 그 진실들은 수백 수천에 달했고 모두 다 아름다웠다.

그런데 그 사람들이 나타났다. 그런 사람은 등장할 때마다 진실을 하나씩 낚아챘고, 아주 힘센 사람은 여남은 진실들을 낚아채 갔다.

사람들을 그로테스크하게 만든 건 그 진실들이었다. 노작가는 그 문제에 대해 굉장히 정교한 이론을 가지고 있었다. 그런 사람들 중 하나가 진실을 독점하고 자기 진실이라고 부르고 그 진실에 의거해 살아가려고 하면, 바로 그 순간부터 그는 그로테스크한 존재가 되고 그가 신봉하는 진실은 거짓이 되었다.

평생을 글을 쓰며 살아왔고 말들로 가득 찬 노작가가 이 문제에 대해 수백 페이지를 어떤 글로 채우는지 당신도 직접 볼 수 있다. 이 주제가 작가의 마음속에서 너무나 커져버리는 바람에 그 자신 그로테스크가 될 위험에 처할 수도 있었다. 하지만 그렇게 되지 않았던 건, 노작가가 책을 끝내 출판하지 않은 것과 같은 이유에서다. 그의 마음속 젊은 존재가 노인을 구해주었다.

작가를 위해 침대를 수리해준 늙은 목수로 말하자면, 내가 그의 이야기를 꺼낸 건 오로지, 소위 아주 평범하다고 할 수 있는 수많은 사람들처럼, 그가 작가의 책에 등장하는 모든 그로테스크한 존재들 속에서 그나마 유일하게 이해가 되고 사랑스러운 구석이 있다 할 만하기 때문이었다.

손

오하이오 주 와인즈버그 읍 근처의 골짜기 부근에 있는 작은 판잣집의 반쯤 썩은 베란다에서 뚱뚱하고 왜소한 노인 한 사람이 초조하게 걸어 올라갔다 내려갔다 하고 있었다. 클로버 씨 앗을 파종했지만 노란 겨자 잡초만 무성하게 자라는 긴 벌판 너머로, 밭에서 돌아오는 딸기 따는 사람들을 가득 태운 승합마차가 다니는 공영 고속도로가 보였다. 딸기 따는 사람들은 젊은 청년과 처녀들로 왁자지껄 웃으며 소리를 질러댔다. 파란 셔츠를 입은 한 소년이 마차에서 뛰어내리며 처녀들 중 한 사람을 끌어내리려고 했지만, 처녀는 새된 비명을 지르며 싫다고 앙탈을 부렸다. 길에 선 소년이 발로 흙을 차자 떠나가는 태양의 얼굴을 가로질러 먼지구름이 보얗게 일었다. 긴 들판 위로 가녀린 소녀의 목소리가 들려왔다. "오, 윙 비들바움, 머리 좀 빗어, 눈에 다 들어가잖아." 그 목소리가 남자에게 잔소리를 했다. 남자는 대머리였고 불안한 작은 손으로 풍성하게 헝클어진 머리칼을 정리하려는 것처럼 맨살의 하얀 앞이마를 만지작거렸다.

윙 비들바움은 유령의 무리 같은 의심들에 휩싸여 영원히 겁에 질려 있었고, 20년 동안 살아온 마을의 삶에 어떤 식으로도 소속되어 있다는 느낌을 받지 못했다. 와인즈버그의 수많은 사람들 사이에서 그에게 가까이 다가온 이는 단 한 사람뿐이었다. 그는 '뉴 윌러드 하우스'의 소유주인 톰 윌러드의 아들 조지 윌러드와 우정 비슷한 관계를 맺게 되었다. 조지 윌러드는 〈와인즈버그 이글〉의 기자였고 가끔 저녁때 고속도로를 따라 윙 비들바움의 집까지 걸어왔다. 베란다를 오르락내리락 서성이며 양손을 불안하게 움직이고 있는 지금, 노인은 조지 윌러드가 와서 그와 함께 저녁 시간을 보내주기를 바라고 있었다. 딸기 따는 일꾼들을 실은 승합마차가 지나가고 나서, 그는 키 큰 겨자 잡초 풀밭을 헤치고 들판을 건너 가로대 울타리에 올라가 불안하게 읍내에서 오는 길을 살펴보았다. 잠시 이렇게 양손을 비비며 길을 위아래로 훑어보고 있는데 두려움이 덮쳐와 그는 다시 뛰어 돌아와서 자기 집 포치 위에서 서성거렸다.

조지 윌러드와 함께 있으면, 20년 동안 이 마을의 수수께끼였던 윙 비들바움은 소심한 구석이 좀 없어지고 의심의 바다 저 밑에 가라앉아 있던 음울한 성격도 수면으로 떠올라 세상을 보러 나왔다. 젊은 기자가 곁에 있으면 용기를 내어 백주대낮에 메인 스트리트로 나가기도 하고 흥분해서 역설을 토하며 자기 집의 위험천만한 포치 위를 걸어 다닐 수도 있었다. 나지막하게 떨리던 목소리가 새된 쇳소리를 내며 커졌다. 구부러졌던 몸이 펴졌다. 어부가 냇물에 다시 풀어준 물고기처럼 꼬물꼬물하면서, 말이 없던 비들바움은 말하기 시작했고, 오랜 침묵의 세월 동안 마음속에 축적되어온 생각들을 말로 옮기려고 안간힘을 썼다.

윙 비들바움은 손으로 많은 말을 했다. 가녀리고 풍부한 표정의 손가락들은, 끊임없이 움직이며, 끊임없이 호주머니나 등 뒤에 숨어 있으려 하다가, 앞으로 나와 그의 얼굴 표정을 만드는 기계의 피스톤이 되었다.

윙 비들바움의 이야기는 손의 이야기다. 한시도 가만히 있지 않는 갇힌 새가 날개를 퍼덕거리는 것 같은 그 손들의 움직임이 그에게 '윙'이라는 이름을 붙여주었다. 마을의 어느 무명 시인이 생각해낸 이름이었다. 손은 주인을 겁나게 했다. 그는 손을 숨겨놓고 싶어 했고, 밭에서 나란히 일하거나 시골길에서 졸려 하는 팀을 이끌고 지나가는 다른 남자들의 조용하고 표정 없는 손을 보면 경이로워하며 바라보았다.

조지 윌러드와 말을 할 때 윙 비들바움은 주먹을 꼭 쥐고 탁자나 벽을 쾅쾅 치곤 했다. 그런 행위를 하면 더 편해졌다. 둘이서 들판을 걷다가 말하고 싶다는 욕망이 솟아오르면 나뭇등걸이나 울타리 상판을 찾아 양손으로 분주하게 두드려대며 다시 편해진 마음으로 말을 했다.

윙 비들바움의 손 이야기는 그 자체로 책 한 권을 쓸 만하다.

공감의 마음으로 전달되면 그 이야기는 이름 없는 사람들의 수많은 이상하고 아름다운 자질들을 건드릴 것이다. 그건 시인이 할 일이다. 와인즈버그에서 그 손은 단순히 활발한 활동 때문에 주목을 끌었다. 그 손으로 윙 비들바움은 하루에 최고 140쿼트의 딸기를 땄다. 그 손이 그의 특징이자 유명세의 근거가 되었다. 또한 이미 그로테스크하고 알쏭달쏭한 특이한 개성을 더 그로테스크하게 만들었다. 와인즈버그는 은행가 화이트의 새 석조 주택이나 클리블랜드 가을 속보경마에서 우승을 차지한 웨슬리 모이어의 적갈색 종마 토니 팁을 자랑스러워하듯 윙 비들바움의 손을 자랑스러워했다.

조지 윌러드로 말하자면, 그 손에 대해 물어보고 싶었던 적이 한두 번이 아니었다. 가끔은 도저히 참을 수 없는 호기심에 사로잡힐 때도 있었다. 그 이상하게 활발한 활동과 계속 숨겨두려는 성향에는 뭔가 이유가 있을 거라는 느낌을 받았지만, 불쑥불쑥 뇌리에 떠오르는 의문점들을 덜컥 입 밖으로 내뱉지 않는 건 오로지 갈수록 윙 비들바움을 존중하는 마음이 커진다는 이유 때문이었다.

한번은 물어보기 일보 직전까지 간 적도 있다. 두 사람은 여름날 오후에 벌판을 걷다가 발길을 멈추고 풀로 뒤덮인 강둑에 앉았다. 오후 내내 윙 비들바움은 영감을 받은 사람처럼 말을 했다. 울타리 옆에 멈춰 서서는 거대한 딱따구리처럼 상판을 두들기며 조지 윌러드를 보고 고함을 치며 주위 사람들에게 너무 영향을 많이 받는 성격을 비판했다. "자넨 *스스로를 파괴하*

고 있어." 윙 비들바움이 외쳤다. "혼자서 꿈을 꾸는 경향이 있으면서도, 그 꿈들을 두려워하지. 여기 마을의 다른 사람들처럼 되고 싶어 하고. 그 사람들이 하는 말을 들으며 흉내를 내려고 한단 말이야."

풀이 무성한 강둑에서 윙 비들바움은 다시 한 번 자기 요점을 강조하려 했다. 언성이 나직해지고 추억에 젖더니, 만족스러운 한숨을 한 번 쉬고는 마치 꿈속에서 길을 잃은 사람처럼 길고 두서없는 이야기를 시작했다.

그 꿈속에서 윙 비들바움은 조지 윌러드를 위한 그림을 그려 주었다. 그 그림 속에서 사람들은 다시금 목가적인 황금시대에 살았다. 탁 터진 초록빛 전원을 건너 날렵한 사지의 젊은이들이 왔다. 걸어오는 이들도 있고, 말을 타고 오기도 했다. 무리 지어 온 젊은이들이 아주 작은 정원의 나무 밑에 앉아 이야기를 들려주는 노인의 발치에 모여들어 앉았다.

윙 비들바움은 완전히 영감에 사로잡혔다. 드디어 그는 손을 잊었다. 두 손은 천천히 남몰래 다가와 조지 윌러드의 어깨 위에 놓였다. 새롭고 대담한 무언가가 말하는 목소리에 스며들었다. "지금까지 배운 건 다 잊으려고 애써야 한다." 노인이 말했다. "꿈을 꾸기 시작해야만 해. 지금부터는 포효하고 울부짖는 목소리들에 귀를 닫도록 해라."

잠시 말을 멈춘 윙 비들바움은 조지 윌러드를 한참 동안 열띤 눈길로 바라보았다. 눈빛이 형형하게 빛났다. 그는 다시 양손을 들어 소년을 쓰다듬었는데 갑자기 공포에 질린 표정이 그 얼굴에 떠오르는 것이었다.

몸을 발작적으로 뒤틀며 윙 비들바움은 벌떡 일어나 양손을 호주머니 깊이 쑤셔 넣었다. 눈물이 그렁그렁 차올랐다. "난 아무래도 집에 가야만 할 것 같구나. 더 이상 너와 이야기를 나눌 수가 없다." 불안하게 그가 말했다.

노인은 뒤도 돌아보지 않고 황급히 언덕길을 내려가 풀밭을 건너갔고, 풀이 무성한 언덕에 혼자 남은 조지 윌러드는 어안이 벙벙하고 겁이 났다. 두려움에 떨면서 소년은 일어나 마을로 가는 길을 걸었다. '손에 대해서는 여쭤보지 말아야지.' 노인의 눈에서 본 공포의 기억에 마음이 흔들린 소년은 생각했다. '뭔가 잘못됐지만 굳이 내막을 알고 싶지 않아. 나나 다른 사람들에 대한 두려움에 그 손이 관련 있어.'

그리고 조지 윌러드는 옳았다. 이제 그 손의 이야기를 잠시 살펴보기로 하자. 우리가 그 손의 사연을 이야기하게 되면 시인을 자극해 숨겨진 기운의 기적 같은 이야기를 들려줄지도 모른다. 손은 그 힘을 약속하는 펄럭이는 기치에 불과할 뿐이다.

젊은 시절 윙 비들바움은 펜실베이니아의 소읍에서 교사로 일했다. 그때는 윙 비들바움이라는 이름으로 알려져 있지 않고, 아돌프 마이어스라는 훨씬 듣기 좋은 이름으로 통했다. 아돌프 마이어스로서 그는 학교 소년들에게 사랑을 듬뿍 받았다.

아돌프 마이어스는 어린이들을 가르치는 일이 천직이었다. 그는 너무나 부드러워서 사랑스러운 결점으로 보이는 힘으로 지배력을 행사하는, 타인의 이해를 받지 못하는 극소수의 사람들에 속했다. 자기가 책임지고 가르치는 남학생들에 대한 그런 사람들의 애정은 남자들을 사랑하는 여자들의 애정처럼 세련되고 섬세하지 못했다.

그렇지만 이런 말은 좀 거친 표현이다. 이런 데서 시인이 필요하다. 학교의 소년들과 함께 아돌프 마이어스는 저녁에 산책을 했고 일종의 꿈에 잠겨 학교 계단에서 황혼녘까지 이야기를 나누었다. 그의 양손은 여기저기를 더듬으며 소년들의 어깨를 쓰다듬고 헝클어진 머리카락들을 쓸며 장난을 쳤다. 말을 할 때 그의 언성은 부드럽고 음악적이 되었다. 그 음성에도 쓰다듬는 손길이 있었다. 어떤 면에서 그 목소리와 손, 어깨를 쓰다듬고 머리카락을 흩뜨리는 행위는 어린 마음에 꿈을 전달해주려는 학교 선생의 노력의 일환이었다. 아돌프 마이어스는 생명을 창조한 기운을 그 안에 집약하지 않고 분산해 품고 있는 사람이었다. 그 쓰다듬는 손길을 받으면, 의혹과 불신이 소년들의 마음속에서 씻겨 나갔고 소년들 또한 꿈을 꾸기 시작했다.

그리고 비극이 닥쳐왔다. 머리가 좀 모자란 남학생 한 명이 젊은 선생을 사랑하게 되었던 것이다. 소년은 밤마다 침대에서 차마 말할 수 없는 일들을 상상했고 아침이면 그 꿈들을 기정사실인 양 말하고 다녔다. 이상하고 추악한 비난들이 헤벌어진 그 입술에서 쏟아져 나왔다. 펜실베이니아의 마을을 전율이 훑고 지나갔다. 아돌프 마이어스와 관련해 사람들이 마음속에 품고 있던 은밀하고 음험한 의혹들이 짜릿한 전기충격을 받은 듯 확고한 믿음으로 새겨졌다.

비극은 오래 머물지 않았다. 바들바들 떠는 소년들은 밤에 침대에서 불시에 끌려 나와 심문을 받았다. "선생님이 두 팔로 안 아주었어요." 한 소년이 말했다. "손가락으로 항상 제 머리카락을 만지작거리세요." 또 다른 소년이 말했다.

어느 오후 읍내에서 술집을 경영하는 헨리 브래드포드라는 남자가 교문 앞에 찾아왔다. 아돌프 마이어스를 학교 운동장으로 불러낸 그는 주먹을 쥐고 때리기 시작했다. 단단한 손등뼈로 학교 선생의 겁에 질린 얼굴을 마구잡이로 치다보니 그의 분노는 점점 더 무시무시해졌다. 공포의 비명을 지르며 아이들이 우왕좌왕하는 벌레들처럼 여기저기로 뛰어다녔다. "내 아들한테 감히 손을 대다니 혼쭐을 내주마, 이 짐승 같은 놈." 술집 주인은 교사를 때리다 지쳐 발길질을 하며 운동장 이리저리로 굴리고 다녔다.

아돌프 마이어스는 그날 밤 펜실베이니아의 마을에서 쫓겨났다. 손에 등불을 든 10여 명의 사내들이 그가 혼자 사는 집 앞에 찾아와 옷을 입고 나오라고 명령했다. 비가 내리고 있었고 무리 중 한 사내의 손에는 밧줄이 들려 있었다. 그들은 학교 선생을 목매달아 죽일 생각이었지만 선생의 모습이 어쩐지, 너무나 작고, 하얗고, 불쌍해 보이는 바람에 마음이 짠해져서 그냥 도망가게 놓아주었다. 선생이 어둠 속으로 도망치자 사내들은 마음이 약해진 걸 후회하며 그 뒤를 쫓아 달렸다. 비명을 지르며 점점 더 빨리 어둠 속으로 달려가는 형체를 향해 사내들은 욕설을 내뱉고 나뭇가지며 커다란 흙덩이들을 던졌다.

20년 동안 아돌프 마이어스는 와인즈버그에 혼자 살았다. 마흔 살밖에 되지 않았지만 예순다섯 살로 보였다. 비들바움이라는 이름은 황망히 어느 오하이오 동부의 마을을 지나치다가 화물 집하소의 상품 상자에서 보고 따온 것이었다. 와인즈버그에는 그의 숙모가 살았다. 닭을 치는, 이가 시꺼먼 노파였다. 그는 숙모가 세상을 떠날 때까지 같이 살았다. 펜실베이니아에서의 일이 있은 후 1년간 병석에 누웠고, 회복된 후에는 밭에서 일용노동직으로 일하며 소심하게 돌아다니고 양손을 감추려 애를 썼다. 무슨 일이 일어났는지 이해가 되지는 않았지만 틀림없이 그 손 탓이라는 느낌은 어렴풋이 들었다. 소년들의 아버지들은 계속해서 그 손 얘기를 하고 또 했다. "그 손은 너 혼자 간수하라고." 술집 주인은 학교 운동장에서 분노로 춤을 추며 울부짖었다.

골짜기 옆에 자리한 자기 집 베란다 위에서 윙 비들바움은 해가 사라지고 들판 저 너머의 길이 잿빛 그림자 속에 사라져버릴 때까지 계속해서 올라갔다 내려갔다 했다. 집 안에 들어가서 빵을 한 조각 잘라 꿀을 발랐다. 그날 수확한 딸기들을 잔뜩 싣고 달리던 급행 화물트럭들을 데리고 떠나가는 밤기차 소리가 지나가고 여름밤의 고요가 다시 찾아오면 그는 또 베란다로 돌아가 걸었다. 어둠 속에서는 손들이 보이지 않았고 손들도 조용해졌다. 여전히 그는 그 소년의 존재에, 그가 품고 있는 사람에 대한 사랑을 표현하는 매개체가 되었던 그 소년의 존재에 허기져 있었으나 허기는 다시 고독과 기다림의 일부가 되었다.

등불을 하나 켜면서 윙 비들바움은 소박한 끼니로 더러워진 접시 몇 개를 설거지하고 포치로 나가는 방충망 문 옆에 접이식 침상을 놓고 잠을 자려고 옷을 벗을 준비를 했다. 하얀 빵 부스러기 몇 개가 식탁 옆 깨끗하게 닦인 마룻바닥에 떨어져 있었다. 낮고 등 없는 의자에 등불을 놓고 빵 부스러기를 주워 하나씩 하나씩 믿을 수 없으리만큼 빠른 속도로 입 안에 집어넣었다. 식탁 밑에 짙은 얼룩처럼 번진 빛 속에서 무릎을 꿇은 형체는 교회에서 예배를 드리는 사제처럼 보였다. 불안하고 표정이 풍부한 손가락들은 빛을 받았다 사라졌다 하면서 번득였는데, 아마 그걸 본 사람이 있다면 수십 년 동안 묵주를 만져온 경건한 신앙인의 손가락으로 착각하고도 남았으리라.

종이 알약

그는 하얀 턱수염과 거대한 코와 손을 지닌 노인이었다. 우리
가 그를 알게 될 시간보다 오래전부터 의사였고 늙어빠진 말을
몰고 와인즈버그 거리를 돌며 집집마다 왕진을 다녔다. 훗날
그는 재력이 있는 처녀와 결혼했다. 처녀의 아버지가 죽으면서
드넓고 비옥한 농장을 물려주었다. 처녀는 말수가 적고 키가
크고 검은 머리였으며, 많은 사람들의 눈에 매우 아름다워 보
였다. 와인즈버그 사람들은 모두 어째서 그 처녀가 의사와 결
혼했을까 궁금해했다. 결혼하고 1년 뒤 처녀는 죽었다.

　의사의 손등뼈는 범상치 않게 컸다. 손을 꼭 모아 쥐고 있으
면 손등뼈가 철 막대기로 고정시켜놓은 호두들처럼 커다란, 색
칠하지 않은 나무 공 다발처럼 보였다. 의사는 옥수수 곰방대
를 피웠고 아내가 죽은 후로 하루 종일 텅 빈 진료실에서 거미
줄로 뒤덮인 창가에 바짝 붙어 앉아 있었다. 그는 절대 창문을

열지 않았다. 8월의 무더운 날 하루 열려고 했으나 창문은 들러붙어 꼼짝도 하지 않았고, 그 후로는 아예 잊어버리고 살았다.

와인즈버그는 노인을 잊었지만 리피 박사 안에는 아주 섬세한 무언가의 씨앗들이 있었다. 파리스 건조식품회사 점포 위 헤프너 블록에 자리한 먼지 퀴퀴한 진료실에서 그는 혼자 부단히 작업을 하며, 자기가 파괴한 무언가를 다시 짓고 있었다. 작은 진실의 피라미드들을 세우고 다 지어지면 다시 무너뜨려 또 다른 피라미드들을 세울 진실을 확보했다.

리피 박사는 10년 동안 단벌신사로 살아온 키 큰 남자였다. 소매는 해어지고 무릎과 팔꿈치에는 작은 구멍들이 생겼다. 사무실에서는 커다란 호주머니가 달린 리넨 겉옷을 입었는데, 호주머니 속에는 끝없이 종이쪼가리들을 쑤셔 넣었다. 몇 주일이 지나면 종이쪼가리들은 뭉쳐져서 딱딱하고 동그란 공들이 되었고, 호주머니가 종이 공들로 다 차면 다시 마룻바닥에 쏟아냈다. 10년 동안 그에게는 친구가 딱 하나밖에 없었다. 존 스패니어드라는 이름의 노인으로 묘목장 주인이었다. 가끔 장난기가 돌으면 늙은 리피 박사는 호주머니에서 종이 공들을 한 줌 꺼내 묘목장 주인에게 던졌다. "어안이 벙벙하라고 던지는 거야, 이 허튼소리나 하는 감상주의자 노인네야." 의사는 너털웃음을 터뜨리고 온몸을 흔들어대며 외쳤다.

리피 박사와 훗날 아내가 되어 돈을 물려준 키 큰 검은 머리 처녀를 향한 구애의 사연은 아주 희한하다. 와인즈버그 과수원에서 자라는 뒤틀린 작은 사과들처럼 맛있는 이야기다. 가을에 과수원을 걸으면 땅바닥이 서리로 딱딱하다. 사과는 수확하는 사람들이 나무에서 다 따 가고 없다. 책과 잡지와 가구와 사람들로 가득 찬 아파트들에서 먹을 수 있도록 나무통에 넣어 도시로 보내졌다. 나무에는 수확하는 사람의 선택을 받지 못한 옹이 진 사과 몇 개만 달려 있을 뿐이다. 옹이 진 사과들은 리피 박사의 손처럼 생겼다. 그 사과들을 한 입 깨물어 먹으면 정말 맛이 있다. 그 사과 측면의 작고 동그란 부분에 단맛이 모두 모인 것이다. 사람들은 서리에 얼어붙은 땅을 밟고 이 나무에서 저 나무로 뛰어다니면서 옹이 지고 뒤틀린 사과들을 따서 주머니를 가득 채운다. 뒤틀린 사과의 달콤함을 아는 사람은 별로 없다.

그 여자와 리피 박사는 어느 여름 오후 연애를 시작했다. 그때 의사는 마흔다섯이었고 이미 딱딱한 공이 되었다가 버려지는 종이쪼가리로 호주머니를 채우는 일을 시작한 뒤였다. 그 버릇은 늙은 하얀 말이 끄는 마차에 앉아 천천히 시골길을 달리던 때 생겨났다. 그 종이들 위에는 글로 옮긴 생각들, 생각의 끝들, 생각의 시작들이 적혀 있었다.

리피 박사의 마음은 그 생각들을 하나씩 하나씩 만들어냈다. 그 생각들을 여럿 모아 마음속에 거대하게 솟아오른 진실을 지었다. 진실이 세상을 구름처럼 가려 흐릿하게 했다. 진실은 무시무시해졌다가 희미하게 사라졌고 작은 생각들이 다시 시작되었다.

키 큰 검은 머리의 처녀는 임신을 하고 겁에 질렸기 때문에 리피 박사를 만나러 왔다. 그녀가 그런 상태가 된 것 역시 희한한 일련의 상황들 때문이었다.

아버지와 어머니의 죽음과 처녀가 물려받은 광활한 토지 덕분에 구애하는 남자들이 그녀 뒤를 줄줄 쫓아다니기 시작했다. 2년 동안 거의 날마다 저녁 시간에 구애하는 남자들을 만나야 했다. 단 두 사람만 제외하고 남자들은 다 똑같았다. 하나같이 열렬한 사랑을 말했고 그 목소리와 그녀를 보는 눈길에는 긴장된 열의가 묻어났다. 남달랐던 두 사람은 서로 또한 몹시 달랐다. 한 사람은 와인즈버그의 보석상 아들로 흰 손을 지닌 늘씬한 젊은이였고, 연신 처녀성에 대한 이야기를 했다. 또 다른 남자는 커다란 귀를 지닌 검은 머리의 소년으로 아무 말도 하지 않았지만 항상 어떻게든 그녀를 어둠 속으로 끌고 가서 키스를 하기 시작했다.

한동안 키 큰 검은 머리의 처녀는 보석상의 아들과 결혼해야겠다고 생각했다. 그리고 몇 시간 동안 침묵 속에 앉아 그가 하는 말을 듣고 있었는데, 갑자기 무언가 두려워지기 시작했다. 처녀성에 대한 그의 말 속에 다른 모든 사람들보다 더 큰 욕정이 숨어 있다는 생각이 들기 시작했던 것이다. 가끔 처녀는 그가 말을 하는 동안 그 손으로 자기 몸을 잡고 있는 느낌이 들었다. 그가 자기 몸을 하얀 손으로 잡고 천천히 돌리면서 물끄러미 바라보고 있는 상상을 했다. 밤이면 그가 자기 몸을 이로 깨물어 턱에서 피가 뚝뚝 떨어지는 꿈을 꾸었다. 이런 꿈을 세 번 꾸고 나서 그녀는, 아무 말도 없었지만 실제로 격정에 휩싸여 그녀의 어깨를 깨무는 바람에 며칠 동안 잇자국을 남겼던 남자의 아이를 임신하게 되었다.

리피 박사를 알게 되고 나서, 키 큰 검은 머리의 처녀는 다시는 의사의 곁을 떠나고 싶지 않다는 기분이 들었다. 어느 날 아침 처녀는 의사의 진료실에 왔고, 아무 말도 하지 않았는데 의사는 그녀에게 무슨 일이 있었는지 다 아는 것 같았다.

의사의 진료실에는 한 여자가 있었다. 와인즈버그에서 서점을 경영하는 남자의 아내였다. 구식 시골 의사들이 다 그렇듯, 리피 박사도 이를 뽑았고 기다리는 여자는 손수건을 자기 치아에 대고 신음을 했다. 남편이 그녀 곁에 함께 있었고 이가 빠질 때 두 사람은 함께 비명을 질렀으며 피가 여자의 하얀 드레스에 뚝뚝 떨어졌다. 검은 머리의 키 큰 처녀는 전혀 관심도 없었다. 여자와 남자가 가고 나서 의사는 미소를 지었다. "내가 시골길 드라이브에 데려가줄게요." 그는 말했다.

몇 주 동안 키 큰 검은 머리 처녀와 의사는 거의 날마다 함께 있었다. 그녀를 그에게 데려다준 몸 상태는 질병으로 진행되었지만, 그녀는 마치 뒤틀린 사과들의 달콤함을 맛본 사람 같아서 다시는 도시의 아파트에서 먹는 동그랗고 완벽한 사과들에 마음을 붙일 수 없게 되었다. 의사를 알게 된 다음 가을에 처녀는 리피 박사와 결혼했고 이듬해 봄에 세상을 떠났다. 겨울 내내 그는 종이쪼가리들에 끼적거린 두서없는 단상들을 그녀에게 읽어주었다. 다 읽고 나면 큰 소리로 웃으며 호주머니에 종이쪼가리들을 쑤셔 넣어 동그랗고 딱딱한 공이 되게 두었다.

어머니

조지 윌러드의 어머니 엘리자베스 윌러드는 키가 크고 야위고 얼굴이 천연두 흉터로 얽어 있었다. 마흔다섯밖에 되지 않았지만 이름 모를 질병이 외모에서 불꽃을 앗아가버렸다. 돌아다닐 기운이 나면 그녀는 어질러진 낡은 호텔을 돌아다니며 빛바랜 벽지와 해어진 카펫을 쳐다보고, 여행을 다니는 뚱뚱한 남자들의 수면으로 더럽혀진 이부자리들을 정리하며 객실 메이드로 일했다. 남편인 톰 윌러드는 사각의 어깨와 빠른 군인의 발걸음과 날카롭게 끝이 치켜 올라가도록 잘 길들인 검은 콧수염을 지닌 늘씬하고 우아한 남자로 아내를 마음속에서 지우려 애썼다. 복도를 따라 천천히 움직이는 키 큰 유령 같은 아내의 형체를 보면 자신에 대한 질책으로 느껴졌다. 아내를 생각하면 화가 나고 욕설이 절로 나왔다. 호텔은 수익도 나지 않았고 항상 실패 일보 직전이었기에 빠져나가고 싶은 마음뿐이었다. 그 낡은 집과 그 속에 자신과 함께 사는 여자는 패배당하고 좌절된 것으로만 생각되었다. 그토록 희망에 차서 삶을 시작했던 호텔은 이제 호텔이 마땅히 갖춰야 할 모습의 유령 같은 그림자에 불과했다. 말쑥하게 차려입고 와인즈버그의 거리를 사무적으로 걸어 다니다가도, 가끔 발길을 멈추고 재빨리 주위를 돌아보며 호텔과 여자의 유령이 길거리까지 쫓아온 건 아닐까 겁이 더럭 나는 것이었다. "그따위 인생 엿이나 먹으라지! 엿이나 먹어!" 그는 목적도 없이 벌컥 내뱉곤 했다.

톰 윌러드는 읍의 정치에 열띤 관심이 있었고 수년 동안 공화당이 강력히 득세하는 지역사회에서 선도적인 민주당 지지자였다. '언젠가는 정치적 기류가 내게 유리하게 돌아설 테고 효과도 없이 봉사했던 세월이 엄청난 보상을 받게 될 거야.' 그는 생각했다. 그는 의회에 진출하고, 심지어 주지사가 되는 꿈을 꾸었다. 젊은 당원이 정치 회합에서 일어나 충실하게 봉사해 왔다고 자랑하기 시작했을 때, 톰 윌러드는 분노로 하얗게 질렸다. "입 닥쳐, 이놈아." 그는 주위를 무섭게 노려보며 포효했다. "봉사에 대해 당신이 뭘 알아? 고작 애송이에 불과하잖나? 여기서 내가 한 일을 보란 말이야! 나는 민주당 지지가 범죄 취급을 받던 시절부터 여기 와인즈버그에서 민주당원이었어. 옛날에는 총을 들고 우리를 사냥하러 다녔다고."

엘리자베스와 외동아들 조지 사이에는 오래전 죽어버린 소녀 시절의 꿈에 근거한, 심오하고 굳이 표현하지 않는 공감의 유대가 있었다. 아들 앞에서 엘리자베스는 소심하고 내성적이었지만, 가끔 아들이 분주히 마을을 돌아다니며 기자로서 할 일을 하고 있을 때면 아들 방에 들어가 문을 닫고, 창가에 놓인, 식탁으로 만든 작은 책상 앞에 무릎을 꿇고 앉았다. 방 안 책상 옆에서 그녀는 반쯤은 기도고 반쯤은 요구인 의례를 하늘에 바쳤다. 그녀는 아들의 소년 같은 모습에서 반쯤 잊혀진, 하지만 한때는 그녀의 일부였던 그 무언가가 다시 창조되는 모습을 보기를 갈망했다. 기도는 그런 내용이었다. '내가 죽더라도, 어떤 식이든 당신한테서 승리를 지켜낼 거예요.' 그녀는 울었다. 결심이 너무나 깊었기 때문에 온몸이 떨렸다. 눈빛은 이글거렸고 그녀는 주먹을 꼭 쥐었다. "내가 죽고 나서 아들이 나처럼 무의미하고 생기 없는 존재가 된다면, 나는 돌아올 거예요." 선언이었다. "이제 하느님께 그런 특혜를 달라고 청합니다. 요구합니다. 대가를 치르겠습니다. 하느님이 주먹으로 저를 치셔도 좋습니다. 제 아들이 우리 두 사람을 위해 무언가를 표현할 수 있도록 허락해주신다면 어떤 타격이라도 달게 받겠습니다." 불안하게 잠시 말을 멈추며, 여자는 소년의 방 안을 물끄러미 쳐다보았다. "그리고 그 아이가 똑똑해지지도 성공하지도 않게 해주세요." 그녀는 애매하게 덧붙여 말했다.

조지 윌러드와 어머니 사이의 유대는 겉으로 보기에는 별 의미 없는 형식적인 것이었다. 그녀가 아파서 자기 방 창가에 앉아 있으면 조지는 가끔 저녁때 면회를 왔다. 두 사람은 아담한 건물 너머로 메인 스트리트가 보이는 창가에 앉아 있었다. 고개를 돌리면 또 다른 창밖 풍경이 보였다. 메인 스트리트의 상가 뒷골목을 따라 애브너 그로프 빵집 뒷문까지 보였다. 두 사람이 이렇게 앉아 있을 때면 이따금 마을의 삶이 그림처럼 눈앞에 펼쳐지곤 했다. 애브너 그로프가 손에 막대기나 빈 우유병을 들고 가게 뒷문으로 나타났다. 한참 동안 빵가게 주인은 약사인 실베스터 웨스트가 키우는 회색 고양이와 실랑이를 벌였다. 소년과 어머니는 고양이가 빵집 문틈으로 슬며시 들어갔다가 금세 나오고, 그 뒤로 욕설을 하며 팔을 휘두르는 빵가게 주인이 따라 나오는 모습을 보았다. 빵가게 주인의 작은 눈은 시뻘겠고, 검은 머리와 수염은 밀가루 범벅이었다. 가끔 빵가게 주인은 제 분을 못 이겨 고양이가 자취를 감추고 난 후에도 막대기며 깨진 유리조각, 아니면 심지어 빵 굽는 연장들까지 마구 던져댔다. 그러다 한번은 시닝 철물점 뒤편 유리창을 깬 적도 있다. 골목에서 회색 고양이는 찢어진 종이쪼가리며 깨진 유리병들로 가득 차 파리 떼가 잔뜩 꼬이는 나무통들 뒤에 쪼그리고 앉아 있었다. 혼자 있으면서, 빵가게 주인의 끝도 없이 이어지는 하등 쓸데없는 신경질을 다 보고 나자, 엘리자베스 윌러드는 길고 하얀 손에 머리를 묻고 흐느껴 울었다. 그후로 그녀는 더 이상 골목길을 구경하지 않았고, 턱수염이 난 사내와 고양이의 싸움을 잊으려 애썼다. 그 싸움은 끔찍스럽게 생생해서, 마치 그녀 자신의 삶을 재현하는 것처럼 보였던 것이다.

아들이 어머니와 함께 방 안에 앉아 있는 저녁이면, 침묵 때문에 둘 다 어색한 기분이 되었다. 어둠이 내리고 저녁기차가

역에 들어왔다. 저 아래 거리에서는 나무널을 댄 인도 위에서 사람들이 발을 구르고 난리가 났다. 저녁기차가 떠나고 나면 역전 광장에 무거운 침묵이 깔렸다. 아마 택배기사 스키너 리즌이 역 플랫폼 길이만 한 트럭을 이동시킨 모양이다. 메인 스트리트에서는 한 남자가 커다랗게 웃는 소리가 들려왔다. 택배회사의 문이 쾅 소리를 내며 닫혔다. 조지 윌러드가 일어나 방을 가로질러 가 문손잡이를 더듬거리며 찾았다. 가끔 의자에 부딪혀서 마룻바닥을 긁는 소리를 내게 만들 때도 있었다. 창가에는 병든 여인이 미동도 없이, 나른하게 앉아 있었다. 하얗고 핏기 없는 그녀의 긴 손이 의자 팔걸이 끝으로 축 처져 있는 모습이 보였다. "너도 밖에 나가서 남자애들하고 어울려 노는 게 좋을 것 같아. 너무 방 안에만 있잖니." 그녀는 자신을 떠나는 아들의 창피함을 덜어주려 안간힘을 쓰며 말했다. "산책을 좀 할까 해서요." 민망하고 혼란스러워진 조지 윌러드가 대답했다.

　7월의 어느 저녁, 뉴 윌러드 하우스를 임시 거처로 삼는 뜨내기 손님들이 빠지고 조도를 낮춘 케로신 등잔 불빛뿐인 복도들이 음울한 어둠 속에 가라앉았을 때, 엘리자베스 윌러드는 모험을 했다. 며칠 동안 병석에 누워 있었는데 아들은 그녀를 찾아오지 않았다. 문득 겁이 났다. 몸에 남아 있던 희미한 생명의 불꽃이 불안감으로 인해 화르륵 타올랐고, 그녀는 침대에서 기어 나와 옷을 차려입고 복도를 지나 아들의 방으로 바쁜 걸음을 옮기며 과장된 두려움으로 몸을 떨었다. 복도를 따라 손을 짚어 몸을 가누고 도배한 복도 벽을 따라 걸으면서 힘겹게 숨을 쉬었다. 잇사이로 공기가 스치며 휘파람 소리를 냈다. 서둘러 나아가면서 스스로 얼마나 바보 같은가 생각했다. '그 애는 남자애들이 할 만한 일들에 관심이 있어.' 그녀는 스스로에게 타일렀다. '아마 이제는 밤에 여자애들과 돌아다니기 시작했을 거야.'

엘리자베스 윌러드는 한때 부친의 소유였고 여전히 소유권이 그녀 명의로 지방법원에 등록되어 있는 자신의 호텔에서 손님들 눈에 띄는 걸 두려워했다. 호텔은 허름하고 추레해서 손님이 계속 줄고 있었고 그녀는 자기 자신도 허름하고 추레하다고 생각했다. 그녀의 방은 후미진 모퉁이에 있었고, 일할 수 있다는 기분이 들면 자발적으로 침대 사이를 오가며 일을 하곤 했다. 손님들이 나가서 와인즈버그의 상인들과 사업을 하고 있는 사이 할 수 있는 노동을 좋아하는 편이었다.

아들 방 문간에서 어머니는 바닥에 무릎을 꿇고 안에서 무슨 소리가 나는지 귀를 기울여보았다. 소년의 인기척과 나지막한 말소리가 들리자 입가에 미소가 번졌다. 조지 윌러드는 혼자 큰 소리로 말하는 습관이 있었고 그런 아들의 혼잣말 소리를 들으면 언제나 어머니는 이상하게 기분이 좋아지곤 했다. 아들의 습관이 어쩐지 두 사람 사이의 유대를 끈끈하게 해주는 느낌이 들었다. 그녀는 천 번쯤 그 문제에 대해 혼자 속삭여 말하곤 했었다. 그녀는 생각했다. '그 애는 방황하고 있어, 자기 자신을 찾으려 하는 거야. 그 애는 멍청한 돌덩어리가 아니야. 말도 잘하고 영특하지. 그 애 안에는 자라나려고 애쓰는 비밀스러운 무언가가 있어. 그게 바로 내가 내 안에서 죽임을 당하게 방치했던 바로 그것이지.'

복도 어둠 속 문간에서 병든 여자는 일어나 다시 자기 방으로 가기 시작했다. 문이 열리고 소년이 밖으로 나와 그녀를 볼까 봐 두려웠다. 안전한 거리를 확보하고 다음 복도로 모퉁이를 돌아갔을 때, 여자는 발걸음을 멈추고 양손으로 마음을 다잡은 채 문득 발작적으로 덮쳐온 무기력함에 몸이 부르르 떨리는 걸 어떻게든 떨쳐내야겠다고 생각하며 기다렸다. 방 안에 소년이 있다는 사실이 그녀를 행복하게 해주었다. 침대에서 기나긴 시간을 홀로 보내는 동안, 그녀를 찾아왔던 작은 불안들이 거인이 되었는데, 이제 그 거인들은 다 사라지고 없었다. "내 방에 돌아가면 잠을 잘 거야." 그녀는 고마운 심정으로 말했다.

그러나 엘리자베스 윌러드는 침대로 돌아가 잠을 잘 수 없었다. 어둠 속에서 떨며 서 있는데 아들 방의 문이 벌컥 열리더니 소년의 아버지 톰 윌러드가 걸어 나왔던 것이다. 문밖으로 흘러나온 불빛 속에서 그는 문손잡이를 잡고 서서 이야기를 했다. 그가 한 말이 여자를 격분시켰다.

톰 윌러드는 아들에게 거는 야심이 컸다. 그는 자기가 성공한 남자라고 생각했지만, 평생 했던 일 무엇 하나 성공시킨 적이 없었다. 그러나 뉴 윌러드 하우스가 보이지 않는 곳으로 가서 아내와 마주칠까 봐 겁내지 않아도 될 때, 그는 뻐기며 걸었고 자기가 마을의 유지라도 된 듯 연극을 했다. 그는 아들이 성공하기를 바랐다. 〈와인즈버그 이글〉 신문사에 아들 자리를 확보해준 것도 그였다. 지금 그는, 진중한 언성으로 행동거지에 대한 충고를 하고 있던 참이었다. "내 이 말만 해주지, 조지. 너는 정신 차리고 꿈에서 깨어나야 해." 그는 날카롭게 말했다. "윌 헨더슨이 그 문제로 세 번이나 나한테 얘기를 했다. 그 사람 말이 너는 몇 시간 동안이나 누가 불러도 못 듣고 수줍은 여자애처럼 군다더구나. 대체 무슨 마음의 병이라도 있는 거니?" 톰 윌러드는 사람 좋게 너털웃음을 지었다. "뭐, 어쨌든 극복을 하겠지. 윌한테도 그렇게 말했다. 넌 바보도 아니고 여자도 아니라고. 너는 톰 윌러드의 아들이니 꿈 깨고 정신을 차릴 게야. 난 겁나지 않는다. 네가 한 말을 들으니 말끔하게 정리가 되는구나. 기자 노릇을 하다보니 작가가 되어야겠다는 생각이 슬그머니 들었다면 뭐 괜찮다. 다만 그 일을 한다고 해도 꿈에서 깨야 할 거다, 그렇지?"

톰 윌러드는 무뚝뚝하게 복도로 가서 계단을 내려가 사무실로 갔다. 어둠 속의 여인은 그가 껄껄 웃으며, 사무실 문간의 의자에 앉아 졸며 지루한 저녁 시간을 어떻게든 보내보려고 애쓰는 손님과 이야기 나누는 소리를 들을 수 있었다. 그녀는 아들 방 문간으로 돌아갔다. 쇠약한 무기력감은 기적처럼 몸에서 사라졌고, 대담하게 발을 내디뎠다. 천 개의 생각들이 정신없이 그녀의 뇌리를 스쳐 갔다. 바닥을 긁는 의자 소리와 종이를 스치는 펜 소리를 들은 그녀는 다시 돌아서서 복도를 지나 자기 방으로 갔다.

와인즈버그 호텔 지배인의 패배한 아내의 마음속에 결연한 결심이 섰다. 그 결심은 오랜 세월 동안 해온 조용하지만 별 쓸모가 없는 생각들의 결과였다. "이제" 하고 그녀는 혼잣말을 했다. "내가 행동을 할 거야. 내 아들을 위협하는 뭔가가 있으니까, 내가 그걸 쫓아버릴 거야." 톰 윌러드와 아들의 대화가 꽤나 조용하고 자연스러웠다는 사실이, 꼭 두 사람 사이에 이해가 존재하는 것처럼 보였다는 사실이 미칠 것만 같았다. 남편을 증오해온 지 어언 수년이 흘렀지만, 그녀의 증오는 언제나 상당히 몰개성적인 것이었다. 남편은 그저 그녀가 증오하는 뭔가 다른 것의 일부에 불과했다. 지금, 문간에서의 몇 마디 말로, 그는 그 무언가가 인간으로 체화된 존재가 되었다. 자기 방 어둠 속에서 그녀는 주먹을 꼭 쥐고 무섭게 주위를 노려보았다. 벽의 못에 걸려 있는 천 가방으로 가서 그녀는 긴 재봉가위를 꺼내 비수처럼 손에 쥐었다. "그를 찔러 죽일 거야." 그녀는 큰 소리로 말했다. "악마의 목소리가 되길 자처한 사람이니까 내가 죽여버릴 거야. 그 사람을 죽이면 내 안에 무언가가 뚝 끊어져 나도 죽게 되겠지. 그러면 우리 모두가 홀가분하게 풀려날 거야."

소녀 시절, 톰 윌러드와 결혼하기 전, 엘리자베스는 와인즈버그에서 약간 위태로운 평판의 소유자였다. 몇 년 동안이나 소위 '무대에 미쳐서' 요란한 옷차림을 하고 아버지의 호텔을 찾는 여행 중인 남자 손님들과 보란 듯이 거리를 돌아다니며 그들이 온 도시의 삶에 대해 말해달라고 졸라대곤 했다. 한번은 남자 옷을 입고 메인 스트리트에서 자전거를 타는 바람에 온 마을을 경악하게 만든 적도 있었다.

그 시절 그 키가 큰 검은 머리 소녀는 마음속으로 깊은 혼란에 빠져 있었다. 그녀 안의 거대한 조바심은 두 가지 방식으로 나타났다. 첫째, 변화를, 뭔가 거창하고 결정적인 움직임이 그녀 삶에 나타나기를 갈구하는 불안한 욕망이 있었다. 무대에 마음이 이끌린 것도 이런 느낌 때문이었다. 어느 극단에 들어가 전 세계를 배회하며, 언제나 새로운 얼굴들을 보고 자기 안에서 무언가를 꺼내 모든 사람들에게 주는 꿈을 꾸었다. 가끔은 이런 생각에 미쳐버릴 것만 같은 지경이 되었다. 하지만 와인즈버그에 와서 아버지 호텔에 묵는 극단 단원들에게 이런 문제를 털어놓으려 하면, 아무런 성과도 얻을 수 없었다. 그 사람들은 그녀의 말뜻을 못 알아듣는 눈치였고, 간신히 그녀가 마음속의 열정을 표현한다 해도, 그저 웃어넘길 뿐이었다. "그런 게 아니란다." 그 사람들은 말했다. "여기 이 일처럼 지루하고 재미없는 일이야. 아무것도 얻을 게 없지."

여행하는 남자들과 함께 걸어 다니다가 나중에는 톰 윌러드와 같이 걸어 다니게 되었는데, 그건 전혀 달랐다. 언제나 남자들은 그녀를 이해하고 그녀의 마음에 공감해주었다. 마을 인도에서, 나무 아래 어두운 그늘에서 그들이 그녀의 손을 잡으면 그녀 안에 표현되지 못한 무언가가 밖으로 나와 그들 안의 표현되지 못한 무언가의 일부가 되었다.

그리고 조바심의 두 번째 표현이 있었다. 그게 찾아오면 한

참 동안 해방된 듯 행복한 기분에 휩싸였다. 그녀는 함께 걷던 남자들을 탓하지 않았고 나중에는 톰 윌러드를 탓하지 않았다. 언제나 똑같았다. 키스로 시작해서 이상하게 격한 감정들이 지나고 나면 평화가 찾아오고 흐느끼는 참회로 끝이 났다. 자신이 흐느껴 울 때 그녀는 남자의 얼굴에 한 손을 갖다 대고 언제나 똑같은 생각을 했다. 덩치가 크고 턱수염이 있는 남자라도 갑자기 어린 소년이 되어버린 것 같은 생각이 들었다. 그녀는 어째서 그가 같이 흐느껴 울지 않는지 이해가 되지 않았다.

방 안에서, 낡은 윌러드 하우스의 한 구석에 쭈그리고 앉아, 엘리자베스 윌러드는 등잔에 불을 붙이고 문 옆에 놓인 화장대 위에 놓았다. 어떤 생각이 마음에 들어와서 그녀는 옷장으로 가 작은 네모 상자를 꺼내 탁자에 올려놓았다. 상자 안에는 화장품이 들어 있었다. 어쩌다 조난을 당해 와인즈버그에 흘러들어왔던 극단이 다른 소지품들과 함께 두고 간 것이었다. 엘리자베스 윌러드는 아름다워지겠다고 결심했다. 그녀는 머리카락이 여전히 검었고, 숱 많은 머리칼은 땋아서 머리 위에 올리고 있었다. 저 아래 사무실에서 앞으로 일어날 일이 마음속에서 점점 자라났다. 유령처럼 닳아빠진 형상이 톰 윌러드를 대적해서는 안 되었다. 전혀 뜻밖의, 소스라치게 놀랄 만한 어떤 존재가 되어야 했다. 키가 훤칠하게 크고, 석양처럼 물든 뺨에, 풍성하게 어깨로 흘러내린 머리칼을 드리운 형체가 성큼성큼 계단을 내려가 호텔 사무실에 할 일 없이 앉아 있는 경악한 사내들 앞에 설 것이다. 그 형체는 말이 없으리라. 재빠르고 무시무시하리라. 새끼 목숨이 위험한 호랑이 암컷처럼 그녀는 그림자 속에서 불시에 뛰쳐나와 덮치리라. 손에 길고 사악한 가위를 든 채로 기척도 없이 몰래 다가서리라.

목구멍에서 자그맣게 흘러나오는 목멘 흐느낌으로, 엘리자베스 윌러드는 화장대 위에 놓여 있던 등불을 불어 끄고 어둠 속에서 허약하게 벌벌 떨며 앉아 있었다. 기적과 같았던 몸속의 힘은 떠나버렸고, 어지럼증에 하마터면 방바닥을 구를 뻔한 그녀는 와인즈버그의 메인 스트리트를 쳐다보며 그 많은 기나긴 나날들 내내 앉아 있던 의자 등을 꼭 붙들었다. 복도에서 발소리가 들리더니 조지 윌러드가 문으로 들어왔다. 그가 어머니 옆에 있는 의자에 앉아 말하기 시작했다. "저 여기서 나가야겠어요. 어디로 가야 할지 뭘 해야 할지 모르겠지만 멀리 떠나야겠어요."

의자에 앉은 여인은 기다렸고 몸을 떨었다. 불쑥 그녀는 어떤 충동에 휩싸였다. "네가 아무래도 꿈에서 깨어나는 게 좋겠다 이거구나." 그녀가 말했다. "그런 생각을 한다고? 도시로 가서 돈을 벌겠다 이거니, 응? 그러니까, 사업가가 되어서, 기운차고 영특하고 활기차게 살아가는 게 너한테 좋다고, 그렇게 생각하니?" 그녀는 기다리며 몸을 떨었다.

아들이 고개를 저었다. "어머니를 이해시켜드릴 수는 없겠죠. 하지만 아, 정말이지 그럴 수 있다면 얼마나 좋을까요." 그는 열띤 목소리로 말했다. "심지어 아버지한테는 이야기를 꺼낼 수도 없어요. 아예 시도도 하지 않아요. 해봤자 소용도 없어요. 어떻게 해야 할지 모르겠어요. 그냥 멀리 떠나서 사람들을 보고 생각하고 싶어요."

소년과 여인이 함께 앉아 있는 방 안에 정적이 깔렸다. 다른 날 저녁때와 마찬가지로, 두 사람은 민망해졌다. 한참 뒤 소년은 다시 말하려 했다. "일이 년씩 되지는 않겠지만, 그동안 내내 생각해왔어요." 소년은 일어나서 문간으로 가며 말했다. "아버지가 하신 말씀이 있는데, 그 말을 들으니 멀리 떠나야겠다는 확신이 들었어요." 소년은 더듬거리며 문손잡이를 찾았다. 방 안의 정적이 여인에게 감당하지 못할 지경이 되었다. 아들의 입술에서 나온 말들 때문에 환호성을 올리고 싶었지만, 기쁨의 표현은 이제 그녀에게 불가능한 일이 되었다. "엄마 생각에는 네가 나가서 남자애들하고 어울리면 좋겠구나. 넌 너무 집 안에만 있어." 그녀가 말했다. "잠깐 산책이나 다녀올까 하고 생각했어요." 아들이 어색하게 방을 나서며 대답하고는 문을 닫았다.

철학자

파시발 박사는 노란 콧수염으로 뒤덮인 축 늘어진 입을 지닌 거구의 사내였다. 그는 언제나 더러운 흰색 조끼를 입었는데, 그 호주머니에서는 싸구려 여송연 유의 시커먼 시가들이 여럿 튀어나와 있었다. 그의 치아는 시커멓고 들쑥날쑥했으며 눈은 어딘가 이상했다. 왼쪽 눈꺼풀은 경련을 했는데, 툭 떨어졌다가 휙 떠지곤 했다. 그 눈꺼풀은 딱 창문 블라인드 같아서, 의사의 머릿속에 누가 서서 블라인드 줄을 잡고 장난을 치고 있는 것 같았다.

파시발 박사는 소년, 조지 윌러드를 좋아했다. 조지가 〈와인즈버그 이글〉에서 1년간 일할 때부터 시작된 친분관계는, 순전히 박사 쪽에서 일방적으로 밀어붙인 것이었다.

늦은 오후, 〈이글〉 신문사 사장이자 편집장인 윌 헨더슨이 톰 윌리의 술집에 찾아왔다. 뒷골목으로 가서 슬쩍 술집 뒷문으로 들어간 그는 슬로진과 소다워터를 섞은 술을 마시기 시작했다. 윌 헨더슨은 관능주의자였고 이제 나이 마흔다섯 살이 되었다. 윌은 진이 자기 안의 젊음을 되살려준다고 상상했다. 대다수 관능주의자들이 그렇듯 윌 역시 여자들 이야기를 좋아했고, 한 시간 동안 눌러앉아 톰 윌리와 시답잖은 뒷이야기를 했다. 술집 주인은 키가 작고 어깨가 넓은 사내로 특히 눈에 띄는 손의 소유자였다. 가끔 남자들과 여자들의 볼을 새빨갛게 물들이는 불꽃처럼 발갛게 타오르는 선천적 반점이 톰 윌리의 손가락과 손등을 물들이고 있었다. 바 옆에 서서 윌 헨더슨과 이야기를 나누며 그는 양손을 비볐다. 흥분이 점점 더 고조되자 손가락의 붉은빛이 더 깊어졌다. 마치 손을 핏물 속에 담갔다 뺀 다음에 핏물이 말라 희미해진 듯한 모양이었다.

윌 헨더슨이 바에 서서 붉은 손을 바라보며 여자들 이야기를 하고 있는 사이, 조수인 조지 윌러드는 〈와인즈버그 이글〉 사무실에 앉아 파시발 박사의 이야기에 귀를 기울였다.

파시발 박사는 윌 헨더슨이 사라지자마자 나타났다. 사무실 창문으로 보고 있다가 편집장이 뒷골목으로 나가는 걸 본 게 아닐까 의심스러울 정도였다. 앞문으로 들어와 의자를 차지하고 앉더니 그는 여송연에 불을 붙이고 다리를 꼬고는 이야기를 시작했다. 자기 스스로도 정의할 수 없는 몸가짐을 익히는 게 좋다고 소년을 설득시키는 일에 열심인 눈치였다.

"눈을 똑바로 뜨고 있으면 내가 자칭 의사라고 하고 다니긴 하지만 환자가 거의 없다는 사실을 알 거다." 그는 말머리를 꺼냈다. "거기에는 이유가 있어. 그건 우연이 아니고, 여기 다른 사람들보다 내가 의학을 몰라서 그런 것도 아니다. 나는 환자를 원치 않아. 있잖니, 그 이유는 겉으로는 드러나지 않지. 사실 내 성격 탓이거든. 내 성격이, 생각을 좀 해보면, 상당히 희한한 반전들로 구성되어 있거든. 어째서 이런 얘기를 너한테하고 싶은지 그건 나도 모르겠다. 가만히 입 다물고 있으면서네 눈빛에서 더 신뢰를 받을 수도 있을 텐데 말이야. 네가 나를우러러보게 만들고 싶다는 욕망이 생긴단 말인데, 그건 사실이다. 왜인지는 모르겠어. 그래서 내가 이렇게 얘기를 하는 거야.아주 재미있지 않니, 응?"

가끔 의사는 자기 자신에 대한 기나긴 이야기들을 시작하곤했다. 소년에게 그 이야기들은 아주 실감나고 의미로 충만했다. 소년은 뚱뚱하고 더러운 남자를 우러러보게 되고, 윌 헨더슨이 어디 가고 자리를 비운 오후면 의사가 오기만 예리한 관심을 품고 고대했다.

파시발 박사는 와인즈버그에 다섯 해 정도 머물렀다. 그는 시카고 출신이었고 처음에 왔을 때는 술에 취해서 짐꾼 앨버트롱워스와 싸움이 붙기도 했다. 트렁크 때문에 시작된 싸움은결국 의사를 읍내 유치장 감금까지 몰고 갔다. 풀려난 후 의사는 메인 스트리트 끝에 있는 구두 수선가게 위층 방을 빌려 자기가 의사라고 알리는 간판을 내걸었다. 환자들은 몇 명 없었고 그나마 진료비를 지불할 여력이 없는 빈민들이었지만, 의사는 필요한 만큼의 돈은 충분히 있는 눈치였다. 그는 말도 못하게 더러운 진료실에서 잠을 잤고 기차역 건너편 아담한 가건물에 있는 비프 카터의 간이식당에서 밥을 먹었다. 여름이면 간이식당에는 파리 떼가 극성이었고 비프 카터의 하얀 앞치마는 식당 마룻바닥보다 더 더러웠다. 파시발 박사는 꼬떡도 하지 않았다. 그는 간이식당으로 휘적휘적 들어가서 카운터에 20센트를 놓았다. "그 돈에 맞춰서 마음대로 먹여주게." 그는 껄껄 웃으며 말했다. "달리 팔지 못할 음식을 다 써버리게. 나한테는 아무 상관 없으니까. 나는 범상치 않은 사람이란 말이야. 내가 먹을 것 걱정을 뭐 하러 하겠나."

　파시발 박사가 조지 윌러드에게 말해준 이야기들은 밑도 끝도 없이 시작해서 밑도 끝도 없이 끝났다. 가끔 소년은 전부 다 꾸며낸 이야기들일 거라고, 턱없는 거짓말들이 분명하다는 생각을 하기도 했다. 그렇지만 한편으로 그 이야기들 속에는 진실의 본질 그 자체가 농축되어 있다고 믿어 의심치 않았다.

　"나도 여기 너처럼 기자였단다." 파시발 박사가 이야기를 시작했다. "아이오와의 소도시에서였지, 일리노이였던가? 기억이 나지도 않고 어차피 중요하지도 않아. 어쩌면 나는 정체를 감추려 하는 거고, 그래서 아주 구체적으로 말해주고 싶지 않은지도 모르지. 내가 아무 일도 안 하면서 필요한 만큼 돈이 있다는 게 이상하다고 생각해본 적 없니? 난 어쩌면 여기 오기 전에 거액의 돈을 훔쳤거나 살인사건에 연루되었을지도 몰라. 생각해볼 거리 아니냐, 응? 네가 정말로 똑똑한 신문기자라면 나를 찾아보겠지. 시카고에는 살해당한 크로닌 박사라는 사람이 있었단다. 그 얘기 들어본 적 있니? 어떤 사람들이 그를 살해해서 트렁크에 넣었지. 이른 아침 그 사람들은 트렁크를 끌고 도시를 가로질렀다. 그 트렁크는 고속 승합마차 후미의 화물칸에 놓여 있었고 사람들은 아무렇지도 않게 자리에 앉아 있었지. 모두가 잠든 조용한 거리를 지나갔어. 태양이 막 호수 위로 떠오르고 있었고. 이상하지, 어, 그 사람들이 지금 나처럼 태평하게 파이프 담배를 피우고 수다를 떨면서 마차를 타고 가는 생각만 해도 말이야. 어쩌면 내가 그 사람들 중 하나였을지도 모르지. 그러면 참 희한한 상황의 반전이겠지, 안 그러냐, 응?"

파시발 박사는 또 자기 이야기를 시작했다. "뭐, 아무튼 나도 그랬다. 여기 너처럼 어떤 신문의 기자라서 여기저기 뛰어다니면서 신문에 실을 소소한 건수들을 물어 왔지. 우리 어머니는 가난하셨어. 빨랫감을 받아 오셨지. 어머니의 꿈은 내가 장로교 목사가 되는 것이었고, 그래서 난 그 목표를 염두에 두고 공부를 했단다.

우리 아버지는 수년 전에 미쳐서 제정신이 아니었어. 오하이오 주 데이턴에 있는 정신병원에 입원해 계셨지. 이거 봐라, 나도 모르게 말해버렸군! 이 모든 일은 오하이오에서, 바로 여기오하이오에서 일어났단다. 혹시라도 나에 대해 조사해봐야겠다는 생각을 하게 되면 여기 실마리가 있는 거야.

난 너한테 우리 형 얘기를 하려고 했단다. 그게 이 모든 얘기의 목적이지. 내가 하려는 얘기가 바로 그거야. 우리 형은 철로를 페인트칠하는 일꾼이었고 빅포 철도회사* 소속이었어. 그 철도가 오하이오를 관통하는 건 너도 알지. 형은 다른 페인트 공들과 함께 유개화차에서 잠을 잤고, 이 도시 저 도시를 다니면서 철도회사 설비들을 칠하고 다녔지. 스위치며 차단문, 다리와 역사들 말이다.

빅포 철도회사는 역사를 고약한 오렌지색으로 칠하거든. 그 색깔이 얼마나 싫었는지! 우리 형은 언제나 그 색깔을 뒤집어 쓰고 있었어. 월급날이면 술에 잔뜩 취해서 옷에는 페인트 범벅을 하고는 돈을 들고 집에 왔지. 어머니에게 주는 게 아니라 식탁 위에 돈다발을 쌓아놨어.

형은 고약한 오렌지색 페인트 범벅인 옷을 입은 채로 집 주위를 돌아다녔어. 그 모습이 눈에 선해. 아담한 체구에 붉게 충혈된 슬픈 눈을 한 우리 어머니는 뒤편의 작은 헛간에서 집 안으로 들어오곤 하셨지. 어머니는 거기서 사람들의 더러운 옷들을 대야에 넣고 비벼 빨며 시간을 보내셨거든. 집 안에 들어오면 식탁 옆에 서서 비누 거품이 잔뜩 묻은 앞치마로 눈을 비비곤 하셨어.

'손대지 마요! 내 돈에 어디 손대기만 해봐.' 형은 무섭게 으름장을 놓고 5달러 내지 10달러쯤 갖고는 술집으로 놀러 나갔어. 갖고 나간 돈을 다 쓰고 나면 돈을 더 가지러 들어왔지. 어머니에게는 한 푼도 주지 않고, 자기가 찔끔찔끔 다 써버릴 때

*미국 중서부의 CCC & StL 철도의 별칭.

까지 머물곤 했어. 그러고 나면 다시 철도회사 페인트공 동료들과 함께 일하러 갔지. 형이 떠나고 나면 우리 집에 물건들이 도착하기 시작했단다. 생필품이나 뭐 그런 것들. 가끔씩 어머니 드레스나 내 신발도 왔지.

이상하지, 응? 우리 어머니는 나보다 형을 훨씬 더 사랑했어. 형은 우리 두 사람에게 친절한 말 한 마디 하지 않았고, 어떤 때는 식탁에 사흘씩 놓여 있는 돈에 우리가 손만 대도 펄펄 뛰면서 우릴 윽박질렀는데도 말이야.

우리는 꽤 잘 지냈다. 나는 목사가 되려고 공부를 했고 기도를 했지. 나는 기도를 하는 데는 정말 젬병이었어. 내 기도를 들어봤어야 해. 아버지가 돌아가셨을 때 나는 밤새도록 기도를 했어. 가끔 우리 형이 읍내에서 술을 마시고 우리한테 줄 물건들을 사고 돌아다닐 때도 밤새 기도를 했거든. 저녁 식사를 마치고 나면 돈이 놓인 식탁 옆에 무릎을 꿇고 앉아서 몇 시간 동안 기도를 했지. 아무도 보지 않을 때 달러 지폐 한두 장을 슬쩍해서 호주머니에 넣었어. 지금 생각하면 껄껄 웃게 되지만 그때는 끔찍했어. 내내 마음에 걸렸지. 기자 일을 해서 일주일에 6달러를 벌었는데 곧장 어머니께 다 갖다드렸거든. 형의 돈 다발에서 슬쩍한 몇 달러는 나 자신을 위해서 썼지. 있잖니, 사소한 것들, 사탕이며 담배며 뭐 그런 것들 말이야.

아버지가 데이턴의 정신병원에서 돌아가셨을 때, 난 그리 찾아갔었단다. 회사 사장님께 돈을 좀 빌려서 밤에 기차를 탔어. 비가 내리고 있었지. 정신병원에서는 내가 왕이라도 되는 것처럼 극진하게 대접을 해주더군.

정신병원에서 일하는 사람들이 내가 기자라는 걸 알아냈던 거야. 겁이 났던 거지. 아버지가 아프실 때 뭔가 그쪽에서 소홀했던 점, 부주의했던 점이 있었어. 그래서 그 사람들은 내가 신문에 그걸 기사로 내고 난리를 피울 줄 알았던 거야. 난 그런 일은 아예 생각도 하지 않았는데 말이야.

아무튼, 나는 아버지의 시신이 누워 계신 방에 들어가서 강복을 했어. 어쩌다 내 머리에 그런 생각이 들어갔는지 모르겠어. 하지만 우리 형, 페인트공인 우리 형은 웃었을 거야. 거기 아버지의 시신 앞에 서서 나는 양손을 쭉 뻗었어. 정신병원 원장과 측근들이 들어와서 빙충맞은 얼굴들을 하고 둘러섰지. 아주 웃겼어. 나는 양손을 쭉 펴고 말했어. '이 시체 위에 평화가 거하기를.' 그게 내가 한 말이야."

파시발 박사는 벌떡 일어나서 하던 이야기를 중간에 뚝 끊고는, 조지 윌러드가 앉아서 귀를 기울이고 있는 〈와인즈버그 이글〉 사무실을 서성거리기 시작했다. 사무실이 좁아서 거동이 서투른 탓에 계속 기물에 부딪혔다. "이런 소리를 하고 있다니 난 정말 바보로군." 그는 말했다. "여기 와서 너한테 친구가 되어달라고 억지로 졸라대는 목적은 그게 아닌데. 좀 다른 걸 생각하고 있었는데 말이야. 너는 옛날 나처럼 기자고, 어쩐지 관심이 가더군. 너도 또 그런 바보가 되어버릴지도 모르니까. 난 너한테 경고를 하고 거듭 경고를 하고 싶단다. 그래서 널 꾸역꾸역 찾아오는 거다."

파시발 박사는 사람들에 대한 조지 윌러드의 태도에 대해 얘기하기 시작했다. 소년이 보기에는, 이 남자의 목적은 단 하나, 모든 사람을 형편없어 보이게 만들려는 것 같았다. "나는 너를 증오와 경멸로 채워서 우월한 존재가 되게 해주고 싶다." 그는 선언했다. "우리 형을 봐. 대단한 사람 아니었니, 응? 형은 모든 사람을 경멸했단 말이다. 형이 어머니와 나를 얼마나 경멸 섞인 눈으로 보았는지 너는 상상도 못 할 거다. 그런데 형이 우리보다 우월하지 않았니? 너도 그랬다는 걸 알 게다. 너는 우리 형을 본 적이 없지만 내가 그 느낌을 알 수 있게 해줬으니까. 어떤 느낌인지 맛보기를 보여주었잖아. 형은 죽었어. 술에 취해 철로에 누웠는데 형이 동료들과 함께 기숙하던 그 유개화차가 형을 치고 지나갔지."

8월의 어느 날 파시발 박사는 와인즈버그에서 모험을 했다. 조지 윌러드는 한 달째 매일 아침마다 한 시간씩 의사의 진료실에 가서 함께 시간을 보내고 있었다. 의사가 소년에게 자기가 쓰고 있는 책을 직접 읽어주고 싶다는 의사를 표하는 바람에 주선된 만남이었다. 파시발 박사는 그 책을 쓰는 것이 여기 와인즈버그로 와서 사는 이유라고 공언했다.

그 8월의 아침 소년이 오기 전, 어떤 사건이 의사의 진료실에서 일어났다. 메인 스트리트에서 사고가 일어났던 것이다. 마차를 끌던 말들이 열차에 놀라 도망쳐버렸다. 농부의 딸인 어린 소녀가 마차에서 튕겨 나와 사망했다.

메인 스트리트에서 사람들은 모두 흥분했고 의사를 찾는 외침 소리가 고조되었다. 읍내에서 왕성하게 활동하고 있는 의사들이 금세 도착했지만 아이는 이미 죽은 뒤였다. 군중 속 어떤 사람이 그전에 파시발 박사의 진료실을 찾아갔었지만, 그는 무뚝뚝하게 죽은 아이를 보러 진료실에서 내려갈 생각이 없다고 단호히 거절했었다. 이 거절의 쓸데없는 잔인함은 사람들에게 알려지지 않고 넘어갔다. 계단을 올라가 그를 부르러 갔던 남자가 미처 거절을 듣기도 전에 황급히 다시 뛰쳐 내려가버렸던 것이다.

이 모든 사실을, 파시발 박사는 모르고 있었고 조지 윌러드가 진료실에 도착했을 때는 공포로 벌벌 떨고 있었다. "내가 한 짓이 이 마을 사람들을 자극해서 들고 일어나게 만들 거야." 그는 흥분해서 선언했다. "내가 인간 본성을 모르는 줄 알아? 무슨 일이 일어날지 모르겠나? 내가 거절했다는 소문이 속삭임으로 퍼져나가겠지. 얼마 후 사람들은 무리 지어 그 얘기를 하게 될 거야. 그리고 여기를 찾아올 거야. 우리는 싸움을 하게 될 테고 곧 교수형 이야기가 나올 거야. 그리고 그 사람들은 손에 밧줄을 들고 다시 찾아오겠지."

파시발 박사는 공포로 덜덜 떨었다. "예감이 좋지 않아." 그는 또박또박 강조해 말했다. "내가 지금 말하고 있는 일이 오늘 아침 일어나지 않을 수도 있어. 오늘 밤까지 미루어질 수도 있지만, 아무튼 나는 목매달려 죽을 거야. 모두가 흥분할 거야. 나는 메인 스트리트의 가로등에 매달리게 될 거야."

더러운 진료실 문으로 가면서 파시발 박사는 소심하게 거리로 내려가는 계단을 보았다. 돌아왔을 때, 눈빛에 서려 있던 공포는 의혹으로 바뀌어 있었다. 까치발을 하고 방을 가로질러 가서 파시발 박사는 조지 월러드의 어깨를 톡톡 쳤다. "지금이 아니라면, 언젠가" 하고 그는 고개를 절레절레 흔들며 말했다. "결국 나는 십자가에 매달릴 거야, 쓸데없이 십자가에 매달리게 될 거야."

파시발 박사는 조지 월러드에게 애원하기 시작했다. "내 말을 잘 들어야만 한다." 그는 졸라댔다. "무슨 일이 일어나면 내가 못 쓸 수도 있는 책을 어쩌면 네가 쓸 수 있을지도 몰라. 아이디어는 아주 간단해, 너무 간단해서 네가 주의를 기울이지 않으면 잊어버릴지도 몰라. 그건 바로 이거다. 이 세상 사람들은 모두 예수님이고 모두 십자가에 매달린다는 거야. 그게 내가 하고 싶은 말이야. 절대 그걸 잊지 마라. 무슨 일이 일어나더라도, 너 자신이 이 사실을 잊어버리게 해서는 절대로 안 돼."

아무도 모른다

신중하게 주위를 둘러보며 조지 윌러드는 〈와인즈버그 이글〉 사무실에서 일어나서 서둘러 뒷문으로 빠져나갔다. 그날 밤은 따뜻하고 흐렸으며 8시가 채 못 된 시간이었는데도 〈이글〉 사무실 뒷골목이 칠흑처럼 어두웠다. 어둠 속 어딘가에서 말뚝에 묶인 한 무리의 말들이 단단하게 다져진 땅바닥에 발을 굴렀다. 고양이 한 마리가 조지 윌러드의 발치에서 뛰어올라 밤 속으로 달려가버렸다. 청년은 불안했다. 하루 종일 그는 한 대 맞고 멍해진 사람처럼 건성으로 일을 했다. 뒷골목에서 그는 공포에 질린 사람처럼 부르르 떨었다.

어둠 속에서 조지 윌러드는 뒷골목을 걸었다. 조심스럽고 신중하게 걸었다. 와인즈버그 상점들의 뒷문이 열려 있어 가게 불빛 아래 앉아 있는 사람들의 모습이 보였다. 마이어바움 잡화상에서는 술집 주인의 아내 윌리 부인이 팔에 장바구니를 걸고 카운터 옆에 서 있었다. 점원 시드 그린이 그녀를 응대하고 있었다. 시드는 카운터 위로 몸을 굽히고 열심히 뭐라고 말하고 있었다.

조지 윌러드는 몸을 웅크렸다가 문에서 흘러나오는 빛의 길을 펄쩍 뛰어넘었다. 그는 암흑 속에서 앞으로 달려 나가기 시작했다. 에드 그리피스의 술집 뒤에서 동네 주정뱅이인 제리 버드 영감이 땅바닥에 드러누워 있었다. 달리던 청년은 주정뱅이의 쭉 뻗은 다리에 발이 걸리고 말았다. 그는 떠듬떠듬 웃음을 터뜨렸다.

조지 윌러드는 모험을 떠난 참이었다. 하루 종일 그는 모험을 감행할지 여부를 결정하려 애썼고 이제 실행에 옮기고 있었다. 〈와인즈버그 이글〉 사무실에서 6시까지 앉아 있으면서 생각하려고 애를 썼다.

아무 결정도 내려지지 않았다. 그저 벌떡 일어나 인쇄소에서 교정쇄를 읽고 있던 윌 헨더슨을 황급히 지나쳐 뒷골목을 따라 달리기 시작했을 뿐이었다.

조지 윌러드는 길거리를 지나고 또 지나며 달렸고, 지나치는 사람들을 피하려 애썼다. 도로를 건너고 또 건넜다. 가로등이 나오면 모자를 푹 눌러써 얼굴을 가렸다. 감히 생각할 엄두도 내지 못했다. 마음속에는 두려움이 있었지만 그건 새로운 종류의 두려움이었다. 그가 막 시작한 모험을 망치게 될까 두려웠고, 자기가 용기를 잃고 돌아서게 될까 두려웠다.

조지 윌러드가 찾아갔을 때 루이스 트러니언은 아버지 집 주

방에 있었다. 케로신 등잔 불빛에 의지해 설거지를 하고 있었다. 집 뒤편의 헛간 같은 작은 주방 방충망 문 너머에 그녀가 서 있었다. 조지 윌러드는 울타리 옆에 서서 덜덜 떨리는 몸을 주체하려 애썼다. 그와 모험 사이를 갈라놓는 건 비좁은 감자 텃밭밖에 없었다. 5분이 지난 후 비로소 조지 윌러드는 그녀를 소리쳐 부를 만한 확신을 갖게 되었다. "루이스! 오, 루이스!" 그는 외쳤다. 그 외침은 목구멍에 걸려버렸다. 그의 목소리는 목쉰 속삭임이 되었다.

루이스 트러니언이 손에 행주를 들고 나와 감자 텃밭을 건너 왔다. "내가 너하고 데이트하길 원하는지 네가 어떻게 안다는 거야." 그녀는 뾰루퉁하게 말했다. "어째서 그렇게 확신하는 거지?"

조지 윌러드는 대답하지 않았다. 침묵 속에서 두 사람은 사이에 울타리를 두고 어둠 속에 서 있었다. "너 먼저 가." 루이스가 말했다. "아빠가 안에 계셔. 내가 따라갈 테니까. 윌리엄스 마구간 옆에서 기다려."

젊은 신문기자는 루이스 트러니언으로부터 편지를 받았었다. 그날 아침 〈와인즈버그 이글〉 사무실로 배달되어 왔다. 편지 내용은 간략했다. "원한다면 나는 네 거야." 편지에는 그렇게 쓰여 있었다. 그는 어둠 속 울타리 옆에서 루이스가 두 사람 사이에 아무 일도 없었던 것처럼 행동했던 게 짜증 난다는 생각을 했다. "배짱이 있는데! 와, 진짜, 배짱 한번 두둑해." 길을 따라 걸으며 옥수수들이 자라는 공터를 지나치던 그는 툭 내뱉었다. 옥수수는 어깨 높이까지 자랐고 인도 바로 옆까지 바짝 붙도록 심어져 있었다.

자기 집 현관문으로 나온 루이스 트러니언은 여전히 설거지 할 때 입었던 깅엄 원피스를 입고 있었다. 머리에 모자를 쓰지도 않았다. 소년은 문손잡이를 손으로 잡고 안에 있는 누군가와 이야기를 나누는 그녀의 모습을 보았다. 당연히 아버지 제이크 트러니언 영감일 것이다. 제이크 영감은 반귀머거리라 루이스는 소리를 질렀다. 문이 닫히고 작은 곁길은 온통 깜깜하고 조용해졌다. 조지 윌러드는 그 어느 때보다 더 격하게 떨기 시작했다.

윌리엄스 마구간 옆 그늘 속에서 조지와 루이스는 감히 말할 용기를 내지 못하고 서 있었다. 그녀는 특별히 예쁘지도 않았고 코 옆에는 검은 얼룩을 묻히고 있었다. 조지는 부엌 냄비들을 닦다가 손가락으로 코를 만졌나보다고 생각했다.

청년은 불안하게 웃어대기 시작했다. "따뜻하다." 그가 말했다. 손으로 그녀를 만지고 싶었다. '나는 아주 대담하지 못해.' 그는 생각했다. 더러워진 깅엄 원피스 자락에 손만 대어도 기가 막히게 기분이 좋아질 거라고, 그는 확신했다. 그녀는 알쏭달쏭한 소리를 시작했다. "너는 네가 나보다 낫다고 생각하지. 말하지 마, 알 것 같으니까." 그녀는 그에게 더 가까이 다가서며 말했다.

조지 윌러드의 말문이 봇물처럼 터졌다. 길거리에서 마주쳤을 때 소녀의 눈에 숨어 있던 표정이 기억났고 그녀가 썼던 쪽지를 생각했다. 의혹은 그에게서 떠나갔다. 마을에 속삭임으로 떠도는 그녀에 대한 이야기들이 자신감을 불어넣어주었다. 그는 완전히 남성적이고, 대담하고, 공격적인 사람이 되었다. 그 심장에 그녀에 대한 연민은 없었다. "아, 이러지 마, 괜찮을 거야. 아무도 아무것도 모를 거야. 그 사람들이 어떻게 알아?" 그는 졸라댔다.

두 사람은 비좁은 벽돌 인도를 따라 걷기 시작했다. 보도의 갈라진 틈새로 키 큰 잡초들이 자라고 있었다. 벽돌 몇 개가 빠져 없어져서 길이 거칠고 울퉁불퉁했다. 그는 역시나 거친 그녀의 손을 잡고서 손이 작아서 기분 좋다고 생각했다. "멀리는 못 가." 그녀가 말했고 그 목소리는 조용하고 침착했다.

두 사람은 작은 냇물 위를 가로지르는 다리를 건넜고 옥수수가 자라는 공터를 하나 더 지났다. 길이 끝났다. 길 옆 오솔길로 들어서자 어쩔 수 없이 한 줄로 걸어가야 했다. 윌 오버튼의 딸기밭이 길가에 펼쳐져 있었고 나무널판이 한 무더기 놓여 있었다. "윌이 여기 딸기 궤짝을 보관할 헛간을 지으려고 해." 조지는 말했고, 두 사람은 판자 더미 위에 앉았다.

조지 윌러드가 메인 스트리트로 돌아왔을 때는 10시가 넘은 시각이었고 비가 막 내리기 시작한 참이었다. 그는 메인 스트리트 끝에서 끝까지 세 번을 왔다 갔다 걸었다. 실베스터 웨스트 약국이 아직 열려 있어서 들어가 시가를 한 대 샀다. 점원 쇼티 크랜달이 문 앞까지 같이 나와줘서 기분이 좋았다. 5분 동안 두 사람은 가게 차양 밑에 서서 비를 피하며 이야기를 나누었다. 조지 윌러드는 만족스러운 느낌이 들었다. 뭐니 뭐니 해도 어떤 다른 남자한테 얘기를 하고 싶었다. 모퉁이를 돌아 뉴 윌러드 하우스로 향하며 그는 나직하게 휘파람을 불었다.

서커스 그림들로 도배된 높은 울타리가 쳐진 위니 건조식료품점 옆의 인도에서 그는 휘파람을 뚝 그치고 어둠 속에 미동도 없이 서 있었다. 귀를 쫑긋 세우고, 마치 어떤 목소리가 자기 이름을 부르는 걸 듣는 것처럼 서 있었다. 그리고 다시 불안하게 웃었다. "그 여자는 나한테 아무것도 건 게 없어. 아무도 모르잖아." 그는 고집스럽게 중얼거리고 자기 길을 갔다.

독실한 신앙
—4부로 된 이야기

1

항상 서너 명의 노인들이 그 집 현관 포치에 앉아 있거나 벤틀리 농장 주변을 어슬렁거리며 돌아다니고 있었다. 노인 세 명은 여자들이었고 제시의 누이들이었다. 그들은 무색의, 나직한 목소리를 지닌 무리였다. 그리고 가늘고 하얀 백발의 말없는 할아버지가 있었는데 제시의 삼촌이었다.

농장은 나무로 지었고, 통나무들로 골조를 짠 후 널판으로 외면을 덮은 것이었다. 사실 집 한 채가 아니라 상당히 뜬금없는 조합으로 여러 채가 연결된 연립주택이었다. 집 안으로 들어가 보면 놀랄 일이 한두 가지가 아니었다. 거실에서 계단을 올라가면 식당이 나왔고 언제나 한 방에서 다른 방으로 갈 때는 올라가거나 내려가는 계단이 있었다. 식사 시간이 되면 그곳은 벌집 같았다. 사방이 고요한가 싶다가 문들이 열리기 시작하고, 계단에서 발소리가 다다다 들리고 나직하게 중얼거리는 말소리들이 점점 커지면 사람들이 10여 개쯤 되는 어두컴컴한 구석들로부터 나타났다.

이미 앞에서 말한 노인들 말고도 벤틀리 농장 주택에는 여러 다른 사람들이 살고 있었다. 피고용인들이 네 명이었는데, 캘리 비비 아줌마라는 이름의 여자가 가정부였고, 일라이자 스타우튼이라는 이름의 좀 모자란 소녀가 침대 정리를 하고 소젖을 짰으며, 마구간에서 일하는 소년이 하나 있고, 이 모든 것의 소유주이자 지배자인 제시 벤틀리 본인이 있었다.

미국 남북전쟁이 끝나고 20년이 흘렀을 무렵, 벤틀리 농장이 자리한 오하이오 북부 지역은 개척자들의 생활에서 막 벗어나기 시작하고 있었다. 제시는 당시 곡물 수확 장비를 소유하고 있었다. 그는 현대적 곡물 창고들을 지었고 그의 토지 대부분은 세심하게 타일 배수관을 설치해 관리되고 있었다. 하지만 이 남자를 이해하기 위해서 우리는 좀 더 옛날로 거슬러 올라가야 한다.

벤틀리 가족은 제시의 시대가 오기 전에도 몇 세대에 걸쳐 오하이오 북부에 살았다. 그들은 뉴욕 주 출신이었고 나라가 갓 세워져 토지를 싼값에 획득할 수 있을 때 땅을 차지했다. 오랫동안 그들은 다른 중서부 사람들과 마찬가지로 몹시 가난했다. 그들이 정착한 땅은 숲이 빽빽하게 우거져 있었고 쓰러진 통나무들과 덤불이며 수풀로 뒤덮여 있었다. 길고 힘겨운 노동을 통해 이것들을 깨끗이 개간하고 벌목을 하고 나서도, 여전히 나뭇등걸들을 처리해야 했다. 경지를 쟁기로 갈다보면 숨어 있던 나무뿌리에 걸리기 일쑤였고, 사방에 돌멩이들이 널려 있으며, 지대가 낮은 곳에서는 물이 고였고, 어린 옥수수들은 누렇게 시들고 병들어 죽어갔다.

　제시 벤틀리의 아버지와 형들이 이곳을 소유하게 되었을 때는 힘든 개간 작업들이 어느 정도 끝난 뒤였지만, 그들은 오랜 전통을 고수하며 가축처럼 일을 했다. 사실상 당시의 모든 농경 종사자들이 살았던 방식 그대로 살았던 것이다. 봄에, 그리고 겨울 거의 내내, 와인즈버그 읍내로 이어지는 도로들은 진흙바다였다. 벤틀리 가의 네 청년은 하루 종일 밭에서 열심히 일했고, 거칠고 기름진 음식을 배 터지게 먹었으며 밤이면 지푸라기 침상에서 기진맥진한 짐승들처럼 잠을 잤다. 그들의 삶에는 거칠거나 야만적이거나 외면적이지 않은 다른 무언가가 들어오는 일이 거의 없었고, 그들 자신 역시 거칠고 무도했다. 토요일 오후가 되면 그들은 말들을 3인승 승합마차에 묶어 읍내로 나갔다. 읍내에서 그들은 상점의 난로 옆에 서서 다른 농부들이나 상점 주인들과 이야기를 나누었다. 상하의가 붙은 작업복을 입었고 겨울이면 진흙이 덕지덕지 들러붙은 묵직한 코트를 입었다. 난로의 온기를 향해 쭉 펼친 그들의 손은 갈라지고 붉었다. 그들은 말을 하는 게 힘들어서 대체로 입을 다물고 있었다. 고기, 밀가루, 설탕과 소금을 사고 나면 와인즈버그의 술집 중 하나를 골라 들어가서 맥주를 마셨다. 술기운이 오르면 새로운 땅을 길들이는 영웅적인 노동에 억눌려 있던 그들 본성의 강렬한 욕정이 분출되었다. 어떤 조야하고 동물 같은 시적(詩的) 열기가 그들을 사로잡았다. 집으로 가는 길에 그들은 승합마차 좌석에 앉아 별을 보며 고래고래 소리를 질러댔다. 가끔은 오랫동안 지독한 싸움을 했고, 또 어떤 때는 불쑥 노래를 부르기도 했다. 청년들 중에서 나이가 많은 편이었던 에노크 벤틀리가 마차 끄는 말을 때리는 채찍 손잡이로 아버지인 톰 벤틀리 영감을 치는 바람에 영감이 금방이라도 숨이 넘어갈 지경이 된 적도 있었다. 며칠 동안 에노크는 마구간 다락의 짚더미 속에 숨어 지냈고, 혹시라도 순간적 격정의 대가가 살인이 되어버린다면 도망갈 만반의 채비를 갖추고 있었다. 그러면서 어머니가 가져다주는 음식으로 연명하며 다친 아버지의 상태에 대한 소식을 들었다. 모든 게 다 잘 끝나자 그는 숨어 있던 곳에서 나와 아무 일도 없었다는 듯 다시 개간 작업으로 돌아갔다.

남북전쟁은 벤틀리 가족의 운명을 파격적으로 바꾸어놓았고 막내아들인 제시가 출세하는 계기가 되었다. 에노크, 에드워드, 해리, 그리고 윌 벤틀리는 모두 징집되었고 기나긴 전쟁이 끝나기 전에 모두 전사했다. 그들이 남부로 간 후 한동안 톰 영감이 농장을 경영해보려 했지만 성공하지 못했다. 전장에 나간 네 아들 중 마지막 하나마저 전사하자 그는 제시에게 아무래도 집으로 돌아와야 되겠다는 편지를 보냈다.

그리고 1년 동안 시름시름 앓던 어머니가 갑자기 세상을 떠나자 아버지는 완전히 낙심하고 말았다. 그는 농장을 팔고 읍내로 이사를 해야겠다는 얘기를 했다. 그는 하루 종일 고개를 절레절레 흔들고 뭐라고 중얼거리며 돌아다니곤 했다. 밭일에서는 손을 놓았고 옥수수밭에서는 잡초가 무성하게 자랐다. 톰 영감은 일꾼들을 고용했지만 똑똑하게 써먹지 못했다. 아침에 그들이 밭에 일하러 나가면 영감은 숲 속으로 정처 없이 들어가 통나무를 깔고 앉았다. 가끔은 밤에 집에 오는 걸 깜박 잊어 딸들 중 누군가가 아버지를 찾아 나서야 할 때도 있었다.

제시 벤틀리가 농장으로 돌아와 책임을 지고 사태를 수습하게 됐을 때, 그는 홀쭉하고 예민한 외모의 스물한 살 청년이었다. 열여덟 살에 집을 떠나 유학을 갈 때는, 학자가 되어 장로교 교회의 목사가 되려는 꿈이 있었다. 소년 시절 내내 그는 이 나라에서 소위 '별종'이라고 불리는 부류였고 형들과 잘 어울리지 못했다. 가족들 중에서 유일하게 어머니만 그를 이해해줬는데 이제 어머니는 돌아가시고 없었다. 집에 돌아와 농장 일을 떠맡았을 때, 농장은 600에이커도 훌쩍 넘게 커져 있었고, 와인즈버그 근교의 농장이나 읍내에 사는 모든 사람들은 강인한 네 형들이 했던 일을 제시가 혼자 떠맡으려 한다는 생각에 웃음을 머금었다.

그 웃음에는 사실 충분한 이유가 있었다. 그 시절의 기준에서 제시는 전혀 사내답게 보이지 않았던 것이다. 키도 작고 아주 날씬했으며 여자 같은 몸매에 젊은 목사들의 전통에 충실하게 긴 검은 코트와 좁다란 검은 스트링타이를 맨 차림이었다. 이웃들은 고향을 떠났다가 수년 만에 돌아온 제시를 보고 재미있어했고, 도시에서 그가 결혼해 데리고 온 여자를 보면 더욱더 재미있어했다.

실제로 제시의 아내는 금세 나가떨어지고 말았다. 그건 아마 제시의 잘못이었을 것이다. 남북전쟁 직후의 어려운 시절 오하이오 북부의 농장이란 섬세한 여자한테 어울리는 곳이 아니었고, 캐서린 벤틀리는 섬세하고 여렸다. 제시는 그 시절 주위 모든 사람한테 그랬듯 아내에게도 엄하게 대했다. 캐서린 벤틀리는 다른 이웃 여자들이 전부 다 하는 그런 일을 해보려고 노력했고 제시는 간섭하지 않고 내버려두었다. 그녀는 젖 짜는 일을 돕고 집안일을 일부 맡아서 했다. 일꾼들의 침대를 정리하고 음식을 차려주었다. 1년 동안 그녀는 동이 틀 때부터 늦은 밤까지 일했고 아이를 하나 낳고 나서 죽어버렸다.

제시 벤틀리로 말하자면, 비록 섬세한 체구의 남자였지만 그 안에는 쉽게 죽일 수 없는 무언가가 살아 있었다. 그는 갈색 고수머리였고, 엄하고 솔직해 보이는가 하면 또 어떤 때는 흔들리고 불안해 보이는 회색 눈을 갖고 있었다. 날씬했을 뿐 아니라 키도 작았다. 입매는 예민하지만 결연한 아이의 입 같았다. 제시 벤틀리는 광신자였다. 시대와 장소에 맞지 않게 태어나 괴로워했고 또 다른 사람들을 괴롭게 했다. 그는 삶에서 원하는 걸 얻는 데 성공해본 적이 없었고 자기가 뭘 원하는지도 몰랐다. 벤틀리 농장으로 귀향한 후 아주 짧은 시간 내에 그는 그곳의 사람들이 모두 자신을 약간 두려워하게 만들었고, 어머니가 그러했듯 그와 친밀하게 지냈어야 하는 아내마저 자신을 두려워하게 만들어버렸다. 돌아오고 나서 2주가 다 되어갈 무렵, 톰 벤틀리 영감이 농장 소유권을 완전히 그에게 넘겨주고 일선에서 물러났다. 모든 사람들이 일선에서 물러났다. 젊고 미숙했음에도 제시는 자기가 부리는 사람들의 영혼을 장악하는 법을 알고 있었다. 말하고 행동하는 모든 것에 너무나 진지한 열성으로 임해서 아무도 그를 이해하지 못했다. 그는 농장 사람들 모두를 과거 그 어느 때보다 더 열심히 일하게 만들었지만 그 일에는 기쁨이 없었다. 일이 잘되면 제시에게 잘되는 거지 그에게 의지하는 사람들에게 잘되는 법이 없었다. 이 후반기에 여기 미국에서 태어난 천 명의 강인한 사내들처럼, 제시는 절반만 강인했다. 다른 사람들의 주인 노릇은 할 수 있었지만 자기 자신의 주인이 되지는 못했던 것이다. 예전 그 어느 때와도 다르게 농장을 경영하는 건 쉬운 일이었다. 학교를 다니던 클리블랜드에서 집으로 돌아왔을 때, 그는 모든 가족들과 교류를 끊고 처박혀 계획을 세우기 시작했다. 밤낮으로 농장 생각만 했고, 그렇게 해서 성공했다. 주위에 있는 농장의 다른 사람들은 너무 열심히 일했고 너무 지쳐서 생각을 할 수가 없었지만, 농장에 대해 생각을 하고 농장의 성공을 위해 끝도 없이 계획을 세우는 건 제시에게 한 가닥 위안이었다. 열정적인 천성의 무언가를 부분적으로나마 충족시켜주었던 것이다. 집으로 돌아온 뒤 즉시 그는 낡은 집을 확장해 별채를 증축했으며 커다란 서향 방에 헛간이 내다보이는 유리창과 밭끝까지 훤히 보이는 다른 창문들을 냈다. 그는 창가에 앉아 생각을 했다. 타고난 천성의 열정적인 불길이 화르륵 타올라 그의 눈빛을 딱딱하게 만들었다. 그는 이 주(州)의 어떤 농장도 이룬 바 없는 전례 없는 수확량을 달성하길 원했고, 그러고 나면 또 다른 것을 원했다. 내면의 막연한 허기 때문에 그의 눈빛은 불안하게 흔들렸고, 사람들 앞에서 점점 더 말이 없어졌다. 평화를 얻을 수만 있다면 값비싼 대가라도 치렀을 테지만, 그의 마음속에는 평화란 도저히 얻을 수 없는 것이 아닐까 하는 두려움이 자리하고 있었다.

온몸 구석구석 제시 벤틀리는 생생하게 살아 있었다. 그 작은 체구에 강인한 남자들의 오랜 혈통이 지닌 기운이 응축되어 있었다. 어린 시절 농장의 작은 소년일 때도, 나중에 학교에서 청년 시절을 보낼 때도, 그는 언제나 비범하리만큼 생생히 살아 있었다. 학교에서는 온몸과 마음을 바쳐 신과 《성경》에 대해 공부하고 또 생각했다. 시간이 지나면서 사람들을 더 잘 알게 되자, 그는 자기 자신이 동학들과는 훌쩍 차이가 나는 비범한 인간이라고 생각하게 되었다. 그는 자기 삶이 엄청난 중요성을 갖게 되기를 절실하게 바랐고, 주변의 인간들을 돌아보고 그 사람들이 진흙덩어리처럼 살아가는 모습을 지켜보며 저런 진흙덩어리처럼 살아가게 되면 도저히 견딜 수 없을 거라 생각했다. 자기 자신과 자기 운명에 몰두해 젊은 아내가 임신으로 배가 불러온 후에도 튼튼한 여자들이 해야 할 일들을 하고 자기

뒷바라지를 하느라 죽어가고 있다는 사실을 까맣게 모르긴 했지만, 그래도 아내에게 매정하게 대할 의도는 없었다. 고된 노동으로 온몸이 뒤틀린 노구의 아버지가 농장의 소유권을 넘겨준 뒤 한쪽 구석으로 기어가 죽을 날만 기다리는 일에 만족하는 것처럼 보였을 때도, 제시는 어깨 한번 으쓱하는 걸로 노인을 자기 마음속에서 지워버렸다.

자기가 물려받은 토지가 내려다보이는 방 안 창가에 앉아 제시는 자기 일을 생각하고 있었다. 마구간에서 자기 말들이 힝힝 울부짖는 소리가 들려왔고 자기 가축들이 한시도 가만있지 못하고 부산스럽게 움직이는 기척도 들렸다. 남자들의 목소리, 그를 위해 일하는 자기 일꾼들의 목소리가 창문을 통해 들려왔다. 젖 짜는 헛간에서는 반푼이 소녀 일라이자 스타우튼이 돌리는 교유기 소리가 쿵, 쿵, 규칙적으로 들려왔다. 제시의 생각은 구약 시대의 사람들에게로 거슬러 올라갔다. 그때 그 사람들도 토지와 가축을 소유하고 있었다. 그는 신이 하늘에서 내려와 이 사람들에게 말했다는 걸 알고 있었고, 신이 자기도 알아봐주고 또 자기에게도 말을 걸어주길 바랐다. 이 사람들의 머리 위에 걸려 있던, 자기 인생에서 중대한 의미의 향기를 얻어내고야 말겠다는 달뜬 소년 같은 열의에, 그 역시 사로잡혀 있었다. 기도하는 사람이었던 그는 이 문제를 큰 소리로 신에게 간구했고, 자기가 내뱉는 말소리에 그 열의를 더욱 단단하게 다지고 커다랗게 키웠다.

"저는 이 논밭을 소유하게 된 새로운 종류의 인간입니다." 그는 선언했다. "저를 보세요, 오, 하느님, 그리고 또한 여기 내 이웃들과 내 앞에 살았던 모든 사람들을 보십시오! 오, 하느님, 옛날 그에게 그러하셨듯 내 안에 또 다른 제시를 창조하셔서, 인간을 지배하고 지배자가 될 아들들의 아버지가 되게 하소서!" 제시는 큰 소리로 말하다가 흥분해서 벌떡 일어나 방 안을 마구 서성거렸다. 상상 속에서 그는 아주 옛날옛날 사람들 사이에서 살아가는 자기 자신의 모습을 보았다. 그 앞에 펼쳐져 있는 광활한 토지는 상상력으로 어마어마한 의미를 띠게 되었다. 제시 그 자신에게서부터 나온 새로운 인류로 가득 찬 땅이 되었다. 그 옛날의 다른 시대와 마찬가지로 그의 시대에도 역시, 선택받은 종복을 통해 말하는 신의 권능으로 왕국들이 창조되고 새로운 활력이 인류의 삶에 불어넣어질 수 있을 것만 같았다. 제시는 그런 신의 종복이 되기를 갈구했다. "내가 이 땅에 온 건 하느님의 일을 하기 위함이라." 그는 큰 소리로 선포했고 왜소한 체구를 반듯하게 폈으며, 성스러운 승낙의 휘광 같은 게 자기 머리 위에 걸렸다고 생각했다.

아마 후대의 남자와 여자들이 제시 벤틀리를 이해하는 게 좀 어려울 수도 있다. 지난 50년간 이 나라 사람들의 삶에 거대한 변화가 일어났기 때문이다. 사실상의 혁명이 일어났다. 온갖 시끌벅적한 사건들을 수반한 산업주의의 도래, 해외에서 와서 우리 가운데 섞인 수백만의 새로운 목소리들, 열차의 왕래, 도시의 성장, 소도시들을 들락날락하며 얽고 농장 주택들을 지나치는 도시 간 포장도로의 건설, 그리고 이제 이 훗날에 자동차의 도래가 중서부에 사는 우리 사람들의 삶, 습관과 사고방식에 어마어마한 변화를 가지고 왔다. 우리 시대의 책들은 상상력도 형편없고 날림으로 쓰이지만, 그래도 집집마다 비치되어 있고 잡지들도 수백만 권씩 유통되며 어디에서나 신문을 찾아볼 수 있다. 우리 시대에 마을 가게 난롯가에 서 있는 농부는 마음속에 다른 사람들의 말들을 넘쳐흐르도록 품게 되기 마련이다. 신문과 잡지들이 펌프질을 해서 그 속을 꽉꽉 채웠을 테니까. 한편으로 아름다운 어린애 같은 천진함을 간직하고 있던 과거의 야만적인 무식은 대부분 영영 자취를 감추었다. 난롯가의 농부는 도시 사람들의 형제이고, 귀를 기울이고 들어보면 우리 도시 사람들이 따라가지 못할 정도로 유창하고 무의미한 말들을 줄줄 쏟아내며 말한다는 걸 알 수 있다.

제시 벤틀리의 시절, 남북전쟁 종전 후 중서부 전체를 아우르는 시골 지역에서는 그게 그렇지 않았다. 남자들은 너무 심하게 노동을 했고 너무 피곤해서 책을 읽을 수가 없었다. 그들 안에는 종이 위에 인쇄된 말들에 대한 갈망이 전혀 없었다. 들판에서 일을 할 때는 막연하고 반쯤 생기다 만 미완의 생각들이 그들을 사로잡았다. 그들은 신과 자신들의 인생을 좌지우지할 수 있는 신의 권능을 믿었다. 일요일에 그들은 작은 개신교 교회들에 모여 신과 신의 역사에 대한 설교를 들었다. 그 교회들은 그 시대의 사회적 지적 삶의 중심이었다. 신의 형상은 인간들의 마음속에 커다랗게 새겨져 있었다.

그리하여 천성적으로 상상력이 풍부한 아이였고 내면에 거대한 지적 열의를 품고 있던 제시 벤틀리는 온 마음으로 신을 향해 돌아섰다. 전쟁이 형들을 앗아갔을 때, 그 사태에서도 제시는 신의 손을 보았다. 아버지가 병들어 더 이상 농장 경영을 꾸려갈 수 없게 되었을 때도, 제시는 그걸 신의 증표라고 받아들였다. 도시에서 그 소식을 들었을 때, 제시는 그 문제를 생각하며 밤에 길거리를 배회했고 집에 돌아와 농장 일을 궤도에 잘 올려놓았을 때도, 또 밤에 나가서 숲 속을 지나 걷고 야트막한 언덕들을 오르며 신을 생각했다.

걷는 동안, 어떤 신성한 계획 속에서 자기 역할이 갖는 중요성에 대한 생각이 마음속에서 점점 더 커다랗게 자라났다. 그는 탐욕스러워졌고 농장이 겨우 600에이커밖에 되지 않는다는 사실에 조바심을 치기 시작했다. 어느 목초지 끝 울타리 모퉁이에 무릎을 꿇고 앉아, 그는 자기 목소리를 정적 속 멀리로 보냈고 눈을 들어 자신을 비추는 별들을 보았다.

아버지가 돌아가시고 며칠 뒤, 캐서린이 출산으로 자리보전을 할 날이 코앞에 다가온 어느 날 저녁, 제시는 집을 떠나 기나긴 산책을 했다. 벤틀리 농장은 와인크리크 강이 흐르는 아주 작은 골짜기에 자리 잡고 있었고, 제시는 냇물 둑방길을 따라 자기 땅의 끝까지 가서 그 너머 이웃들의 땅을 건너 계속 걸었다. 툭 터진, 광활한 벌판과 숲이 그 앞에 펼쳐졌다. 구름 뒤에서 달이 나왔고, 그는 야트막한 언덕을 올라간 뒤 앉아서 생각을 했다.

제시는 신의 참된 종복으로서 지금까지 걸어서 지나친 드넓은 들판이 모두 자기 소유가 되어야 한다고 생각했다. 죽은 형들을 생각하면서, 그들이 더 열심히 일해서 더 많은 걸 획득하지 못했다고 비난했다. 눈앞에는 달빛을 받으며 아주 작은 냇물이 자갈돌 위로 흐르고 있었고, 제시는 그 자신처럼 가축과 토지를 소유했던 옛날옛적의 사람들을 생각하기 시작했다.

반쯤은 두려움, 반쯤은 탐욕인 황당무계한 충동이 제시 벤틀리를 불쑥 사로잡았다. 주님이 과거 또 다른 제시*에게 나타나 아들 다윗을 사울 왕과 이스라엘 사람들이 블레셋 사람들과 싸우고 있는 엘라 계곡으로 보내겠노라 말씀하셨던 《구약성경》의 이야기가 기억났던 것이다. 제시의 마음속에 와인크리크 골짜기에 토지를 소유하고 있는 모든 오하이오 주의 농부는 블레셋 사람들이며 하느님의 원수라는 확신이 들어왔다. 그는 혼잣말로 속삭였다. "가드의 거인 블레셋 사람 골리앗처럼 나를 쓰러뜨리고 내게서 재산을 빼앗아 갈 사람이 그들 중에 나타날지도 몰라." 상상 속에서 제시는 다윗이 나타나기 전 사울 왕의 마음속에 무겁게 드리웠을 메스꺼운 공포감을 느꼈다. 그는 자리를 박차고 일어나서 밤을 가르며 달리기 시작했다. 달리면서 그는 신을 불렀다. 그의 목소리가 야트막한 언덕들 너머로 멀리 멀리 퍼져나갔다. "만군의 주님 여호와여." 그는 외쳤다. "오늘 밤 캐서린의 자궁에서 아들을 제게 보내주십시오. 당신

*제시(Jesse)는 《구약성경》에 나오는 다윗(David) 왕의 아버지 '이새'의 영어식 발음이다.

의 은총을 제게 비추어주소서. 다윗이라 불릴 아들을 내려주시어 그로 하여금 저를 도와 마침내 블레셋 사람들의 손아귀에서 마지막 토지까지 빼앗고 그들을 당신의 종으로 바꾸어 지상에 당신의 낙원을 건설하는 데 힘쓰게 하소서."

2

오하이오 주 와인즈버그의 데이비드 하디는 벤틀리 농장의 소유주 제시 벤틀리의 손자였다. 그는 열두 살 때 낡은 벤틀리 농장으로 와서 살게 되었다. 어머니 루이스 벤틀리는 제시가 벌판을 달리며 신에게 아들을 달라고 외치던 그날 태어난 딸이었고, 농장에서 여인으로 성장해 훗날 은행가가 된 와인즈버그의 젊은 존 하디와 결혼했다. 루이스와 남편은 행복하게 살지 못했고 사람들은 모두 입을 모아 잘못이 루이스에게 있다고 탓했다. 루이스는 날카로운 회색 눈과 검은 머리의 아담한 여인이었다. 어렸을 때부터 그녀는 성질을 주체 못 하고 분통을 터뜨리기 일쑤였고, 화를 내지 않을 때는 우울하고 말이 없었다. 와인즈버그에서는 그녀가 술을 마신다는 소문이 돌았다. 은행가인 남편은 신중하고 빈틈없는 사람으로 그녀를 행복하게 해주기 위해 애를 썼다. 돈을 벌기 시작하자 와인즈버그의 엘름 스트리트에 자리한 커다란 벽돌 주택을 아내에게 사주었고, 그마을 남자들 중에서 처음으로 아내의 마차를 몰 남자 하인을 고용해주었다.

　그러나 루이스는 그런 식으로 행복해질 수가 없었다. 반쯤 미친 사람처럼 주체 못 할 분통을 터뜨리면서, 어떤 때는 말을 한 마디도 하지 않았고 또 어떤 때는 시끄럽게 시비를 걸기도 했다. 화가 나면 루이스는 욕설을 하고 고래고래 악을 썼다. 부엌에서 칼을 가져다가 남편의 목숨을 위협하기도 했다. 한번은 고의적으로 집에 불을 낸 적도 있고, 가끔은 자기 방에 며칠 동안 숨어 있으면서 아무도 만나지 않을 때도 있었다. 은둔자나 다름없이 살아가는 삶 덕분에 그녀에 관해 별별 이야기들이 다 만들어져 돌아다녔다. 그녀가 마약을 하며 가끔씩 너무 심하게 취해 상태를 숨길 수가 없기 때문에 사람들을 피해 숨어 있는 거라는 얘기도 있었다. 여름날 오후에 이따금 그녀는 집 밖으로 나와 마차를 탔다. 마차꾼은 보내버리고 자기가 직접 고삐를 잡고는 전속력으로 길거리를 달리곤 했다. 보행자가 앞에 있어도 그대로 직진했기 때문에, 혼비백산한 보행자가 알아서 최대한 길을 피하는 수밖에 없었다. 마을 사람들이 보기에는, 마치 사람을 치려고 작정한 여자 같았다. 모퉁이를 급회전하고 말들을 채찍으로 때려대며 거리를 몇 개씩 지나쳐서, 전원으로 마차를 몰고 갔다. 주택들이 보이지 않는 시골길로 들어서면 말들의 속도를 늦춰 걷게 했고, 미친 듯 불안하던 심리도 가라앉았다. 그녀는 생각에 잠겨 뭐라고 말을 중얼거렸다. 가끔 눈물이 차오르기도 했다. 다시 마을로 돌아오면 또 조용한 거리들을 맹렬하게 질주했다. 남편과 남편이 사람들의 마음속에 불러일으킨 존경심이 아니었다면, 아마 동네 치안판사에게 여러 번 체포당하고도 남았을 것이다.

어린 데이비드 하디는 이 여자와 한집에서 자랐으니, 성장 과정에 별로 기쁨이 없었다는 건 쉽게 상상할 수 있으리라. 사람들에 대해 독자적인 의견을 갖기에 너무 어린 나이였지만, 어머니라는 여자에 대해서는 오히려 확신에 찬 견해를 갖지 않는 게 더 어려울 때가 있었다. 데이비드는 조용하고 단정한 소년으로, 오랫동안 바보가 아닐까 하는 와인즈버그 사람들의 의심을 샀었다. 눈은 갈색이었고, 어렸을 때는 자기가 보고 있는 걸 보는 척하지 않으면서 사람과 사물을 오랫동안 쳐다보는 버릇이 있었다. 어머니에 대해 누가 혹독한 말을 하는 걸 듣거나 아버지를 깎아내리는 어머니의 말을 엿듣게 되면 소년은 너무 무서워져서 도망쳐 숨곤 했다. 가끔 숨을 곳을 찾지 못하면 혼란에 빠졌다. 고개를 돌려 나무 한 그루, 실내에 있을 때는 벽 쪽을 보고는 눈을 꼭 감고 아무 생각도 하지 않으려 애썼다. 혼잣말을 큰 소리로 하는 버릇이 생겼고, 이른 나이에 조용한 슬픔의 기운에 휩싸일 때가 있었다.

벤틀리 농장에 할아버지를 보러 갈 때면 데이비드는 언제나 심히 만족스럽고 행복했다. 다시는 읍내로 돌아가지 않는다면 얼마나 좋을까 생각할 때도 많이 있었다. 그런데 어느 날 농장에 오래 머물다가 집에 돌아갔을 때 마음속에 오랫동안 지워지지 않는 여운을 남긴 사건이 일어났다.

데이비드는 고용된 일꾼 한 사람과 함께 시내로 돌아왔다.

그 남자는 자기 볼일이 바빠 소년을 하디 저택이 있는 거리 초입에 두고 갔다. 가을 저녁 어스름이 깔리기 시작할 무렵이었고 하늘은 두껍게 구름에 뒤덮여 있었다. 데이비드에게 어떤 일이 일어났다. 어머니와 아버지가 사는 그 집 안에 들어가는 걸 견딜 수가 없었다. 그래서 충동적으로 집에서 멀리 도망치기로 결심했다. 다시 농장과 할아버지에게로 돌아갈 생각이었지만 길을 잃고 몇 시간 동안이나 겁에 질린 채 흐느껴 울면서 시골길을 헤매었다. 비가 오기 시작했고 하늘에서는 번개가 번득였다. 소년의 상상력이 자극받아 어둠 속에서 이상한 것들이 보이고 들린다고 생각하게 되었다. 이제까지 그 누구도 와본 적 없는 끔찍한 허공을 걷고 달리고 있다는 확신을 마음속에 품게 되었다. 주위의 어둠은 끝이 없어 보였다. 나무 사이로 부는 바람 소리는 무시무시했다. 걷고 있던 길을 따라 마차 말들이 다가오자 소년은 소스라치게 놀라 울타리를 넘었다. 벌판을 달리고 달리다보니 또 다른 길이 나타났고, 소년은 무릎을 꿇고 손가락으로 부드러운 땅을 만져보았다. 할아버지의 모습 말고는, 세상이 완전히 텅텅 비어버린 게 틀림없다는 생각이 들었다. 하지만 할아버지를 암흑 속에서 찾아낼 길이 없을까 봐 소년은 두려웠다. 읍내에 갔다가 걸어서 돌아가던 한 농부가 울음소리를 듣고 아이를 아버지의 집으로 데려다주었을 때, 아이는 너무 지치고 달떠서 자기한테 무슨 일이 일어나고 있는지 알지도 못했다.

데이비드의 아버지는 우연히 아들이 없어졌다는 사실을 깨달았다. 길에서 벤틀리 농장의 일꾼을 만났고 시내로 아들이 돌아왔다는 소식을 들었던 것이다. 소년이 집에 오지 않자 불안해졌고, 존 하디는 읍내의 남자들 몇 명을 모아 벌판을 수색하러 나섰다. 데이비드가 납치되었다는 소문이 와인즈버그의 길거리를 쓸고 지나갔다. 소년이 돌아왔을 때 집에는 불이 다 꺼져 있었지만, 어머니가 나와서 아이를 열렬히 품 안에 껴안았다. 데이비드는 어머니가 갑자기 다른 여자가 되었다고 생각했다. 그렇게 기쁜 일이 일어났다니 믿을 수가 없었다. 루이스 하디는 지친 소년의 몸을 손수 목욕시켜주고 요리를 해주었다. 아들이 일찍 침대에 들지 못하게 한참을 붙들고 있더니, 소년이 잠옷을 다 입자 입김을 훅 불어 불을 끄고 의자에 앉아 두 팔로 꼭 안아주었다. 한 시간 동안 여자는 어둠 속에 앉아 아들을 안고 있었다. 그러면서 내내 나지막한 목소리로 말을 했다. 데이비드는 어째서 어머니가 그렇게 딴판으로 바뀌었는지 이해할 수가 없었다. 습관적으로 불만에 차 있던 얼굴은 이제까지 소년이 본 중에서 가장 평화롭고 사랑스러운 얼굴이 되어 있었다. 소년이 흐느껴 울기 시작하자 어머니는 아들을 점점 더 꼭 안아주었다. 어머니의 목소리는 계속, 계속 이어졌다. 남편한테 말할 때처럼 쌀쌀맞거나 새된 언성이 아니었고, 마치 나무들 위로 내리는 빗소리 같았다. 이윽고 아이를 찾지 못했다는 말을 전하려고 남자들이 문 앞에 몰려오기 시작했지만, 그녀는 소년에게 숨어서 조용히 있으라고 하고 나가서 그들을 돌려보냈다. 소년은 어머니와 읍내 사람들이 자기와 무슨 놀이를 하는가보다 생각하고 기쁨에 차 웃음을 터뜨렸다. 그의 마음속에 어둠 속에 길을 잃고 겁에 질려 헤매었던 일은 전혀 중요하지 않은 문제라는 생각이 들어왔다. 길고 캄캄한 도로 끝에서 어머니가 돌변해 나타난 이런 사랑스러운 존재를 꼭 만나게 된다는 보장만 있다면 그런 무서운 경험을 천 번이라도 달게 감수하겠다고 생각했다.

어린 데이비드의 소년 시절이 끝나가던 몇 년 동안 그는 어머니를 자주 보지도 못했고, 어머니는 그에게 그저 한때 함께 살던 어떤 여자가 되어 있었다. 그래도 어머니의 모습을 마음속에서 지울 수는 없었고, 나이가 들면서 점점 더 또렷해지기만 했다. 열두 살이 된 그는 벤틀리 농장에 아예 가서 살기로 했다. 제시 영감이 읍내로 와서 자기가 소년을 맡아 키우겠다고 당당하게 요구했다. 영감은 들떠 있었고 자기 의지를 관철시키겠다고 굳게 결심하고 있었다. 제시 영감은 와인즈버그 저축은행 사무실에서 존 하디와 이야기를 했고 두 남자는 엘름 스트리트의 집으로 가서 루이스와 상의를 했다. 두 남자는 루이스가 말썽을 피울 거라 생각했지만 그건 잘못된 생각이었다. 그녀는 아주 차분했다. 제시가 찾아온 용건을 설명하고, 소년을 집 밖에서 뛰놀게 하고 낡은 농장 주택의 조용한 공기 속에서 키우는 일의 장점들을 장황하게 늘어놓자 동의의 뜻으로 고개를 끄덕였다. "내 존재로 오염되지 않은 공기겠죠." 루이스는 날카롭게 말했다. 그녀의 어깨가 들썩였고, 당장이라도 신경

발작을 일으킬 기세가 되었다. "내게는 한 번도 맞는 곳이 아니었지만, 남자아이에게는 잘 맞는 장소예요." 그녀는 말을 이었다. "아버지는 거기 내가 있기를 바란 적이 없고, 또 아버지 집의 공기도 내게는 전혀 도움이 되지 않았어요. 내 피에는 독약 같았지만 그 애한테는 다를 거예요."

루이스는 돌아서서 방을 나갔고, 남겨진 두 남자는 민망한 침묵 속에 앉아 있었다. 몹시 자주 일어나는 일이지만, 나중에 그녀는 자기 방 안에 며칠씩 처박혀 있었다. 소년의 옷가지를 챙겨 짐을 꾸리고 데려갈 때도 나오지 않았다. 아들을 잃는 일은 그녀 삶의 날카로운 기점이었고, 그 후로 그녀는 남편과도 전처럼 다투지 않게 되었다. 존 하디는 정말 만사가 잘 풀렸다고 생각했다.

그리하여 어린 데이비드는 제시와 함께 벤틀리 농장으로 가서 살게 되었다. 늙은 농부의 두 누이가 여전히 농장에 살고 있었다. 그들은 제시를 두려워했고 근처에 제시가 있을 때는 말도 잘 하지 않았다. 젊었을 때 불꽃 같은 빨간 머리로 눈에 띄었던 그 여자들 중 한 사람은 천성적으로 모성애가 깊어서 소년의 뒷바라지를 도맡아 하게 되었다. 소년이 밤에 잠자리에 들 때면 그녀가 아이 방에 와서 아이가 잠들 때까지 마룻바닥에 앉아 있었다. 소년이 졸음에 취하면 그녀는 대담해져서 이런저런 이야기들을 들려주었고 소년은 나중에 잠에서 깨어 꿈이었나보다 생각하곤 했다.

그녀의 나직하고 부드러운 목소리가 소년을 사랑스러운 애칭으로 불렀기에, 소년은 어머니가 자신을 찾아오는 꿈을 꾸었다. 가출했던 그때 변신했던 어머니의 모습 그대로였다. 소년 역시 대담해져서 손을 내밀어 마룻바닥에 앉아 있는 여인의 얼굴을 쓰다듬어 그녀를 황홀하리만큼 행복하게 해주었다. 소년이 그곳에 온 후로 낡은 저택에 사는 모든 사람들이 행복해졌다. 집 안 사람들 모두를 말없고 소심하게 만들었던 제시 벤틀리의 엄혹하고 완고한 기질은 딸인 루이스가 있을 때도 전혀 누그러지는 기색이 없었지만, 소년이 온 후로는 싹 씻겨 사라진 것처럼 보였다. 마치 신의 마음이 누그러져 제시 벤틀리 그 사내에게 아들을 보내준 것 같았다.

자신이 와인크리크의 모든 골짜기들을 통틀어 유일하게 참된 신의 종복이라고 선언했고, 신이 캐서린의 자궁에서 아들을 주시어 승낙의 지표를 보내주길 바랐던 사내는 마침내 자신의 기도가 응답을 받았다고 믿게 되었다. 그 당시 불과 쉰다섯밖에 되지 않은 나이였지만 겉으로는 일흔 살처럼 보였고 생각하고 계획을 세우는 일을 너무 많이 하는 바람에 진이 다 빠져 있었다. 이제 사유지를 확장하기 위해 기울인 노력들이 성공을 거두었고 골짜기의 농장들 중에서 자기 소유가 아닌 걸 찾기가 힘들어졌지만, 데이비드가 오기 전까지 그는 쓰디쓴 좌절에 빠진 인간이었다.

제시 벤틀리에게는 두 가지 기운이 작용하고 있었고, 일평생 그의 마음은 이 두 기운들이 싸우는 전쟁터였다. 먼저 그의 내면에는 오래된 무엇이 있었다. 그는 하느님이 선택한 인간이자 하느님의 백성들 사이 지도자가 되기를 원했다. 밤에 들판을 가로질러 숲 속을 헤치고 걸어다니는 버릇은 그를 더욱 자연과 가까워지게 해주었고, 열정적인 신앙심을 지닌 남자의 내면에는 내쳐 자연의 기운으로 내달리는 힘이 있었다. 캐서린에게서 아들이 아니라 딸이 태어났을 때 찾아온 좌절감은 보이지 않는 손이 내리친 일격과 같았고, 그 일격은 그의 이기주의를 다소 누그러뜨렸다. 여전히 제시는 신이 당장이라도 바람이나 구름 속에서 모습을 드러낼 것만 같다는 믿음을 버리지 않았지만, 더 이상 그런 신의 인정을 요구하지는 않았다. 대신 기도를 했다. 가끔은 철저한 회의에 휩싸여 신이 세상을 버렸다고 생각하기도 했다. 하늘에서 이상한 구름이 손짓을 하기만 해도 사람들이 땅과 집을 버리고 황야로 들어가 새로운 종족을 탄생시켰던 그 훨씬 단순하고 달콤했던 시대에 태어나지 못한 걸 개탄하기도 했다. 밤낮으로 일하면서 농장의 생산성을 향상시키고 소유권을 확장시켜나가면서도, 이 한시도 가만히 있지 않는 자신의 에너지를 성전의 건설이나 불신자들의 학살처럼 전반적으로 이 세상에서 신의 이름을 영광스럽게 하는 일에 쏟을 수 없다는 사실이 아쉽기 짝이 없었다.

제시는 그런 허기에 시달렸고, 또 다른 것에도 굶주려 있었다. 그는 남북전쟁 종전 이후 미국에서 성인이 되었고 동시대의 모든 사람들과 마찬가지로 근대 산업주의가 태동하던 당시에 나라 전체에 작용하고 있던 심오한 기운에 영향을 받았다. 그는 적은 일꾼을 고용하면서 농장 일을 할 수 있도록 해주는 기계들을 사들이기 시작했고, 가끔 자기가 더 젊은 청년이었다면 농장을 아예 접고 와인즈버그에 가서 기계를 생산하는 공장을 창업했을 수도 있다는 생각을 했다. 제시는 신문과 잡지를 읽는 버릇을 들였다. 철사로 울타리를 만드는 기계를 발명했다. 그는 과거의 분위기와 자기 마음속에서 항상 가꾸어왔던 장소들이 다른 사람들의 마음속에서 새롭게 자라나고 있는 무언가에 비추어보면 낯설고 생경하다는 사실을 희미하게 깨달았다. 세계 역사상 가장 물질적인 시대의 시작이 제시 주위의 사람들에게뿐 아니라 신의 종복 제시에게도 자신의 이야기를 들려주고 있었다. 애국심이 없이 싸우는 전쟁의 시대, 인간이 신을 잊고 오로지 윤리적 규준에만 관심을 기울이는 시대, 권력 의지가 봉사 정신을 대체하는 시대, 재산을 획득하기 위해 맹목적으로 미친 듯 달려가는 인류 앞에서 아름다움이 거의 잊히는 시대가 시작되고 있었다. 제시 안의 탐욕스러운 무언가가 토지 경작보다 훨씬 더 빨리 돈을 벌기를 원했다. 와인즈버그로 가서 사위 존 하디와 그런 논의를 한 게 한두 번이 아니었다. "자네는 은행가니까 내가 갖지 못한 기회들을 갖게 될 걸세." 이렇게 말하는 그의 눈빛이 형형하게 빛났다. "나는 줄곧 그런 생각을 하고 있네. 이 나라에서 엄청난 일들이 이루어질 거고 내가 꿈도 꾸어보지 못한 돈을 벌게 될 거야. 자네는 그 일에 참여하게. 내가 더 젊어서 자네 같은 기회를 가질 수 있다면 참 좋겠군." 제시 벤틀리는 은행 사무실에서 왔다 갔다 서성였고, 말을 할수록 점점 더 흥분했다. 언젠가 인생의 한 고비에서 전신이 마비될 위기가 한 번 있었던 제시는 그때 이후로 왼쪽 반신이 약간 허약했다. 이야기를 하는 중에 왼쪽 눈꺼풀이 경련을 했다. 나중에 집으로 마차를 몰고 돌아왔을 때, 밤이 찾아와 별이 나왔을 때는, 머리 위 하늘에서 살았던, 그래서 언제라도 손을 내밀어 그의 어깨를 도닥여주고 뭔가 영웅적인 과업을 내려주실 것만 같았던 그런 친밀하고 개인적인 신을 예전처럼 느끼기가 점점 더 어려워지고 있었다. 제시의 마음은 신문과 잡지에서 읽은 일들에 못 박혀 있었고, 샀다 팔았다 하는 교활한 사람들이 노력도 거의 하지 않고 벌어들이는 어마어마한 거액의 돈 생각뿐이었다. 그런 그로서는 소년 데이비드가 와서 살게 된 일이 옛 신앙을 새삼 활기차게 상기시켜주는 계기가 되었고, 마침내 신이 그를 총애하는 느낌을 가질 수 있었다.

농장의 소년 입장에서 보면, 삶이 그에게 수천 가지 새롭고 즐거운 모습을 드러내기 시작하고 있었다. 주위 모든 사람의 친절한 태도에 조용하던 천성이 넉넉해졌고 사람들과 있을 때 늘 반쯤 소심하고 주저하던 태도도 사라졌다. 밤이 되어 마구간에서, 벌판에서, 또는 할아버지와 이 농장에서 저 농장으로 마차를 타고 달리며 벌인 기나긴 모험을 끝내고 잠자리에 들 때면, 집 안 사람들 모두를 안아주고 싶은 마음이 들었다. 밤마다 찾아와서 침대 곁 바닥에 앉아 있어주는 여인 셜리 벤틀리가 금방 오지 않으면, 그는 계단참으로 가서 소리를 쳤다. 너무나 오랫동안 침묵의 전통을 지켰던 좁은 복도들 사이로 쩌렁쩌렁한 어린 목소리가 울려 퍼졌다. 아침에 일어나 침대에 가만히 누워 있으면 창문 틈으로 들어와 그에게 닿는 소리들에 마음이 기쁨으로 가득 찼다. 와인즈버그의 저택에서 살았던 삶과 듣기만 해도 떨렸던 어머니의 성난 언성을 생각하면 소름이 끼쳤다. 전원에서는 모든 소리가 상쾌하고 즐거웠다. 새벽에 그가 일어나면 집 뒤편 헛간 마당도 잠에서 깨어났다. 집 안에서는 사방에서 사람들의 인기척이 들렸다. 반문이 소녀 일라이자 스타우튼은 농장 일꾼이 옆구리를 쿡쿡 찌르면 시끄럽게 깔깔 웃어댔고, 저 멀리 들판에서 암소 한 마리가 큰 소리로 울면 마구간의 가축들이 화답을 했고, 또 다른 농장 일꾼이 마구간 문간에서 말 단장을 해주다가 매섭게 말을 혼쭐내기도 했다. 데이비드는 침대에서 벌떡 일어나 창가로 달려갔다. 주변에서 분주하게 돌아다니는 모든 사람들이 그의 마음을 들뜨게 했고, 그러면 읍내의 어머니가 뭘 하고 있을까 궁금해졌다.

자기 방 창가에서 데이비드는 헛간 마당을 다 볼 수 있었고, 그곳에서는 농장 일꾼들이 이미 모두 모여 아침 할 일들을 시작하려 하고 있었다. 데이비드는 그 남자들의 말소리와 말 우짖는 소리를 모두 들을 수 있었다. 그중 한 사람이 웃음을 터뜨리면 데이비드도 따라 웃었다. 열린 창가에 기대어 밖을 내다보면, 졸졸 뒤를 따르는 작은 새끼 돼지들을 이끌고 이리저리 배회하는 뚱뚱한 암돼지가 보였다. 아침마다 소년은 새끼 돼지의 수를 세었다. "넷, 다섯, 여섯, 일곱." 천천히 말하면서 소년은 손가락에 침을 묻혀 창턱에 똑바로 줄을 그어 표시를 했다. 데이비드는 달려가서 바지와 셔츠를 챙겨 입었다. 야외로 나가고 싶다는 달뜬 열망에 휩싸였다. 아침마다 하도 시끄럽게 쿵쿵 소리를 내면서 층계를 뛰어 내려가는 바람에, 가정부 캘리 아주머니가 집을 아예 무너뜨리려는 거냐고 말했다. 길고 낡은 집 끝에서 끝까지 달려가며 중간의 문들을 쾅쾅 세차게 닫고 나면 소년은 헛간 마당에서 경이로운 기대감에 부풀어 주위를 둘러보았다. 이런 곳이라면 밤새 어마어마한 일들이 일어났을 것만 같았다. 농장 일꾼들은 그를 보고 웃음을 터뜨렸다. 제시가 농장을 물려받던 때부터 여기 있었고 데이비드가 오기 전까지 농담이라고는 모르던 노인 헨리 스트레이더는 매일 아침 똑같은 농담을 했다. 데이비드는 그 농담이 늘 재미있어서 깔깔 웃으면서 손뼉을 쳐댔다. "자, 여기 와서 보렴." 노인이 외쳤다. "제시 할아버지의 하얀 암말이 다리에 신고 있던 검은 스타킹을 찢어버렸단다."

기나긴 여름 동안 날이면 날마다 제시 벤틀리는 와인크리크 골짜기를 오르내리며 이 농장에서 저 농장으로 마차를 타고 다녔고, 손자는 항상 그와 동행했다. 그들은 하얀 말이 끄는 편안한 쌍두 사륜마차를 타고 달렸다. 노인은 가늘고 흰 턱수염을 긁으며 그들이 방문하는 들판들의 생산성을 높일 계획과 모든 사람들이 세운 계획에서 신의 역할에 대해 혼잣말로 중얼거렸다. 가끔은 데이비드를 보고 행복하게 미소를 지었고, 그러고 나면 한참 동안 소년의 존재 자체를 잊은 것처럼 보였다. 하루하루가 지나면서 점점 더 그의 마음은 이 땅에 살기 위해 처음 도시에서 돌아왔던 그때 마음속을 가득 채웠던 꿈들로 돌아갔다. 어느 오후 그는 그 꿈들에 완전히 자신을 맡겨버리는 바람에 데이비드를 소스라치게 놀라게 만들었다. 소년을 증인 삼아서, 그는 어떤 의례를 치렀고 그러다가 사고가 일어나는 바람에 두 사람 사이에 자라나고 있던 유대감을 하마터면 완전히 무너뜨릴 뻔한 것이다.

제시와 손자는 집에서 몇 마일 떨어진 먼 골짜기 지역을 마차로 달리고 있었다. 숲이 길을 뒤덮었고, 숲길을 따라 와인크리크가 구불구불 저 멀리 강으로 흐르고 있었다. 오후 내내 사색에 잠겨 있던 제시는 이제 말을 하기 시작했다. 그의 마음은 거인이 와서 자기 재산을 다 약탈해 갈지도 모른다는 생각에 겁에 질렸던 그날 밤으로 되돌아갔다. 아들을 달라고 외치며 숲속을 달려가던 그날 밤처럼, 이번에도 광기에 근접하리만큼 흥분해버렸다. 말을 멈추고 그는 마차에서 내려 데이비드에게도 내리라고 말했다. 두 사람은 울타리를 넘어 강둑을 따라 걸었다. 소년은 할아버지의 중얼거림을 전혀 귀담아듣지 않고 옆에서 팔짝팔짝 달리며 앞으로 무슨 일이 일어날까 궁금해했다. 토끼 한 마리가 펄쩍 뛰어나와 숲 속으로 달려가자 소년은 손뼉을 치며 기쁨으로 춤을 추었다. 키 큰 나무들을 보며 자기가 두려움 없이 나무 높이 기어오를 수 있는 작은 동물이면 얼마나 좋을까 아쉬워했다. 허리를 굽히고 소년은 작은 돌멩이를 주워 들어 할아버지의 머리 너머 관목 덤불 속으로 던졌다. "일어나, 작은 동물아. 가서 나무 꼭대기까지 기어 올라가라고." 소년은 새된 목소리로 소리를 질렀다.

제시 벤틀리는 머리를 숙이고 부글부글 끓는 마음을 안은 채 나무 밑을 계속해서 걸었다. 그 진지함이 소년을 감화시켜, 소년은 곧 말이 없어지고 약간 겁이 나기 시작했다. 노인의 마음속에는, 이제야 하늘에서 신의 말이나 증표를 끌어낼 수 있으며, 소년과 숲 속 어디 외딴 곳에서 무릎을 꿇은 남자가 있으니 그간 기다려왔던 기적이 이제 불가피하게 현현할 수밖에 없다는 생각이 들어와 있었다. "바로 이런 곳에서 예전의 데이비드, 다윗이 양을 치다가 사울 왕에게 가보라는 아버지의 말씀을 들었지." 그는 중얼거렸다.

소년의 어깨를 좀 거칠게 잡고 끌어당기며 제시는 쓰러진 통나무를 타고 넘었고, 나무들 사이 탁 트인 공터에 다다르자 무릎을 꿇고 큰 소리로 기도를 하기 시작했다.

예전에는 알지 못했던 공포심이 데이비드를 사로잡았다. 나무 한 그루 밑에 쪼그리고 앉아 자기 앞 땅바닥에 무릎 꿇은 남자를 보고 있던 소년의 무릎이 덜덜 떨리기 시작했다. 외할아버지뿐 아니라 다른 무언가가 함께 있는 것 같았다. 그를 다치게 할 수도 있고, 친절하지 않고 위험하고 잔인한 누군가가 그 자리에 있는 것 같았다. 소년은 울기 시작했고 땅바닥에 떨어진 작은 나뭇가지를 주워 들어 손가락으로 꼭 움켜쥐고 있었다. 자기만의 생각 속에 빠져버린 제시 벤틀리가 갑자기 벌떡 일어나 소년에게 다가오자 공포심이 점점 커져 온몸이 덜덜 떨렸다. 숲 속에는 만물에 강렬한 정적이 내리깔린 듯했는데, 그 정적 속에서 문득 노인의 혹독하고 완고한 목소리가 나오기 시작했다. 소년의 어깨를 꽉 움켜쥐더니 제시는 하늘을 바라보며 소리치기 시작했다. 얼굴의 왼쪽 절반이 마구 경련을 일으켰고, 소년의 어깨를 잡은 손 역시 발작적으로 경련했다. "제게 징표를 보여주소서, 하느님." 그는 외쳤다. "여기 제가 소년 다윗과 함께 서 있습니다. 하늘에서 내려와 당신의 존재를 제게 알려주소서."

데이비드는 공포로 울부짖으며 돌아서서 자기를 잡고 있던 손을 뿌리치고 숲 속으로 달리기 시작했다. 고개를 돌리고 혹독한 목소리로 하늘을 향해 외치던 남자가 자기 할아버지라고는 믿을 수 없었다. 그 남자는 할아버지처럼 생기지 않았다. 뭔가 이상하고 끔찍한 일이 일어났다는 확신, 어떤 기적이 일어나 새로운, 위험한 사람이 친절한 노인의 몸에 들어와버렸다는 확신에 사로잡히고 말았다. 소년은 한없이 언덕을 내리달렸고, 달리며 흐느껴 울었다. 나무뿌리에 걸려 넘어져 머리를 부딪고 나서도, 일어나서 또 달리려고 했다. 머리가 너무 아파서 곧 소년은 쓰러져 가만히 누워 있었다. 하지만 두려움은 제시가 그를 마차로 데리고 간 뒤 정신을 차리고 노인의 손가락이 부드럽게 자기 머리를 쓸어주고 있다는 걸 깨달았을 때에야 비로소 사라졌다. "날 멀리 데리고 가주세요. 아까 숲 속에 무서운 사람이 있었어요." 소년이 단호하게 말하자 제시는 저 멀리 나무 꼭대기들을 바라보았고 다시금 그 입술은 신에게 부르짖었다. "제가 무슨 짓을 하였기에 당신께서는 저를 인정하지 않으십니까." 생채기가 나 피가 흐르는 소년의 머리를 어깨에 꼭 대어

안고 도로를 질주하며 그는 부드럽게 속삭이듯 그 말을 되새겨 말하고 또 말했다.

3
항복

존 하디 부인이 되어 남편과 함께 와인즈버그 엘름 스트리트의 저택에 살았던 루이스 벤틀리의 이야기는 오해의 이야기다.

루이스 같은 여자들을 사람들이 이해하게 되고 그런 여자들의 삶이 살 만해질 때까지는 갈 길이 아직 멀었다. 사려 깊은 책들이 쓰여야 했고, 주변 사람들도 사려 깊은 삶을 살아야만 했다.

연약하고 과로한 어머니와, 세상에 태어난 그녀를 호의적으로 바라봐주지 않는 충동적이고 엄하고 상상력이 풍부한 아버지 사이에서 태어난 루이스는 어린 시절부터 신경증 환자였고, 훗날 산업주의가 세상에 수없이 많이 쏟아낸 과민한 여성들의 종족에 속했다.

벤틀리 농장에서 살던 어린 시절, 루이스는 말없고 우울한 아이였고 세상 그 무엇보다 사랑을 갈구했지만 얻지 못했다. 열다섯 살이 되었을 때 그녀는 와인즈버그로 가서 앨버트 하디의 가족과 함께 살게 되었다. 앨버트 하디는 이륜마차와 승합마차를 판매하는 상점의 소유주였고, 읍내 교육위원회의 위원이었다.

루이스는 와인즈버그 고등학교에 입학하려고 읍내로 들어갔고, 앨버트 하디와 아버지가 친구였기 때문에 그의 집에서 살게 되었다.

 와인즈버그의 마차 상인이었던 하디는 동시대 수천 명의 다른 사람들과 마찬가지로 교육 문제에 열성적이었다. 그 자신은 책에서 얻은 학식 없이 출세를 했지만, 책들을 잘 알았다면 만사가 훨씬 더 잘 풀렸을 거라 믿어 의심치 않았다. 상점에 발을 들이는 모든 사람들에게 이 문제를 역설했고, 자기 집 안에서도 계속 이 문제로 잔소리를 늘어놓아 식구들의 혼을 쏙 빼놓곤 했다.

 그에게는 딸 둘과 외아들 존 하디가 있었고, 딸들은 아예 학교를 그만두겠다고 협박하기가 일쑤였다. 원칙적으로 그들은 학급에서 벌을 피할 만큼의 공부만 했다. "나는 책이 싫고 책을 좋아하는 사람은 무조건 다 싫어." 두 딸들 중에서 동생인 해리엇은 열렬하게 선언했다.

 농장에서도 그랬지만 와인즈버그에서도 루이스는 행복하지 않았다. 수년에 걸쳐 언젠가 넓은 세상으로 나아갈 수 있는 때가 오기를 꿈꾸었고, 하디 집안으로 이사하는 일은 자유로 가는 길로 내딛는 커다란 발걸음이라 믿었다. 예전에 생각할 때는, 읍내에서는 모든 게 즐겁고 활기찰 것만 같았고, 남자와 여자들이 모두 행복하고 자유롭게 살면서 뺨에 불어오는 산들바람을 느끼듯 우정과 사랑을 나눌 줄 알았다. 벤틀리 저택의 침묵과 즐거움이라고는 없는 삶을 살던 그녀는 따뜻하고 생기와 현실성으로 맥동하는 분위기로 나아갈 수 있기를 꿈꾸었다. 그리고 하디 집안에서 루이스는 그토록 갈망하던 무언가를 얻을 수 있었을지도 모른다. 처음 읍내에 가자마자 실수를 저지르지만 않았다면 말이다.

루이스는 학교에서 공부하겠다고 신청함으로써 하디 집안의 딸들, 메리와 해리엇의 미움을 샀다. 개학 당일이 되어서야 이사를 왔고, 그래서 두 딸이 그 문제에 어떤 생각을 갖고 있는지 전혀 알지 못했던 것이다. 루이스는 소심했고, 처음 한 달 동안 아무도 사귀지 않았다. 금요일 오후가 되면 농장에서 일꾼이 와인즈버그로 마차를 끌고 그녀를 데리러 왔고, 주말은 집에서 보냈다. 그래서 그녀는 토요일 휴일을 읍내 사람들과 함께 보내지 않았다. 창피하고 외로웠기 때문에 루이스는 계속 공부만 했다. 메리와 해리엇이 보기에는 루이스가 학식을 갈고닦아 자기네들을 괴롭히려는 것 같았다. 잘 보이고 싶다는 생각에 루이스는 교실에서 선생님이 하는 질문마다 또박또박 대답을 했다. 벌떡 일어났다 앉았다 하는 그녀의 눈빛이 반짝반짝 빛났다. 그리고 다른 학생들이 대답하지 못한 문제에 답을 하고 나면 행복하게 미소를 지었다. '이것 봐, 내가 너희들 대신 이런 걸 해냈지.' 그 눈빛은 이렇게 말하는 것만 같았다. '너희는 이런 문제로 괜히 신경 쓸 필요 없어. 문제는 내가 다 풀게. 내가 여기 있는 동안은 반 학생 모두가 편하게 지낼 거야.'

그날 저녁 하디 저택에서 저녁 식사를 마쳤을 때, 앨버트 하디가 루이스를 칭찬하기 시작했다. 어떤 교사가 루이스 칭찬을 해서 기분이 좋았던 것이다. "자, 이번에도 또 그런 얘기를 들었구나." 그는 이렇게 말머리를 꺼냈다. 딸들을 엄하게 노려보고는 루이스를 향해 미소를 지었다. "또 어떤 선생님께서 루이스가 얼마나 잘하고 있는지 말씀해주셨다. 와인즈버그에 사는 사람들이 모두 루이스가 얼마나 똑똑한지 모르겠다고 난리야. 우리 친딸들은 그런 소리를 듣지 못하니 참 부끄럽구나." 상인은 자리에서 일어나 방 안을 거닐며 저녁 시가에 불을 붙였다.

두 딸들은 서로 쳐다보며 힘없이 고개를 절레절레 저었다. 그들의 무관심을 보며 아버지는 화가 났다. "너희 둘이 이 문제를 생각해봐야 한다고 말하지 않니." 그는 딸들을 무섭게 노려보며 고함을 쳤다. "미국에 어마어마한 변화가 도래하고 있고, 앞으로의 세대들은 오로지 학문에 희망을 걸어야 한단 말이다. 루이스는 부잣집 딸이지만 공부하는 걸 부끄러워하지 않아. 루이스가 하는 걸 보고 너희가 부끄러워해야 한단 말이다."

상인은 문간의 고리에 걸려 있던 모자를 집어 들고 저녁 외출을 할 채비를 했다. 문간에서 그는 발길을 멈추더니 다시 뒤를 돌아보고 무섭게 노려보았다. 그 태도가 너무나 무서워서 루이스는 겁을 먹고 위층의 자기 방으로 도망쳤다. 딸들은 자기네 관심사를 얘기하기 시작했다. "아버지 말 똑바로 들어." 상인이 포효했다. "너희는 마음이 게을러. 교육에 그렇게 관심이 없으니 성격마저 영향을 받잖니. 너희는 별 볼일 없는 존재가 될거다. 내 말 잘 들어라. 루이스는 너희 두 사람을 한참 앞서 나가서, 너희 둘이 결코 따라잡을 수 없게 될 거야."

정신이 딴 데 팔린 남자는 분노로 온몸을 덜덜 떨며 집 밖 거리로 나섰다. 혼잣말을 중얼거리며 욕설을 퍼부었지만, 메인 스트리트쯤 갔을 무렵 분노는 이미 가라앉은 뒤였다. 그는 발길을 멈추고 다른 상인이나 읍내를 찾은 농부와 날씨나 곡물 수확 얘기를 했고, 딸들 생각은 까맣게 잊어버렸다. 행여 생각이 나더라도 그저 어깨를 으쓱해 털어버렸을 뿐이다. "아, 뭐, 여자애들이 다 그렇지." 그는 철학적으로 한 마디 툭 뱉었다.

집 안에서는 루이스가 두 딸들이 앉아 있는 방으로 내려갔지만, 딸들은 상대도 해주지 않았다. 어느 날 저녁 6주일도 넘게 그 집에 있으면서 계속 그렇게 싸늘한 냉대를 받던 루이스는 울음을 터뜨렸다. "울음 뚝 그치고 네 방으로 돌아가서 그렇게 좋아하는 책이나 읽어." 메리 하디가 날카롭게 쏘아붙였다.

루이스가 차지한 방은 하디 저택 2층에 있었고, 그녀의 창문 밖으로는 과수원이 보였다. 방 안에는 난로가 하나 있었고, 저녁마다 젊은 존 하디가 한 팔 가득 땔감을 들고 와서 벽 옆에 놓인 상자에 넣어주었다. 그 집에 온 지 2개월째에 루이스는 하디 딸들과 우정의 기반을 쌓는 걸 완전히 포기하고 저녁 식사를 마치고 나면 곧장 자기 방으로 가게 되었다.

그녀의 마음은 존 하디와 친구가 되는 생각을 조금씩 해보기 시작했다. 두 팔로 땔감을 안고 존 하디가 방으로 들어오면, 루이스는 공부하느라 바쁜 척했지만 한편으로 열심히 그를 관찰했다. 그가 땔감을 상자에 넣고 나가려고 돌아서면, 그녀는 고개를 숙이고 얼굴을 붉혔다. 말을 해보려 했지만 아무 말도 할수 없었고, 그가 가고 나면 멍청한 자기 자신한테 화가 났다.

　시골 소녀의 마음은 젊은 남자와 가까워지는 생각으로 가득 찼다. 그녀가 평생 동안 사람들에게서 찾아 헤매던 자질이 그의 마음속에 있을지도 모른다는 생각이 들었다. 그녀 자신과 세상의 모든 다른 사람들 사이에 벽이 세워져 있고, 자기는 다른 사람들이 모두 쉽게 이해할 수 있고 얼마든지 접근할 수 있는 따뜻한 삶의 핵심에서 소외되어 변두리에 살고 있다는 생각이 들었다. 사람들과의 관계를 전혀 다른 양상으로 만들기 위해서는 그녀 자신이 어떤 영웅적인 행동을 해야만 하고, 그런 행위를 통해 문을 열고 다른 방으로 들어가듯 새로운 삶으로 들어갈 수 있을 거라는 생각에 매달리게 되었다. 루이스는 밤낮으로 그 생각에 골몰했지만, 그녀가 그토록 열렬히 바라는 무언가는 아주 따뜻하고 친밀한 것이었음에도 아직 의식적으로 섹스와 연관되지는 않고 있었다. 그 생각이 그렇게 구체적인 형태를 취하지는 못했고, 그녀 마음이 존 하디라는 사람에게 관심을 품은 건 그저 그가 가까이 있고 누이들과 달리 그녀에게 매정하게 굴지 않는다는 이유 때문이었다.

　하디 자매들, 메리와 해리엇은 둘 다 루이스보다 나이가 많았다. 세상에 대한 어떤 특정한 부류의 앎에서 그들은 훨씬 더 나이가 많았다. 그들은 중서부 소도시의 모든 젊은 여자들이 살듯 살았다. 그 시절 젊은 여자들은 자기 동네를 떠나 동부의 대학으로 공부하러 가지 않았고 사회 계급에 대한 생각은 아직 존재하지조차 않았다. 노동자의 딸은 농부의 딸이나 상인의 딸과 별로 다를 것 없는 사회적 입장에 있었고, 유한계급은 아예 없었다. 젊은 여자는 '참하'거나 '참하지 않았'다. 참한 여자라면, 일요일과 수요일 저녁마다 집에 찾아오는 젊은 남자가 생겼다. 가끔 그녀는 젊은 남자를 따라 무도회나 교회 모임에 갔다. 안 그러면 집 안에서 젊은이의 방문을 받고 그런 목적으로 거실을 쓸 수 있었다. 아무도 그녀를 방해하지 않았다. 몇 시간 동안 청년과 처녀는 닫힌 문 뒤에 앉아 있을 수 있었다. 가끔 불을 어둑하게 줄이고 청년과 처녀는 포옹을 했다. 뺨이 뜨겁게 달아오르고 머리카락이 흐트러졌다. 한두 해가 지나 두 사람 사이의 충동이 강해지고 꺾을 수 없게 되면 두 사람은 결혼을 했다.

와인즈버그에서 처음으로 맞는 겨울 어느 저녁 루이스는 모험을 했고, 그 모험은 그녀와 존 하디 사이에 서 있다고 상상한 벽을 깨뜨리고 싶다는 욕구에 새로운 충동을 불어넣었다. 수요일이었고 저녁 식사를 마치자마자 앨버트 하디는 모자를 쓰고 외출을 했다. 젊은 존은 땔감을 가져와 루이스 방의 상자에 넣어주었다. "정말 열심히 공부하시네요, 그렇죠?" 그는 어색하게 말했고, 루이스가 뭐라 대답하기도 전에 나가버렸다.

루이스는 그가 집 밖으로 나가는 소리를 듣고 그 뒤를 쫓아 뛰쳐나가고 싶다는 정신 나간 충동에 휩싸였다. 창문을 열고 몸을 내민 뒤 그녀는 나직하게 불렀다. "존, 존, 돌아와요, 가버리지 말아요." 그날 밤은 날이 흐렸고 어둠 속 멀리까지 볼 수도 없었지만, 기다리는 동안 그녀는 과수원 나무들 사이로 누군가가 까치발로 걷고 있는 듯한 부드러운 작은 발소리가 들린다는 상상을 했다. 한 시간 동안 그녀는 흥분으로 몸을 떨며 방 안에서 서성거리다가 더 이상 기다림을 참을 수 없어 복도로 살금살금 나가서 계단을 내려가 거실로 이어지는 옷장 같은 방으로 들어섰다.

루이스는 몇 주일 동안 뇌리를 떠나지 않던 그 영웅적인 행위를 실행에 옮기겠다고 마음먹고 있었다. 존 하디가 자기 방 창문 아래 과수원에 숨어 있다고 믿어 의심치 않았기에, 그를 찾아내어 하고 싶은 말들을 할 생각이었다. 그가 가까이 다가와서 품에 꼭 안아주고 그의 생각과 꿈들을 말해주고 그녀가 자신의 생각과 꿈들을 말해주는 사이 귀담아들어주면 좋겠다고. "어둠 속에서는 말하기가 더 쉬울 거야." 그녀는 스스로에게 혼잣말을 하며 작은 방에서 문손잡이를 찾아 더듬었다.

그때 루이스는 집 안에 혼자 있는 게 아니라는 사실을 깨달았다. 문 너머 거실에서 어떤 남자의 부드러운 말소리가 들리더니 문이 열렸다. 루이스가 간신히 계단 밑 작은 틈에 몸을 숨기자 젊은 청년을 대동한 메리 하디가 어두운 좁은 방으로 들어왔다.

한 시간 동안 루이스는 어둠 속 방바닥에 앉아 귀를 기울였다. 메리 하디는 아무 말도 없이, 함께 저녁 시간을 보내러 온 남자의 도움을 받아, 남자와 여자에 대한 지식을 시골 소녀에게 가르쳐주었다. 루이스는 작은 공처럼 몸을 웅크려 고개를 푹 숙이고 꼼짝도 않고 있었다. 신들이 뭔가 불쑥 이상한 충동에 휩싸여 메리 하디에게 엄청난 선물을 가져다준 것만 같았기에, 루이스는 자기보다 나이가 훨씬 많은 메리의 결연한 항의를 이해할 수 없었다.

젊은 청년은 메리 하디를 품에 꼭 안고 키스를 했다. 메리가 앙탈을 부리며 웃음을 터뜨리자 더욱더 꼭 안아주었다. 한 시간 동안 두 사람 사이의 실랑이가 이어지고 나서 마침내 둘이 거실로 들어갔을 때 루이스는 계단에서 빠져나왔다. "바깥에서는 좀 조용히 하지그랬어. 공부하고 있는 작은 생쥐를 방해하면 안 되니까." 루이스는 해리엇이 위층 복도의 자기 방 문 앞에 서서 언니에게 말하는 소리를 들었다.

루이스는 그날 밤 존 하디에게 쪽지를 썼고, 집 안 사람들이 모두 잠들었을 때 살금살금 아래층으로 내려와 존의 방 문틈으로 쪽지를 밀어 넣었다. 당장 해치우지 않으면 용기가 꺾일까봐 두려웠다. 그녀는 자기가 원하는 바를 쪽지에 아주 확실하게 쓰려고 노력했다. "나는 누군가가 나를 사랑해주기를 바라고, 누군가를 사랑하기를 바라요." 그녀는 이렇게 썼다. "당신이 내게 맞는 사람이라면, 밤에 과수원으로 나와서 내 창문 밑에서 인기척을 내면 좋겠어요. 헛간 너머로 몰래 내려가서 당신을 만나는 건 어렵지 않을 거예요. 나는 늘 그 생각을 하고 있으니까, 올 거라면 빨리 와야만 해요."

한참 동안 루이스는 애인을 확보하려는 이런 대담한 노력의 결과가 무엇이 될지 알지 못했다. 어떤 면에서는 그가 오길 바라는지 아닌지조차 여전히 알지 못했다. 가끔은 품에 꼭 안겨 키스를 받는 것이 삶의 비밀 그 자체처럼 보이기도 했지만, 곧 새로운 충동이 불쑥 일어나면 무서워서 죽을 지경이 되었다. 누군가의 것이 되고 싶다는, 예로부터 내려오는 여인의 욕망이 그녀를 사로잡았지만, 삶에 대한 그녀의 생각이 너무나 막연했기에 존 하디의 손길이 그녀 손에 닿기만 해도 만족스러울 것 같았다. 그가 그런 마음을 이해할지 알고 싶었다. 다음 날 식탁에서 앨버트 하디가 말을 하고 두 딸들이 속삭이며 웃어대는 동안, 그녀는 존을 바라보지 않았고 최대한 빨리 빠져나왔다. 저녁때는 집 밖으로 외출했다가 존 하디가 땔감을 갖다 놓고 갔을 거라는 확신이 들 때까지 들어오지 않았다. 며칠 밤을 열심히 귀 기울여봐도 어둠 속 과수원에서 부르는 소리가 들려오지 않자, 그녀는 상심으로 반쯤 제정신이 아닌 상태가 되어 자기한테는 삶의 기쁨을 가로막는 벽을 무너뜨릴 방법이 없다고 믿게 되었다.

그리고 쪽지를 쓰고 나서 이삼 주일이 지난 어느 월요일 밤 존 하디가 그녀를 찾아왔다. 루이스는 그가 올 거라는 생각 자체를 완전히 포기하고 있었기 때문에 한참 동안 과수원에서 올라오는 소리를 듣지 못했다. 그 전 주 금요일 밤, 일꾼이 데리러 와서 집에서 주말을 보내기 위해 마차를 타고 가던 길에 그녀는 충동에 휩싸여 깜짝 놀랄 만한 일을 저지르고 말았다. 그래서 존 하디가 저 아래 어둠 속에 서서 나직하고 끈질기게 그녀의 이름을 부르는 동안 방 안을 서성거리며 자기가 대체 무

슨 새로운 충동에 휩싸여 그런 말도 안 되게 황당한 짓을 했을
까 생각하고 있었다.

검은 곱슬머리의 젊은 청년이던 그 농장 일꾼은 그 금요일 밤
조금 늦게 그녀를 데리러 왔고 두 사람은 어둠 속에서 집으로
마차를 몰았다. 마음이 온통 존 하디 생각으로 가득했던 루이
스는 소년에게 마음을 터놓고 대화를 나누어보려 했지만, 시골
소년은 창피해하며 아무 말도 하지 않았다. 그녀의 마음은 어
린 시절의 외로움을 돌이켜보았고, 방금 새삼 찾아온 날카로운
외로움을 찌르는 듯한 통증과 함께 실감하고 말았다. "나는 사
람들이 다 싫어." 그녀는 불쑥 외치더니, 갑자기 미친 듯이 독
설을 퍼붓기 시작해 그녀를 데리러 온 일꾼을 겁먹게 했다. "아
버지도 하디 영감도 다 싫어." 그녀는 열띤 목소리로 선포했다.
"읍내 학교에서 수업을 받고 있지만 그것도 싫어."

루이스가 몸을 돌려 뺨을 일꾼의 어깨에 얹는 바람에 농장 일
꾼은 더욱 혼비백산했다. 막연하지만, 메리와 함께 어둠 속에
서 있던 청년처럼, 그가 자기 어깨에 팔을 둘러 안아주고 키스
해주었으면 하는 바람이 있었다. 그러나 시골 소년은 그저 경
계심만 보일 뿐이었다. 그는 채찍으로 말을 때리며 휘파람을
불기 시작했다. "길이 험하죠, 네?" 그는 큰 소리로 말했다. 루
이스는 너무 화가 나서 손을 뻗어 머리에 쓴 그의 모자를 낚아
채어 길바닥에 던져버렸다. 일꾼이 마차에서 뛰어내려 모자를
가지러 간 사이, 그녀는 마차를 몰고 떠나버렸고 일꾼은 어쩔
수 없이 농장까지 남은 길을 걸어올 수밖에 없었다.

루이스 벤틀리는 존 하디를 연인으로 받아들였다. 그건 그녀가 원하는 바가 아니었지만 젊은 존 하디는 그녀의 접근을 그런 뜻으로 해석했다. 그녀는 다른 무언가를 너무나 손에 넣고 싶었기 때문에 전혀 저항을 하지 않았다. 몇 달 후 두 사람은 그녀가 곧 어머니가 될까 봐 두려워하게 되었고, 어느 날 밤 군청 소재지에 가서 결혼을 했다. 몇 개월 동안 두 사람은 하디 저택에 살다가 그들의 집을 마련해 분가했다. 결혼 첫해 동안 루이스는 자신으로 하여금 그 쪽지를 쓰게 만들었고 여전히 충족되지 않은 막연하고 손에 잡히지 않는 허기를 남편에게 설명하고자 애썼다. 거듭거듭 그의 품을 슬며시 파고 들어가 그 얘기를 하려 했다. 하지만 번번이 실패했다. 남자와 여자 사이의 사랑에 대한 자기만의 관념에 휩싸여 있던 존 하디는 귀담아듣지 않았고 그저 그녀 입술에 키스하기 시작했다. 결국 그녀는 너무 헷갈려서 키스를 받고 싶은 마음도 없어졌다. 자기가 뭘 원하는지 그녀 스스로도 알 수가 없었다.

두 사람을 결혼으로 몰고 간 걱정이 근거가 없다는 사실을 알게 된 후, 루이스는 화가 났고 쓰라리고 상처가 되는 말들을 쏘아붙였다. 훗날 아들 데이비드가 태어났을 때는 젖을 먹일 수도 없었고 아기를 원하는지 아닌지조차 알지 못했다. 어떤 때는 아기를 데리고 하루 종일 자기 방에 처박혀 있으면서 방 안을 서성거렸고 살그머니 손을 뻗어 부드럽게 아기를 어루만지기도 했지만, 또 다른 날에는 집 안에 새로 태어난 한없이 작은 인간을 보기도 싫어했고 근처에 가지도 않으려 했다. 존 하디가 잔인하다고 비난하자 루이스는 웃음을 터뜨렸다. "그 애는 남자아이니까 어차피 원하는 건 다 얻게 될 거예요." 그녀는 날카롭게 말했다. "그 애가 여자아이였다면, 난 아마 그 애를 위해 세상 그 무슨 짓이라도 서슴지 않고 다 해줬을 거예요."

4
공포

데이비드 하디가 열다섯 살의 훤칠한 소년이 되었을 때, 그 역시 어머니처럼 평생의 흐름을 바꿔놓고 그만의 조용한 구석에서 세상으로 나가게 만든 모험을 하게 되었다. 삶의 정황을 둘러싼 껍질이 깨어지자 그는 어쩔 수 없이 앞으로 나아가야 했다. 그는 와인즈버그를 떠났고 아무도 다시는 그를 보지 못했다. 그가 종적을 감춘 후 그의 어머니와 할아버지는 둘 다 세상을 떠났고 아버지는 아주 부자가 되었다. 그는 아들의 행방을 찾기 위해 거액의 돈을 썼지만 그건 이 이야기와 아무 상관이 없다.

 벤틀리 농장에서 흔치 않았던 대풍년의 늦가을 일이다. 사방에서 곡식들이 묵직하게 익어갔다. 그해 봄, 제시는 와인크리크 골짜기에 자리한 기다란 검은 늪지 일부를 사들였었다. 저렴한 값으로 산 토지였지만 개량하는 데 거액이 들었다. 커다란 호를 끝도 없이 파야 했고 수천 개의 타일들을 깔아야 했다.

이웃 농부들은 그 비용에 고개를 절레절레 흔들었다. 어떤 이들은 비웃으며 제시가 이런 도박을 하다가 거액의 돈을 잃기를 바랐지만, 노인은 조용히 작업을 계속했고 아무 말도 하지 않았다.

토지의 배수가 완료되자, 그는 그 땅에 양배추와 양파를 심었는데 이번에도 이웃들은 웃어댔다. 그러나 수확량은 어마어마했고 고가에 팔렸다. 그 한 해 동안 제시는 토지를 개간한 비용을 충당하고도 남을 만큼 돈을 벌었고 잉여금으로 농장 두 개를 더 사들였다. 그는 주체할 수 없이 기쁨에 들떴고 그런 마음을 숨길 수 없었다. 농장 소유의 역사를 통틀어 처음으로 그는 웃는 얼굴을 하고 일꾼들 사이를 돌아다녔다.

제시는 노동 비용을 감축하기 위해 어마어마하게 많은 새 기계들을 사들였고, 검고 비옥한 늪지의 나머지 땅도 다 사들였다. 어느 날 그는 와인즈버그로 가서 데이비드를 위해 자전거 한 대와 새 양복을 샀고, 두 누이들에게는 오하이오 주 클리블랜드에서 열리는 종교 집회에 갈 수 있도록 여비를 주었다.

그해 가을 서리가 내리고 와인크리크를 따라 늘어선 나무들이 황금빛 갈색으로 변했을 무렵, 데이비드는 학교에 안 갈 때면 매 순간을 야외에 나가서 보냈다. 혼자 또는 다른 소년들과 함께 오후마다 숲 속으로 들어가서 견과류를 주웠다. 시골의 다른 소년들은 대부분 벤틀리 농장에서 일하는 일꾼들의 아들들이었고, 토끼와 다람쥐를 사냥하러 갈 때 쓰는 총기를 소지하고 있었다. 그러나 데이비드는 그들과 함께 가지 않았다. 고

무줄과 끝이 갈라진 나뭇가지로 투석기를 만들어 혼자 열매를 주우러 갔다. 이리저리 돌아다니다보면 생각들이 떠올랐다. 자기가 이제 남자가 다 되었다는 사실을 깨달았고 앞으로 살면서 무엇을 하게 될까 궁금해졌다. 하지만 어떤 결론으로 이어지기 전에 생각들은 스쳐 지나갔고 그는 다시 소년이 되었다. 어느 날 그는 낮은 나뭇가지에 앉아 그를 보고 종알거리던 다람쥐 한 마리를 죽였다. 그는 손에 다람쥐를 들고 집으로 달려갔다. 벤틀리 자매 한 사람이 작은 동물을 요리했고, 그는 먹성 좋게 다람쥐를 먹어치웠다. 가죽은 널빤지에 붙여놓고 끈에 매달아 침실 창가에 걸어놓았다.

그 일로 그의 마음은 새로운 전환점을 맞았다. 그 후로는 숲 속에 들어갈 때마다 반드시 투석기를 호주머니에 넣어 갔고, 몇 시간씩 갈색 나무 잎사귀들 속에 숨어 있는 상상 속의 동물들을 쏘며 소일을 했다. 임박한 성년에 대한 생각들은 스쳐 지나갔고, 그는 소년의 충동을 지닌 소년이라는 사실에 만족했다.

어느 토요일 아침 호주머니에 투석기를 챙기고 어깨에 견과류를 넣어 올 가방을 걸치고서 숲으로 출발하려는 그를 할아버지가 불러 세웠다. 영감의 눈에 긴장되고 진지한 표정이 떠오르면 언제나 데이비드는 약간 겁이 났다. 그럴 때 제시 벤틀리의 눈은 똑바로 앞을 보지 않고 흔들리면서 아무것도 없는 허공을 바라보는 것 같았다. 보이지 않는 커튼 같은 게 나타나 그 남자와 나머지 세상을 갈라놓은 것처럼 보였다. "네가 할아버지와 같이 가주면 좋겠다." 제시는 짤막하게 말했고, 눈으로는 소년의 머리 너머 하늘을 바라보았다. "오늘 우리는 뭔가 중요한 할 일이 있다. 원한다면 견과류 가방을 가지고 가도 좋아. 어차피 숲 속으로 갈 거니까 아무 상관 없다."

제시와 데이비드는 하얀 말이 끄는 낡은 사륜마차를 타고 벤틀리 농장에서 출발했다. 한참 먼 길을 침묵 속에 달려온 그들은 들판 끝 한 무리 양 떼가 풀을 뜯고 있는 곳에 정차했다. 양 떼 사이에는 제철이 아닌데 태어난 새끼 양 한 마리가 있었고, 데이비드와 할아버지는 이 새끼 양을 잡아 꽁꽁 묶어 작은 하얀 공처럼 만들었다. 다시 마차를 타고 달려가는 동안 제시는 데이비드한테 새끼 양을 품에 안고 있으라고 했다. "어제 그 녀석을 보고 내가 오랫동안 하고 싶었던 일을 하기로 마음을 먹었다." 제시는 이렇게 말하고, 다시금 눈에 그 흔들리는, 불안한 눈빛을 담고 소년의 머리 너머 저 멀리를 바라보았다.

성공적으로 한 해를 보낸 결과 농부에게 찾아오는 뜨거운 희열이 지나가자, 또 다른 기분이 그를 사로잡았다. 오랫동안 그는 몹시 겸손한 기분으로 기도로 충만하게 살아왔다. 이제 그는 다시 밤에 혼자 걸으며 신을 생각했고, 걸으면서 다시 한 번 자신의 형상을 과거의 형상들과 연관 지었다. 밤하늘의 별 밑에서 축축한 풀밭에 무릎을 꿇고 언성을 높여 기도했다. 이제 그는 이야기들로 《성경》의 책장을 채운 남자들처럼 그 역시 신에게 희생제물을 바치겠다고 결심하고 있었다. "나는 이처럼 풍요로운 수확을 선사받았고, 하느님께서는 내게 또한 다윗이라는 이름의 아들을 보내주셨다." 그는 혼잣말로 말했다. "아마 오래전에 이 일을 했어야 했는지 모르겠군." 그는 딸 루이스가 태어나기 전에 그런 생각이 떠오르지 않았다는 게 아쉬웠고, 확실히 이제는 숲 속 어딘가 외딴 곳에서 불타는 나뭇가지로 단을 쌓고 어린 양의 사체를 번제로 바치면 신이 그 앞에 나타나 메시지를 내려줄 거라 믿었다.

점점 더 그는 그 생각에 빠져들었지만, 한편으로는 데이비드를 생각했고 그러면 그 격정적인 자기애도 조금은 잊혔다. '그 애도 이제 세상에 나갈 생각을 할 나이가 되었으니 메시지는 아마 그 녀석과 관련된 것일 게야.' 그는 결론을 내렸다. '하느님께서 그 애의 앞길을 터주실 거야. 데이비드가 삶에서 어떤 위치를 차지하게 될지, 언제 여정을 시작하게 될지 내게 말씀해주실 거야. 그 애가 현장에 있어야 하는 게 옳아. 내가 운이 좋아 하느님의 대천사가 나타난다면, 데이비드도 인간 앞에 현현한 하느님의 아름다움과 영광을 보게 되겠지. 그러면 그 애역시 참된 하느님의 사람이 될 거야.'

침묵 속에서 제시와 데이비드는 도로를 따라 달렸고, 드디어 제시가 한때 신에게 호소했다가 손자를 공포에 질리게 했던 그 장소에 다다랐다. 그날 아침은 맑고 상쾌했지만, 이제는 차가운 바람이 불기 시작했고 구름이 해를 가리고 있었다. 데이비드는 그들이 어느 장소에 도달했는지 보고 공포에 떨기 시작했고, 나무들 사이로 냇물이 흐르는 다리 위에 정차했을 때는 마차에서 뛰쳐나와 도망치고 싶은 마음뿐이었다.

머릿속에서는 여남은 가지 탈출 계획들이 떠올랐지만, 제시가 말을 세우고 울타리를 넘어 숲 속으로 향하자 데이비드는 그 뒤를 따랐다. '겁내는 건 어리석어. 아무 일도 일어나지 않을 거야.' 그는 어린 양을 품에 안고 따라가면서 스스로를 타일렀다. 두 팔에 꼭 안겨 있는 작은 동물의 무기력함이 어쩐지 그에게 용기를 주었다. 동물의 심장이 빠르게 뛰는 게 느껴지자 오히려 그 자신의 심장은 약간 진정되었다. 재빨리 할아버지 뒤를 따라 걸으면서 소년은 어린 양의 사지를 묶고 있던 끈을 풀어주었다. '무슨 일이 생기면 우리는 같이 도망가는 거야.' 그는 생각했다.

숲 속에서, 도로에서 벗어나 한참을 걸어온 뒤, 제시는 나무들 사이의 공터에서 멈춰 섰다. 작은 덤불들이 무성한 평지가 냇가에서부터 이어져 있었다. 그는 여전히 조용했지만 곧장 마른 나뭇가지로 단을 쌓더니 지체 없이 불을 붙였다. 소년은 양팔로 어린 양을 안고 땅바닥에 앉아 있었다. 그의 상상력이 노인의 일거수일투족에 의미를 부여했고, 순간순간이 지날수록 공포는 점점 고조되었다. "어린 양의 피를 아이의 머리에 부어야 해." 제시는 땔감이 탐욕스럽게 타오르기 시작하자 이렇게 중얼거리더니, 호주머니에서 긴 칼을 꺼내며 돌아서서 공터 건너편의 데이비드에게로 성큼성큼 걸어갔다.

공포가 소년의 영혼을 움켜쥐었다. 무서워서 속이 뒤집혔다. 한순간 소년은 꼼짝도 않고 앉아 있었지만 곧 온몸이 뻣뻣하게 굳더니 벌떡 일어섰다. 소년의 얼굴은 어린 양의 털처럼 하얗게 변했다. 갑자기 자유의 몸이 된 어린 양은 언덕을 달려 내려갔다. 데이비드도 뛰었다. 공포에 두 다리가 날아갈 듯 빨랐다. 낮은 덤불과 통나무들을 미친 듯이 뛰어넘었다. 달리면서 그는 손을 호주머니에 넣어 다람쥐를 쏘는 고무줄 달린 나뭇가지를 꺼냈다. 수심이 얕고 돌맹이들 위로 찰박거리며 흐르는 냇가에 다다르자 소년은 물속으로 뛰어들며 고개를 돌려 뒤를 보았다. 그리고 할아버지가 아직도 긴 칼을 꼭 쥐고 자기 쪽으로 달려오고 있는 모습을 보고는 주저 없이 바닥의 돌맹이를 하나 골라 고무줄에 걸었다. 온 힘을 다해 무거운 고무줄을 당기자 돌맹이가 휘파람 소리를 내며 공기를 갈랐다. 돌맹이는 소년을 까맣게 잊고 어린 양을 따라 달리고 있던 제시의 머리를 정통으로 맞혔다. 신음 소리를 내며 그는 앞으로 몸을 던졌고 거의 소년의 발밑에 쓰러졌다. 데이비드는 할아버지가 전혀 움직임이 없으며 확실히 죽었다는 걸 알자 형용할 수 없는 크나큰 공포에 휩싸이고 말았다. 광적인 공황 상태가 되었다.

외마디 비명을 지르고 돌아선 소년은 온몸을 경련하듯 들썩이며 숲 속을 울며 달렸다. "난 상관없어, 내가 죽였지만, 그래도 난 상관없어." 그는 흐느꼈다. 달리고 또 달리면서 소년은 갑자기 다시는 자신이 벤틀리 농장이나 와인즈버그로 돌아가지 않을 거라는 사실을 깨달았다. "나는 하느님의 사람을 죽였고, 이제는 스스로 남자가 되어 세상으로 나갈 거야." 그는 달리기를 멈추고 들판과 숲을 넘어 서부로 흘러가는 와인크리크의 구불구불한 물길을 따라 휘적휘적 걸으며 야무지게 말했다.

냇가의 땅바닥에서 제시 벤틀리는 불편하게 몸을 뒤척였다.

앓는 소리를 내며 눈을 떴다. 한참 동안 그는 꼼짝도 않고 누워 하늘을 바라보았다. 마침내 일어섰을 때, 마음이 혼란스러웠고 소년이 사라졌다는 사실도 놀랍지 않았다. 길가의 통나무에 앉아 그는 신에 대해 말하기 시작했다. 그들이 노인에게서 알아낸 사실은 그게 전부였다. 누가 데이비드의 이름을 입에 올릴 때마다 노인은 막연하게 하늘을 바라보며 하느님의 전령이 소년을 데리고 갔다고 말했다. "내가 영광에 목말라 과욕을 부렸기에 그렇게 된 게야." 그는 선언했고, 그 문제에 대해서는 결코 더 이상 말하지 않았다.

아이디어가 많은 남자

그는 어머니와 함께 살았다. 어머니는 독특한 잿빛의 창백한 안색에 회색 머리를 가진 말없는 여인이었다. 두 사람이 살았던 집은 나무들이 자라는 작은 숲에 있었는데, 그 너머로 와인즈버그의 메인 스트리트가 와인크리크 강을 가로지르고 있었다. 그의 이름은 조 웰링이었고, 변호사이자 콜럼버스에 있는 주의회 의원이었던 그의 부친은 지역사회에서 상당히 저명한 인사였다. 조는 체구도 작고 성격 역시 읍내 주민 그 누구와도 달랐다. 그는 마치 며칠 동안 잠잠하다가 갑자기 불을 뿜는 작은 휴화산 같았다. 아니, 그렇지 않았다. 마치 간질 발작에 시달리는 사람 같았다. 사람들 사이에서 걸어 다닐 때도 혹시 갑자기 발작을 일으켜 눈을 허옇게 까뒤집고 팔다리가 경련을 일으키는 기괴하고 희한한 신체적 상태로 돌변하지나 않을까 공포심을 조장하는 그런 사람 같았다. 그는 그랬다. 다른 점이라면 조 웰링에게 강림하여 찾아오는 천벌은 신체적인 게 아니라 정신적이라는 사실뿐이었다. 그는 기발한 생각들에 포위되어 있었고 한 가지 생각에 사로잡히면 주체를 하지 못했다. 그 입에서 말들이 구르고 쏟아져 나왔다. 독특한 미소가 그 입가에 떠올랐다. 끝을 금도금한 치아가 빛을 받아 황금빛으로 번득였다. 옆에 서 있는 사람을 주먹으로 쾅쾅 치며 그는 말하기 시작했다. 옆에 서 있던 사람은 도망칠 길이 없었다. 흥분한 사내는 옆에 있는 사람의 얼굴에 숨을 훅훅 불었고, 눈을 뚫어져라 바라보았으며 떨리는 검지로 상대의 가슴을 쿡쿡 치면서 질문을 하고 주목을 요구했다.

그 시절 스탠더드 석유회사는 요즘처럼 커다란 화물차나 트럭으로 기름을 소비자한테 운송하지 않았고, 소매식료품점, 철물점 등등에 배달을 했다. 조는 와인즈버그를 비롯해, 읍내를 관통해 철도로 이어지는 몇몇 소도시들에서 스탠더드 석유회사의 대리점 일을 했다. 그는 청구서를 회수하고 주문을 예약하고 여타 업무를 처리했다. 주의회 의원인 아버지가 구해준 일자리였다.

와인즈버그 상점들을 들락거리면서 조 웰링은 바삐 다녔다. 그는 말이 없고, 과하리만큼 예의발랐으며 자기 일에 열심이었다. 남자들은 재미있기도 하고 걱정스럽기도 한 속내를 숨긴 눈빛으로 그를 예의 주시했다. 여차하면 도망칠 만반의 채비를 갖추고 그가 발작을 일으키기만 기다렸다. 그를 덮치는 발작들은 무해했지만, 그렇다고 웃어넘길 만한 건 아니었다. 오히려

위압적이었다. 어떤 발상이 떠올라 말처럼 타고 달리기 시작하면, 조는 압도적인 지배력이 있었다. 성격은 거인처럼 호방해졌다. 말상대를 제압하고 초토화시켜버렸다. 모든 사람들, 그의 목소리가 들리는 가청 범위 내의 모든 사람들을 초토화시켰다.

실베스터 웨스트 약국에는 네 남자가 서서 경마 얘기를 하고 있었다. 웨슬리 모이어의 종마인 토니 팁이 오하이오 주 티핀에서 열리는 6월 경기에 참가하기로 되어 있었는데, 이제까지 한 번도 대적한 적 없는 최고의 강적을 만나게 될 거라는 소문이 돌고 있었다. 위대한 경마 기수 팝 기어스가 직접 참가할 거라는 얘기도 있었다. 토니 팁이 우승에 실패할 수 있다는 불안이 와인즈버그의 분위기를 묵직하게 짓누르고 있었다.

조 웰링이 방충망 문을 옆으로 홱 밀쳐 열고 약국으로 들어왔다. 그는 골똘히 몰입한 사람 특유의 기이하게 형형한 눈빛으로 에드 토머스를 와락 덮쳤다. 에드 토머스는 팝 기어스를 잘 알았고 토니 팁의 우승 확률에 대해 고려할 가치가 있는 의견을 내놓는 사람이었다.

"와인크리크 강물 수위가 높아졌습니다." 조 웰링이 마라톤 전투에서 그리스 군이 승리했다는 소식을 전하는 페이디피데스 같은 태도로 외쳤다. 그의 손가락이 에드 토머스의 넓은 가슴에 새겨진 문신을 두드렸다. "트러니언 교 근처에서는 바닥에서 11인치 반도 되지 않아요." 그는 계속 말을 이었고, 말들은 잇사이로 약간 휘파람 소리를 내면서 빠른 속도로 쏟아져 나왔다. 무기력한 짜증이 네 남자의 얼굴에 슬금슬금 퍼져갔다.

"나는 정확한 사실들만 말합니다. 믿어도 좋습니다. 시닝 철물점에 가서 자를 샀거든요. 그리고 다시 돌아가서 측정해보았습니다. 도저히 내 눈을 믿을 수가 없더군요. 알다시피 열흘 동안 비가 내리지 않았으니까요. 처음에는 어떻게 생각해야 할지 몰랐어요. 온갖 생각들이 머릿속으로 밀물처럼 밀려들더군요. 지하의 통로나 샘물을 생각했어요. 내 마음이 저 깊은 땅 밑으로 파고 들어가 여기저기 파헤치고 다녔지요. 교각 바닥에 앉아서 머리를 비벼댔어요. 하늘에는 구름이 한 점도, 단 한 점도 없었지요. 거리로 나와서 보면 아실 겁니다. 단 한 점도 없었어요. 지금도 한 점도 없어요. 그래요, 구름 한 점이 있었습니다. 어떤 사실도 숨기고 싶지 않아요. 서쪽 지평선 근처에 구름 한 점이 있었지요. 기껏해야 남자 손 크기 정도의 구름이었어요.

그게 무슨 상관이 있다는 얘기는 아닙니다. 아무튼 그래요, 아시겠죠. 내가 얼마나 당황스러웠는지 이해하실 겁니다.

그때 한 가지 아이디어가 떠올랐어요. 나는 웃음을 터뜨렸지요. 여러분도 웃으실 겁니다. 당연히 메디나 카운티에는 비가 내렸잖아요. 그거 흥미롭죠, 네? 우리한테 기차도 없고 우편도 없고 전보도 없다 해도 메디나 카운티에 비가 내렸다는 사실은 알 겁니다. 거기가 와인크리크의 발원지지요. 모두가 그 사실을 알고 있어요. 작고 오랜 와인크리크가 우리에게 뉴스를 가져다주었지요. 그거 흥미로워요. 나는 웃음을 터뜨렸어요. 그래서 여러분에게도 말해줘야겠다고 생각한 겁니다. 흥미롭지요, 네?"

조 웰링은 돌아서서 문으로 나갔다. 호주머니에서 장부를 꺼내더니 잠깐 발길을 멈추고 손가락으로 장부 한 페이지를 훑으며 짚어보았다. 다시 스탠더드 석유회사의 대리점 직원 일에 몰두하고 있었다. "헌스 식료품점에 등유가 떨어져가고 있겠군요. 그리 가봐야겠습니다." 그는 중얼거렸고, 바삐 거리를 걸으며 좌우로 지나치는 사람들을 보고 예의바르게 고개를 까닥여 인사를 했다.

〈와인즈버그 이글〉에 출근한 조지 윌러드는 조 웰링에게 붙들렸다. 조는 그 소년을 부러워했다. 자신의 천성이 신문기자직에 딱 맞는 것처럼 느껴졌기 때문이다. "내가 바로 그 일을 해야만 하는 겁니다. 의심의 여지가 없어요." 그는 도허티 사료 상점 앞 인도에서 조지 윌러드를 불러 세우더니 이렇게 선언했다. 눈빛이 번득이고 검지가 파르르 떨었다. "당연히 나야 스탠더드 석유회사에서 더 많은 돈을 벌고 있긴 하지만, 그래도 그쪽한테 이런 말을 하는 이유가 있단 말입니다." 그는 덧붙였다. "개인적으로 나쁜 감정은 없지만 내가 당신 자리를 차지해야 해요. 자투리 시간에 일을 할 수 있거든요. 여기저기 돌아다니며 당신이 절대 보지 못할 일들을 찾아낼 수 있단 말입니다."

점점 더 흥분하면서 조 웰링은 젊은 기자를 사료 상점 문 앞까지 몰고 갔다. 자기만의 생각에 완전히 빠진 듯, 눈을 이리저리 굴리면서 얇고 불안한 손으로 머리카락을 연신 쓸었다. 미소가 그의 얼굴에 번지자 금니가 번쩍였다. "공책 좀 꺼내봐요." 그가 명령했다. "호주머니에 작은 공책 갖고 다니지요?

그럴 줄 알았어요. 자, 이 말을 적어요. 내가 지난번에 생각한 거죠. 부패를 생각해봅시다. 자, 부패가 뭘까요? 불입니다. 나무와 다른 것들을 태워요. 그런 생각 못 해봤어요? 당연히 그랬겠지요. 여기 이 인도와 이 사료 상점, 저기 가로수들, 모두 불에 타고 있습니다. 활활 타고 있어요. 보다시피 부패는 언제나 진행되고 있는 거니까요. 멈추지를 않지요. 물로도 페인트로도 멈출 수가 없어요. 어떤 물건이 철이라면 어떻게 됩니까? 녹이 슬지요. 그것도 불입니다. 세상이 불타고 있어요. 신문 기사를 그런 식으로 시작해요. 커다란 활자로 그냥 '세상이 불타고 있다'라고 쓰란 말입니다. 그러면 사람들이 알아서 찾아볼 거예요. 참 똑똑한 기자라고 칭찬도 할 거고요. 상관없어요. 난 당신이 부럽지 않아. 그저 그런 생각을 허공에서 낚아챘어요. 나라면 신문에 활기를 불어넣을 텐데. 당신도 그건 인정해야 할 겁니다."

조 웰링은 재빨리 돌아서더니 금세 걸어가버렸다. 그런데 몇 발자국도 채 가지 못해 멈춰 서서 뒤를 돌아보는 것이었다. "당신한테는 계속 연락할 겁니다." 그가 말했다. "내가 당신을 특종 기자로 만들어주지요. 내가 직접 신문사를 차려야겠어요. 그렇게 해야겠습니다. 나는 놀라운 성공을 거둘 겁니다. 모두가 그걸 알고 있어요."

조지 윌러드가 〈와인즈버그 이글〉에서 일한 1년 동안, 네 가지 사건이 조 웰링에게 일어났다. 그의 어머니가 세상을 떠났고, 뉴 윌러드 하우스에 살러 이사를 왔고, 연애를 하게 되었고, 와인즈버그 야구팀을 창설했다.

조는 코치가 되고 싶어서 야구팀을 만들었고 그 직책으로 마을 사람들의 존경심을 얻기 시작했다. "그 사람은 정말 굉장해." 사람들은 조의 팀이 메디나 카운티의 야구팀에 대승을 거두고 나서 단언했다. "모두 합심해서 일하게 한단 말이야. 한번 보라고."

야구장에서 조 웰링은 일루 베이스 옆에 서서 온몸을 흥분으로 덜덜 떨고 있었다. 모든 선수들은 자기도 모르게 그를 주시하고 있었다. 상대팀 투수는 혼란스러워졌다.

"지금! 지금! 지금! 지금!" 흥분한 사내는 외쳤다. "나를 봐! 나를 보라고! 내 손가락들을 봐! 내 손을 봐! 내 발을 봐! 내 눈을 봐! 여기서 힘을 합쳐 해내자! 나를 봐! 내 안에서 게임의 모든 움직임을 볼 수가 있어! 나와 함께 해내자! 나와 함께 하자고! 나를 봐! 나를 봐! 나를 보라고!"

와인즈버그 팀 주자들이 베이스에 나가면 조 웰링은 영감을 받은 사람처럼 변했다. 베이스 주자들은 무엇인가에 홀린 것처럼 그를 지켜보며 보이지 않는 밧줄에 묶인 사람처럼 베이스에서 찔끔찔끔 멀어졌다가 전진하거나 후퇴했다. 상대팀 선수들도 조를 주시했다. 그들은 넋을 놓고 그를 보았다. 잠시 쳐다보다가는, 자신들에게 걸려 있는 주술을 깨뜨리려는 것처럼 선수들은 미친 듯이 공을 이리저리 던지기 시작했고, 코치가 맹렬하게 짐승 같은 소리를 질러대면 와인즈버그 팀의 주자들이 신속하게 홈으로 달려 들어왔다.

조 웰링의 연애는 와인즈버그 읍 전체를 불안하게 만들었다. 처음 연애가 시작되었을 때 사람들은 귓속말을 주고받으며 고개를 흔들었다. 웃어넘기려 해봐도, 어쩐지 부자연스러운 억지 웃음만 나왔다. 조는 세라 킹과 사랑에 빠졌는데, 날씬하고 슬픈 얼굴의 그 여인은 와인즈버그 공동묘지 대문 맞은편의 벽돌집에서 아버지, 그리고 오빠와 함께 살고 있었다.

킹 씨 가문의 두 사람, 아버지 에드워드와 아들 톰은 와인즈버그에서 별로 인기가 없었다. 오만하고 위험하다는 평판이었다. 그들은 남부 어디에서 와인즈버그로 왔고 트러니언 파이크에서 사과주 공장을 운영하고 있었다. 톰 킹은 와인즈버그로 오기 전 사람을 죽였다는 소문이 있었다. 그는 스물일곱 살이었고 회색 조랑말을 타고 읍내를 돌아다녔다. 그리고 치아 위로 뚝 떨어지는 길고 노란 콧수염을 달고 있었으며 언제나 손에 묵직하고 사악해 보이는 지팡이를 들고 다녔다. 한번은 그 지팡이로 개를 때려죽인 적도 있다. 구두상 윈 파우지 소유였던 그 개는 인도에서 꼬리를 흔들고 있었다. 톰 킹은 단 한 번의 일격으로 개를 죽였다. 그는 체포되었고 10달러 벌금을 물었다.

늙은 에드워드 킹은 체구가 작았고, 그가 지나가면 길거리의 사람들은 이상하게 기쁨이 없는 웃음을 터뜨리곤 했다. 킹은 웃을 때 오른손으로 왼쪽 팔꿈치를 긁었다. 그런 버릇 때문에 코트 소매는 해어지기 일보 직전이었다. 불안하게 주위를 돌아보고 웃으면서 거리를 걸을 때, 그는 말수 없고 험상궂게 생긴 아들보다 더 위험해 보였다.

　세라 킹이 저녁에 조 웰링과 함께 산책하기 시작하자 사람들은 걱정스럽게 고개를 저었다. 세라 킹은 키가 크고 창백했으며 눈 밑에 검은 그늘이 있었다. 그 커플은 함께 있으면 터무니없으리만큼 안 어울렸다. 그들은 나무 아래 산책을 했고 조 웰링은 말을 했다. 어둠 속 공동묘지 담 옆에서, 워터웍스 연못에서 페어그라운드로 올라가는 언덕 나무 그늘 밑에서 들려오던 그 열정적인 사랑의 고백들은 거리 상점에서도 되풀이되었다. 남자들은 뉴 윌러드 하우스의 바 옆에 서서 껄껄 웃어대며 조의 구애 얘기를 했다. 웃음소리가 한바탕 지나면 침묵이 찾아왔다. 와인즈버그 야구팀은 조의 감독하에 승승장구하고 있었고 마을은 이제 막 그를 존경하기 시작한 참이었다. 비극을 감지한 마을 사람들은 불안하게 웃으며 기다렸다.

　어느 토요일 늦은 오후 조 웰링과 킹 씨 집안 두 남자 사이의 만남이 뉴 윌러드 하우스에 있는 조 웰링의 방에서 이루어졌다. 마을 사람들은 모두 이 사건을 앞두고 불안감에 어쩔 줄 몰랐다. 조지 윌러드는 그 만남의 증인이었다. 그 사건은 이런 식으로 진행되었다.

　젊은 기자는 저녁 식사를 마치고 자기 방으로 가던 길에 반쯤 어둠이 깔린 조의 방 안에서 톰 킹과 그의 아버지가 앉아 있는 모습을 보았다. 아들은 손에 묵직한 지팡이를 들고 문 쪽에 앉아 있었다. 에드워드 킹 영감은 불안하게 방 안을 서성이며 오른손으로 왼쪽 팔꿈치를 긁어대고 있었다. 복도는 텅 비고 조용했다.

조지 윌러드는 자기 방으로 가서 책상 앞에 앉았다. 글을 쓰려 했지만 손이 떨려 펜을 잡을 수가 없었다. 그 역시 방 안을 초조하게 왔다 갔다 서성거렸다. 다른 와인즈버그 사람들처럼 그 역시 당혹스러워 무엇을 어떻게 해야 할지 몰랐다.

7시 반이 되어 급속히 어두워질 무렵 조 웰링이 역 플랫폼에서 뉴 윌러드 하우스 쪽으로 왔다. 그는 양팔 한가득 잡초와 풀을 안고 있었다. 공포에 온몸이 덜덜 떨릴 지경이었지만, 조지 윌러드는 작고 활기찬 형체가 풀 다발을 들고 플랫폼을 뛰다시피 걸어오는 모습을 보고 내심 웃지 않을 수 없었다.

두려움과 불안으로 떨던 젊은 기자는 조 웰링이 킹 가문의 두 사람과 이야기를 나누는 방문 밖 복도에 숨어 있었다. 욕설이 들리고, 에드워드 영감의 불안하게 킬킬거리는 웃음소리가 들리더니 아무 소리도 나지 않았다. 그때 날카롭고 낭랑하게 조 웰링의 목소리가 터져 나왔다. 조지 윌러드는 소리 내어 웃기 시작했다. 이제 이해가 되었던 것이다. 자기 앞의 모든 사람들을 제압했듯이 조 웰링이 봇물처럼 터져 나오는 말들로 방 안의 두 사람을 휩쓸어 쓰러뜨리고 있었다. 복도의 청자는 경이로움에 넋을 잃고 왔다 갔다 서성거렸다.

방 안에서 조 웰링은 톰 킹의 불만에 찬 협박에 신경조차 쓰지 않았다. 한 가지 생각에 몰두한 그는 문을 닫고 잡초와 풀을 마룻바닥에 펼쳐놓았다. "여기 대단한 게 있습니다." 그는 진지하게 선언했다. "조지 윌러드한테 이 얘기를 해주려고 했었는데요. 그래서 신문에 기사로 쓰라고 하려 했었죠. 여기 두 분이 와 계시다니 기쁘네요. 세라도 여기 같이 있으면 참 좋을 텐데요. 안 그래도 두 분을 댁으로 직접 찾아뵙고 제 아이디어들을 몇 가지 말씀드리려고 했었거든요. 아주 흥미진진해요. 그런데 세라가 안 된다고 하더라고요. 우리가 싸울 거라는 거예요. 바보 같은 생각이지요."

어리둥절해진 두 남자 앞에서 이리저리 뛰어다니면서 조 웰링은 설명을 하기 시작했다. "이제 절대 실수를 하시면 안 됩니다." 그는 외쳤다. "이건 대단한 일이거든요." 흥분한 그의 언성이 날카로운 쇳소리를 냈다. "제 말만 잘 들어보시면, 흥미를 갖게 되실 겁니다. 그럴 거라는 걸 잘 알아요. 이 생각을 좀 해보세요, 밀, 옥수수, 귀리, 콩, 감자 이 모든 게 무슨 기적에 의해서 싹 다 쓸려갔다고 상상해보시라고요. 자 그러면 우리는 여기, 보다시피, 이 카운티에 있단 말입니다. 우리 주위에는 온통 높은 울타리가 쳐져 있어요. 그것도 가정에 넣읍시다. 아무도 그 울타리를 넘어갈 수 없고 지상의 모든 과실들이 모두 망가졌어요. 이 잡초 같은 것들, 풀떼기들 말고는 아무것도 남지 않았단 말입니다. 그러면 우리는 완전히 망한 걸까요? 제가 이 질문을 드리겠습니다. 우리는 그럼 완전히 망한 걸까요?" 이번에도 톰 킹은 투덜거렸고, 한순간 방 안에 침묵이 흘렀다. 그러자 다시 조가 자기 아이디어를 설명하기 시작했다. "한동안은 살기가 굉장히 힘들 겁니다. 그건 저도 인정해요. 그건 인정해야만 하지요. 그걸 피할 길은 없어요. 그런 상황이 오면 우리가 얼마나 힘들겠습니까? 뚱뚱한 배때기가 푹 꺼지는 건 한두 사람이 아닐 겁니다. 하지만 그렇다고 우리가 굴복할 수는 없어요. 절대 안 된다고 봅니다."

톰 킹은 사람 좋게 웃음을 터뜨렸고, 에드워드 킹의 소름 끼치는 불안한 웃음소리는 집 전체에 울려 퍼졌다. 조 웰링이 황급히 말을 이었다. "그러니까 말이죠, 우리는 새 야채와 과일 종자들을 기르기 시작할 겁니다. 곧 우리가 잃은 모든 걸 회복하게 될 거예요. 물론, 새로운 농작물이 옛날과 똑같을 거라는 말은 아닙니다. 다를 거예요. 어쩌면 더 나을지도 모르고, 그렇게 좋지 않을 수도 있죠. 흥미롭지요, 네? 그 생각을 좀 해보셔도 될 겁니다. 그러면 머리가 돌아가기 시작하거든요, 그렇지 않나요?"

방 안에 침묵이 깔리고 또다시 에드워드 킹 영감이 불안하게 웃었다. "자, 세라가 여기 있으면 좋겠어요." 조 웰링이 외쳤다. "선생님들 댁으로 갑시다. 세라한테 이 얘기를 꼭 해주고 싶어요."

방 안에서 의자 긁는 소리가 났다. 그때 조지 윌러드는 자기 방으로 후퇴했다. 창밖으로 몸을 내밀자 조 웰링이 킹 가문 사람 두 명과 함께 길을 걷는 모습이 보였다. 톰 킹은 키 작은 남자와 보속을 맞추기 위해 어쩔 수 없이 엄청나게 넓은 보폭으로 걸어야 했다. 휘적휘적 걸어가면서 그는 몸을 기울이고, 경청을 했다. 몰입하고 매혹당한 것이었다. "자, 이제 밀크위드를 예로 들어봅시다." 그가 외쳤다. "밀크위드로 얼마나 많은 일을 할 수 있겠어요, 네? 거의 믿기지 않을 정도라니까요. 두 분이 그 생각을 해보시기 바랍니다. 그러니까 새 야채 왕국이 건설된다는 말씀이에요. 흥미롭죠, 네? 한 가지 아이디어죠. 세라도 재미있어할 거예요. 세라는 언제나 아이디어들에 관심을 가지거든요. 세라한테 맞추려면 아무리 똑똑해도 모자라요, 안 그런가요? 당연히 그렇죠. 두 분도 아시잖아요."

모험

조지 윌러드가 어린 소년에 불과할 때 스물일곱의 여인이었던 앨리스 힌드먼은 평생 와인즈버그에서 살았다. 그녀는 위니 건조식료품점에서 점원으로 일했고 어머니와 함께 살았는데, 어머니가 두 번째 남편과 결혼을 했다.

앨리스의 계부는 마차 페인트칠을 하는 사람이었고 술을 많이 마셨다. 그의 이야기는 이상하다. 언젠가 따로 할 만한 가치가 있을 것이다.

스물일곱 살의 앨리스는 키가 크고 체구가 가냘팠다. 어깨는 약간 구부정했고 머리카락과 눈은 갈색이었다. 그녀는 아주 조용했지만 평온한 외면 밑에서는 끊임없이 이글이글 무언가가 끓고 있었다.

상점 일을 시작하기 전 열여섯 소녀였을 때, 앨리스는 한 청년과 연애를 했다. 네드 커리라는 이름의 청년은 앨리스보다 나이가 많았다. 그 역시 조지 윌러드처럼 〈와인즈버그 이글〉에서 일했고 오랫동안 앨리스를 거의 매일 저녁 만나러 갔다. 두 사람은 함께 읍내의 가로수 아래 산책을 했고 앞으로 살아가며 무엇을 할까 이야기를 나누었다. 앨리스는 그때 아주 어여쁜 처녀였고 네드 커리는 그녀를 품에 꼭 안고 키스를 했다. 네드는 흥분해서 마음에 없던 말들을 해버렸고 앨리스는 상당히 협소한 자신의 삶에 뭔가 아름다운 것이 들어와주면 좋겠다는 욕망에 사로잡혀 또 흥분했다. 그녀도 말을 했다. 그녀 삶의 외연을 감싸고 있던 껍질, 선천적으로 내성적인 수줍음은 갈가리 찢겼고, 그녀는 사랑의 감정에 자기 자신을 온전히 내맡겼다. 열여섯 살이 되던 해 늦가을에 네드 커리는 도시의 신문사에 취직해 출세하고 싶다던 자신의 바람대로 클리블랜드로 떠나게 되었고, 앨리스는 그를 따라가길 원했다. 떨리는 목소리로 그녀는 마음속에 담아두었던 생각을 말했다. "나도 일할 거고 당신도 일할 수 있잖아." 그녀는 말했다. "자기 출세를 가로막을 쓸데없는 비용을 들이며 자기를 구속하고 싶지는 않아. 지금 나하고 결혼하지 마. 그러지 않아도 우리는 잘 지낼 거고 함께 있을 수 있어. 우리가 같은 집에 산다 해도 아무도 뭐라 할 사람 없을 거야. 도시에 가면 우리를 아는 사람들도 없을 테고 사람들은 우리한테 신경도 쓰지 않을 거야."

네드 커리는 연인의 결심과 헌신에 당혹스러웠지만 한편으로는 깊은 감동을 받았다. 그래서 소녀를 정부로 삼고 싶었던 처음의 마음을 바꾸었다. 그녀를 보호하고 아껴주고 싶어졌다.

"자기는 지금 무슨 말을 하는지 몰라." 네드는 날카롭게 대꾸했다. "당신한테 내가 그런 일은 절대 시키지 않을 거라는 건 믿어도 좋아. 좋은 일자리를 구하자마자 다시 돌아올게. 당분간 당신은 여기 있어. 우리가 할 수 있는 일은 그것뿐이야."

도시에서 새로운 삶을 시작하기 위해 와인즈버그를 떠나기 전날 밤, 네드 커리가 앨리스를 찾아왔다. 두 사람은 한 시간 동안 거리를 걸었고 웨슬리 모이어 대여점에 가서 마차를 한 대 빌려 시골길을 드라이브했다. 달이 떴고 두 사람은 아무 말도 할 수가 없었다. 슬픔에 젖은 청년은 소녀를 대하는 마음가짐에 대해 스스로 했던 결심을 잊고 말았다.

두 사람은 긴 초원이 와인크리크 강둑까지 펼쳐지는 곳에서 마차에서 내려 흐릿한 달빛을 받으며 사랑을 나누었다. 자정에 읍내로 돌아온 두 사람은 모두 기뻤다. 앞으로 어떤 일이 일어나도 방금 일어난 일의 경이로움과 아름다움을 지워버릴 수는 없을 것만 같았다. "이제 우리는 서로 꼭 붙들고 헤어지지 말자. 무슨 일이 일어나더라도 꼭 그렇게 해야 해." 네드 커리는 소녀를 그녀 아버지 집 문 앞에 두고 떠나면서 이렇게 말했다.

젊은 신문기자는 클리블랜드 신문사에서 좋은 일자리를 얻지 못했고 서부의 시카고로 갔다. 한동안 그는 외로워서 앨리스에게 거의 날마다 편지를 썼다. 그러다가 바쁜 도시의 삶 속에 휩쓸렸다. 친구들을 사귀고 삶에서 새로운 관심사들을 갖게 되었다. 시카고에서 그는 여자들이 여럿 있는 집에 하숙을 했다. 그중 한 여자한테 흥미를 갖게 되자 와인즈버그의 앨리스를 잊었다. 그해 말 편지 쓰기를 중단했고, 아주 오랜만에 한 번씩, 외롭거나 도시의 공원에 갔는데 와인크리크 강가 초원에서 보낸 그날 밤처럼 휘영청 달이 떠 있는 모습을 보았을 때가 아니면 아예 그녀 생각을 잘 하지도 않게 되었다.

와인즈버그에서 한때 사랑을 받았던 소녀는 성장해 여인이 되었다. 스물두 살이 되었을 때 마구 수리점을 하던 그녀의 아버지가 불시에 세상을 떠났다. 마구 제작자는 늙은 참전병사였기 때문에 남편의 사후 아내는 미망인의 연금을 받았다. 어머니는 처음 받은 돈을 베틀을 사는 데 쓰고 카펫 방직업자가 되었고, 앨리스는 위니의 상점에 취직했다. 여러 해가 흘러갔지만 네드 커리가 결국은 돌아올 거라는 그녀의 믿음은 그 무엇으로도 깨뜨릴 수 없었다.

앨리스는 직장이 있는 게 다행이라고 여겼다. 상점에서의 일과 덕분에 기다리는 시간이 그렇게 길고 지루하지 않았다. 그녀는 이삼백 달러를 저축하고 나면 애인을 따라 도시에 가서 그의 사랑을 되돌릴 수 있을지 봐야겠다는 마음으로 돈을 모으기 시작했다.

앨리스는 달빛 아래 벌판에서 벌어졌던 일에 대해 네드 커리를 원망하지는 않았지만, 절대 다른 남자와는 결혼할 수 없다고 생각하고 있었다. 아직도 오로지 네드만 가질 수 있다고 여겨지는 것을 다른 이에게 준다는 생각만 해도 끔찍스러웠다. 다른 젊은이들이 그녀의 관심을 끌려고 애써도 눈길조차 주지 않았다. "나는 그이의 아내고 그이가 돌아오든 말든 영원히 그이의 아내로 남을 거야." 그녀는 혼자 속삭여 말했고, 혼자 벌어먹고 살겠다는 의지가 그토록 굳었음에도 불구하고 여자 몸의 주인은 자기 자신이고 자기 삶의 목적을 위해 주고받는 거라는, 점점 퍼져가고 있던 현대적 발상은 아예 이해할 수도 없었다.

앨리스는 아침 8시에서 저녁 6시까지 건조식료품점에서 일했고, 일주일에 사흘 밤은 7시에서 9시까지 다시 가서 상점을 지켰다. 시간이 흐르고 점점 더 외로워지자, 그녀는 외로운 사람들이 흔히 쓰는 방법들을 연습하기 시작했다. 밤이 되면 2층 자기 방으로 올라가 방바닥에 무릎을 꿇고 기도를 했고, 기도 속에서 연인에게 해주고 싶은 말들을 속삭였다. 생명이 없는 사물들에 애착을 갖게 되었고, 자기 것이었기 때문에 다른 사람의 손길이 가구에 닿기만 해도 견딜 수가 없어졌다. 처음에는 목적을 갖고 시작되었던 저축이었지만 네드 커리를 찾으러 도시로 가겠다는 계획을 포기한 후에도 계속되었다. 저축은 고착된 습관이 되었고, 앨리스는 새 옷이 필요해도 사지 않게 되었다. 가끔 오후에 비가 내리면 상점에서 은행 통장들을 꺼내 놓고 눈앞에 펼쳐둔 뒤, 자기 자신과 미래의 남편이 이자 수입으로 생계를 유지하는 터무니없이 불가능한 꿈을 꾸며 몇 시간을 보내곤 했다.

'네드는 언제나 여행 다니는 걸 좋아했지.' 그녀는 생각했다. '내가 그이한테 기회를 줄 거야. 언젠가 우리가 결혼하면 그이의 돈과 내 돈을 다 저축할 테고 우리는 부자가 될 거야. 그러

면 같이 전 세계를 여행하며 다닐 수 있어.'

건조식료품점에서 몇 주일이 몇 달이 되고 몇 달이 몇 해가 되었지만 앨리스는 연인의 귀환을 기다리며 꿈꾸었다. 틀니를 끼고 입을 다 가리는 회색의 가는 콧수염을 기른 반백의 노인인 상점 주인은 대화를 즐기지 않았고, 가끔 비 내리는 날이나 메인 스트리트에 폭풍이 휘몰아칠 때면 아주 한참 동안 손님이 한 명도 들르지 않을 때가 있었다. 앨리스는 상품을 정리하고 또 정리했다. 인적 없는 거리가 내려다보이는 앞쪽 창가에 서서 앨리스는 네드 커리와 함께 걸었던 저녁들, 그때 네드가 했던 말들을 생각했다. "우리는 이제 서로 꼭 붙어 헤어지지 않는 거야." 그 말들이 성숙해가고 있던 여인의 마음속에서 메아리치고 또 메아리쳤다. 눈물이 눈에 고였다. 가끔 주인이 외출하고 상점에 혼자 있을 때면 머리를 카운터에 묻고 울기도 했다. "아, 네드, 내가 기다리고 있어." 그녀는 속삭이고 또 속삭여 말했지만, 내내 그가 영영 돌아오지 않을 거라는 두려움이 스멀스멀 마음속에서 커져만 가고 있었다.

비가 걷히고 아직 길고 무더운 여름날이 오지 않은 봄에 와인즈버그 근교의 전원은 아름다웠다. 소도시는 탁 트인 평원 한가운데 자리하고 있지만, 평원 너머로 쾌적한 숲이 군데군데 있었다. 숲이 우거진 지대에는 일요일 오후마다 연인들이 가서 앉을 수 있는 외딴 귀퉁이들, 조용한 장소들이 수없이 많았다. 나무들 사이로는 저 멀리 벌판을 지나 헛간에서 일하는 농부들이나 도로에서 마차를 타고 달리는 사람들이 보였다. 읍내에서는 종이 울리고 가끔은 기차가 지나갔다. 멀리서 보면 모두 장난감처럼 보였다.

네드 커리가 떠나고 나서 몇 년 동안 앨리스는 일요일에 다른 청년과 숲에 가지 않았지만, 그가 떠난 후 2년인가 3년쯤 되던 해 외로움이 견딜 수 없을 지경이었던 어느 날에는 제일 좋은 옷을 차려입고 외출을 했다. 마을과 길게 펼쳐진 들판이 보이는 한적한 자리를 발견한 그녀는 자리를 잡고 앉았다. 노화와 무의미의 두려움이 왈칵 그녀를 사로잡았다. 가만히 앉아있을 수가 없어서 벌떡 일어났다. 일어나서 들판 너머 멀리를 내다보는데 무언가가, 아마도 계절의 변화 속에서 드러나는 삶의 무상함에 대한 생각이 마음을 붙들어 흐르는 세월에 주목하게 했다. 소름 끼치는 두려움에 떨며 앨리스는 이제 자신에게 아름다움과 상큼했던 젊음이 모두 지나가고 있다는 사실을 절감했다. 네드 커리를 원망하지는 않았지만 무엇을 탓해야 할지 알 수 없었다. 슬픔이 덮쳐왔다. 무릎을 털썩 꿇고 기도를 하려 했지만, 기도 대신 반항의 말들이 입 밖으로 새어 나왔다. "나한테는 오지 않을 거예요. 나는 영영 행복을 찾지 못할 거예요. 어째서 나는 스스로에게 거짓말을 하는 걸까요?" 이렇게 외치자, 기묘한 안도감이 느껴졌다. 일상의 일부가 되어버린 두려움을 직시하려는, 첫 번째 대담한 시도였다.

앨리스 힌드먼이 스물다섯 살이 되던 해, 지루하고 별일 없는 일상을 뒤흔드는 두 가지 사건이 일어났다. 어머니가 와인즈버그의 마차 페인트공인 부시 밀턴과 결혼했고 자신도 와인즈버그 감리교 신자가 된 것이다. 앨리스는 삶에서 자신의 입지가 얼마나 외로워질까 두려운 마음에 역시 입교를 했다. 어머니의 재혼은 그녀의 소외를 더 두드러지게 강조했다. "나는 늙고 별종이 되어가고 있어. 네드가 온다 해도 나를 받아주지 않을 거야. 그이가 살고 있는 도시에서는 사람들이 항상 젊음을 유지하지. 하도 많은 일들이 벌어지고 있어서 사람들이 늙을 시간이 없으니까." 그녀는 우울한 미소를 띠며 스스로에게 말했고, 결연하게 사람들과 친해지는 작업에 착수했다. 매주 목요일 저녁 상점이 문을 닫으면 교회 지하실에서 열리는 기도 회합에 참석했고 일요일 저녁에는 엡워스 리그라는 단체의 회합에 참석했다.

약국에서 점원 일을 하는 같은 교회 신자인 중년 남자 윌 헐리가 집까지 데려다주겠다고 했을 때 그녀는 싫다고 하지 않았다. "물론 나와 같이 있는 걸 당연하게 여기게 만들지는 않을 거야. 그렇지만 오랜만에 한 번씩 나를 만나러 오면 뭐 그리 나쁠 게 있겠어." 그녀는 여전히 네드 커리에 대한 지조를 되새기며 혼잣말을 했다.

무슨 일이 벌어지는지 깨닫지 못하는 사이, 앨리스는 처음에는 희미하게, 하지만 점점 더 결연한 태도로 삶을 새롭게 바라보려는 노력을 하고 있었다. 약국 점원 옆에서 그녀는 말없이 걸었지만, 가끔 어둠 속에서 두 사람이 둔감하게 길을 걷고 있을 때면 그녀의 손길이 뻗어 나가 그의 코트 자락을 부드럽게 만지작거릴 때도 있었다. 그가 어머니 집 문 앞에 데려다주고 갔을 때 앨리스는 집 안으로 들어가지 않고 잠시 문간에 서 있었다. 약국 점원을 불러 어둠 속 현관 포치에서 잠깐 같이 앉아 있자고 말하고 싶었지만 그가 이해하지 못할까 봐 겁이 났다. "내가 원하는 건 저 사람이 아니야." 그녀는 스스로에게 말했다. "그렇게까지 외로운 건 좀 피하고 싶을 뿐이야. 조심만 하면 사람들과 함께 있는 일이 버릇이 되지 않을 수 있어."

스물일곱 살 되던 해 초가을에 격렬한 조바심이 앨리스를 휘어잡았다. 약국 점원과 함께 있는 게 견딜 수 없어졌고, 어느 날 저녁 같이 산책을 하자고 찾아온 그를 돌려보냈다. 두뇌 활동이 극히 활발해졌고, 상점 카운터 앞에 오랜 시간 서 있느라 지친 몸으로 집에 가서 침대에 기어 들어간 뒤에도 잠을 이루지 못했다. 물끄러미 뜬눈으로 그녀는 어둠 속을 응시했다. 그녀의 상상력은 긴 잠에서 깨어난 아이처럼 방 안을 돌아다니며 장난을 쳤다. 그녀 깊은 곳에는 판타지 따위에 속아 넘어가지 않고 삶에 구체적인 해답을 요구하는 무언가가 자리하고 있었다.
앨리스는 베개를 양팔로 껴안고 가슴에 꼭 당겼다. 침대에서 나온 그녀는, 어둠 속에서 보면 이불 밑에 사람이 있는 것처럼 보이도록 담요를 말아놓고 침대 곁에 무릎을 꿇고 앉아 그 형상을 어루만지며 노래 후렴구처럼 이 말들을 거듭, 거듭해서 되풀이했다. "어째서 뭔가 사건이 일어나지 않는 걸까? 어째서 나는 여기 혼자 남겨져 있는 걸까?" 그녀는 중얼거렸다. 가끔 네드 커리를 생각하긴 했지만 더 이상 그에게 의존하지는 않았다. 욕망은 이제 막연해졌다. 네드 커리나 다른 남자들을 원하지 않았다. 사랑을 받기를 원했고, 자기 내면에서 점점 더 시끄럽게 커져가는 부름에 대답해줄 무언가를 갖고 싶었다.

그러다가 어느 비 내리는 밤 앨리스는 모험을 했다. 모험은 무섭고 혼란스러웠다. 그녀는 9시에 상점에서 나와 집에 돌아왔지만 집은 텅 비어 있었다. 부시 밀턴은 읍내에 갔고 어머니는 이웃집에 가고 없었다. 앨리스는 2층 자기 방으로 올라가 어둠 속에서 옷을 벗었다. 한순간 창가에 서서 유리창을 때리는 빗소리를 듣고 있는데 이상한 욕망이 그녀를 사로잡았다. 자기가 뭘 하려는 건지 미처 생각조차 할 겨를 없이, 어두운 집 안을 지나 아래층으로 달려 내려갔다. 집 앞의 작은 풀밭에 서서 온몸으로 차가운 비를 맞고 있는데, 거리를 나체로 달려가고 싶다는 미친 욕망이 덮쳐왔다.

비를 맞으면 몸에 뭔가 창조적이고 기적 같은 효과가 생길 거라는 생각이 들었다. 그렇게 젊음과 용기가 샘솟는 기분은 몇 년 만에 처음이었다. 펄쩍펄쩍 뛰고, 마구 달리고, 큰 소리로 외치고, 다른 외로운 사람을 찾아내어 그를 포옹해주고 싶었다. 집 앞의 벽돌 인도에 한 남자가 비틀거리며 집으로 가고 있었다. 앨리스는 달려가기 시작했다. 필사적이고 절박한 마음이 그녀를 온통 휘감았다. '누구든 무슨 상관이야. 저 사람은 혼자니까, 나는 저 사람한테 갈 거야.' 그녀는 생각했다. 그리고 광기의 결과를 생각조차 하지 못하고 부드럽게 불렀다. "기다려요!" 그녀는 소리쳤다. "가버리지 말아요. 당신이 누구든, 기다려줘야 해요.”

인도의 남자는 발길을 멈추고 서서 경청했다. 그는 노인이었고 반귀머거리였다. 손을 입에 대고 그가 외쳤다. “뭐라고? 뭐라고 했어?” 그가 소리를 질렀다.

앨리스는 땅바닥에 풀썩 쓰러진 채로 덜덜 떨었다. 자기가 저지른 짓을 생각하니 너무 무서워서 남자가 자기 갈 길을 가버리고 난 한참 뒤에도 감히 일어설 용기가 생기지 않아 풀밭을 네 발로 엎드려 기어서 간신히 집까지 왔다. 자기 방에 들어선 그녀는 문을 꼭 걸어 잠그고 화장대를 끌어다가 문 앞을 막았다. 오한이 든 것처럼 온몸이 덜덜 떨렸고, 손이 하도 심하게 떨려서 잠옷을 입기도 힘들었다. 잠자리에 든 그녀는 얼굴을 베개에 묻고 심장이 무너지듯 흐느껴 울었다. “나는 대체 왜 이런 거야? 조심하지 않으면 뭔가 무서운 짓을 저질러버리겠어.” 그녀는 생각했고, 얼굴을 돌려 벽을 바라보고는 억지로 마음을 가다듬어, 심지어 와인즈버그에서도, 수많은 사람들이 혼자 살고 또 죽어가야 한다는 사실을 용감하게 대면하려고 애썼다.

품위

당신이 도시 사람이고 여름 오후에 공원을 산책해본 적이 있다면, 아마 커다랗고 그로테스크한 원숭이가 철창우리 한구석에서 눈을 끔벅거리는 모습을 본 적이 있을 것이다. 추하고 축 늘어진, 털 없는 맨살이 눈 밑과 밝은 보랏빛 하체에 붙어 있는 생물이다. 이 원숭이는 진정한 괴물이다. 괴물은 완벽한 추함 속에서 일종의 도착적 아름다움의 경지를 성취했다. 철창 앞에 발길을 멈추는 아이들은 매혹되고, 남자들은 혐오스럽다는 표정으로 고개를 돌리고, 여자들은 한순간 머물러 있곤 한다. 아마도 그녀들은 그 존재가 자기가 알고 있는 남자들 중 누구와 희미하게 닮았는지 기억해내려 할 터이다.

오하이오 주 와인즈버그 마을의 시민으로서 삶의 초창기를 보냈다면, 철창 안의 원숭이가 누구를 닮았는지 수수께끼라고는 생각하지 않았을 것이다. "워시 윌리엄스처럼 생겼어." 당신은 아마 그렇게 말했으리라. "저기 구석에 앉아 있는 원숭이는, 밤이 되면 사무실을 닫고 나와 여름밤 역 앞마당 풀밭 위에 앉아 있는 늙은 워시 윌리엄스와 똑같이 생겼어."

와인즈버그의 전신기사 워시 윌리엄스는 읍내에서 소문난 추물이었다. 배 둘레는 어마어마했고 목은 가늘었으며 다리에는 힘이 없었다. 그는 더러웠다. 그에 관련된 모든 게 청결하지 못했다. 심지어 눈의 흰자위마저 때가 낀 것 같아 보였다.

내가 너무 빨리 얘기를 하고 있다. 워시의 모든 면이 청결하지 못했던 건 아니다. 손은 정성껏 관리했다. 손가락은 뚱뚱했지만 전신국 사무실 기기 옆 탁자에 놓인 손에는 어딘지 예민하고 보기 좋은 구석이 있었다. 젊은 시절 워시 윌리엄스는 오하이오 주 최고의 전신기사였고, 이름 없는 와인즈버그의 사무실로 좌천된 후에도 여전히 자기 능력에 자부심을 가지고 있었다.

워시 윌리엄스는 자기가 살고 있는 동네의 남자들과 어울리지 않았다. "저 사람들하고는 엮일 일이 전혀 없어." 그는 흐리멍덩한 눈으로 전신국을 지나쳐 역의 플랫폼을 따라 걷는 사람들을 바라보며 말했다. 밤이면 메인 스트리트를 따라 걸어 에드 그리피스의 술집으로 들어가 말도 안 되는 양의 맥주를 들이켠 후 뉴 윌러드 하우스의 자기 방 침대로 비틀거리며 돌아와 밤을 보냈다.

워시 윌리엄스는 용감한 사람이었다. 예전에 어떤 일이 그에게 일어나 삶을 증오하게 만들었고, 그는 시인처럼 온몸과 마음을 던져 철저히 삶을 증오했다. 무엇보다 그는 여자들을 증오했다. "화냥년들." 그렇게 부르곤 했다. 남자들에 대한 그의 감정은 다소 달랐다. 그는 남자들을 연민했다. "모든 남자가 이런저런 화냥년들한테 평생을 휘둘리며 살지 않는가?" 그는 물었다.

와인즈버그에서는 워시 윌리엄스와 동포 인류에 대한 그의 증오에 아무 관심도 없었다. 한번은 은행가의 아내 화이트 부인이 와인즈버그 전신국 사무실이 더럽고 지독한 냄새가 난다고 전신회사에 민원을 넣었지만, 아무 조처도 취해지지 않았다. 여기저기 전신기사를 존중하는 남자는 간혹 있었다. 본능적으로 그런 남자는 용기가 없어서 원망하지 못했던 것들에 대한 원망이 워시의 마음속에 커져가고 있다는 걸 감지했다. 워시가 길을 걸을 때 그런 남자는 모자를 벗거나 고개를 숙여 인사를 함으로써 그에게 예의를 표했다. 와인즈버그를 관통하는 철도를 따라 전신기사들을 관리하는 관리감독은 그런 감정을 느꼈다. 그는 해고를 피하기 위해 와인즈버그의 후미진 사무실에 워시를 밀어 넣었고 거기 계속 둘 작정이었다. 은행가 사모님의 민원을 받았을 때, 그는 편지를 찢어버리고 불쾌하게 웃었다. 어떤 이유에서인지 모르지만 편지를 찢는 순간 자기 아내 생각이 났다.

워시 윌리엄스에게도 예전에는 아내가 있었다. 아직 젊은 청년이었을 때 그는 오하이오 주 데이턴에서 한 여자와 결혼을 했다. 이 여자는 키가 크고 늘씬했으며 파란 눈에 머리가 금발이었다. 워시 본인도 잘생긴 청년이었다. 그는 훗날 모든 여자

136

들에게 품게 된 증오만큼이나 강렬한 사랑으로 그 여자를 사랑했다.

와인즈버그 전역에서 워시 윌리엄스의 외모와 성격을 추하게 만든 것의 사연을 아는 사람은 단 하나밖에 없었다. 언젠가 그 얘기를 조지 윌러드에게 해주었는데, 그 사연을 이야기하게 된 사연은 이랬다.

조지 윌러드는 어느 날 저녁 벨 카펜터와 함께 외출해 산책을 하게 되었다. 케이트 맥휴 부인이 경영하는 여성모자 전문점에서 모자를 장식하는 일을 하는 여자였다. 청년은 그 여자를 사랑하지 않았고, 사실 그녀도 에드 그리피스의 술집에서 바텐더로 일하는 구애자가 따로 있었지만, 나무 밑을 함께 산책하면서 두 사람은 가끔 포옹도 했다. 그날 밤과 두 사람 나름의 생각들이 마음속 무언가를 자극했던 것이다. 메인 스트리트로 돌아오던 그들은 철도역 옆에 있는 작은 풀밭을 지나치다가 나무 밑 풀밭에 누워 잠든 게 틀림없는 워시 윌리엄스를 보았다. 다음 날 저녁 전신기사와 조지 윌러드는 함께 산책을 했다. 철로를 따라 읍내 밖으로 걸어가서 선로 옆에 놓인 썩어가는 침목 더미를 깔고 앉았다. 바로 그때 전신기사는 젊은 기자에게 증오의 이야기를 들려주었다.

아마 조지 윌러드는 부친의 호텔에 살고 있는 그 이상하고 형체 없는 남자와 이야기를 나누기 직전까지 간 적이 여남은 번은 족히 되었다. 젊은이는 호텔 식당 안을 둘러보며 곁눈질하는 그 흉측한 얼굴을 보고 호기심에 몸이 달았다. 그는 그 물끄러미 주시하는 눈빛 속에 도사리고 있는 무언가를 보았고, 다른 사람들에게는 할 말이 하나도 없는 남자지만 그에게만은 분명 뭔가 할 말이 있다는 사실을 파악했다. 여름밤 철로 침목을 깔고 앉아 조지 윌러드는 기대감에 차서 기다렸다. 전신기사가 침묵을 지키며 이야기하려던 마음을 고쳐먹은 것처럼 보이자, 자기가 먼저 대화를 시도했다. "결혼한 적 있으세요, 윌리엄스 씨?" 그가 말머리를 꺼냈다. "결혼을 하셨는데 부인께서 돌아가신 거죠, 그런가요?"

워시 윌리엄스는 지독한 욕을 줄줄 씹어뱉기 시작했다. "그래, 죽었지." 그는 동의했다. "그 여자는 다른 여자들이 다 죽었듯 죽은 거야. 남자들의 눈앞에서 걸어 다니면서 그 존재만으로 지상을 더럽게 만드는, 살아 있으면서도 죽은 존재지." 소년의 눈을 노려보며 남자는 분노로 보랏빛이 되었다. "그 머릿속에 바보 같은 생각들은 갖지 마라." 그는 명령했다. "내 아내, 그 여자는 죽었어. 그래, 확실히 죽었지. 하지만 내 말하지만, 모든 여자들이 다 죽었어, 우리 어머니, 너희 어머니, 여성 모자 가게에서 일하는 그 키 큰 검은 머리 여자, 어젯밤 너와 같이 걷는 걸 내가 봤지, 그 여자들 전부, 전부 다 죽은 거야. 장담하지만 그 여자들한테는 어딘가 썩은 데가 있어. 나도 결혼했었지, 물론이야. 내 아내는 나와 결혼하기 전에 죽었어, 그 여자는 더 더러운 여자한테서 나온 더러운 존재였지. 내 삶을 도저히 견딜 수 없게 만들어버리라고 누가 보낸 물건이었어. 나는 바보였지, 알잖니, 지금 너처럼 말이야, 그래서 나는 이 여자하고 결혼을 했다. 남자들이 여자들을 조금이라도 이해하기 시작하는 모습을 보고 싶구나. 여자들은 남자가 세상을 살만한 곳으로 만들지 못하게 하라고 누가 보낸 인간들이야. 자연의 속임수지. 아! 여자들이란 슬그머니 기어 다니고 꿈틀거리는 것들이야. 그 부드러운 손과 파란 눈을 가진 여자들 말이야. 여자를 보기만 해도 메스꺼워. 어째서 내가 눈에 띄는 여자를 닥치는 대로 죽이고 다니지 않는지 나도 모르겠네."

그 흉측한 노인의 눈에서 불타오르는 열정에 매혹되면서도 반쯤 겁에 질린 조지 윌러드는 활활 타오르는 호기심을 품고 경청을 했다. 어둠이 내려와 깔리자 그는 몸을 앞으로 기울이고 말하는 남자의 얼굴을 보려 애썼다. 점점 짙어지는 어둠 속에서 더 이상 보랏빛의 부어터진 얼굴을 볼 수 없게 되자, 호기심 섞인 상상들이 떠올랐다. 워시 윌리엄스는 나직하고 고른 목소리로 말했고, 그래서 그 말들이 더욱 끔찍하게 느껴졌다. 어둠 속에서 젊은 기자는 검은 머리카락과 빛나는 검은 눈을 지닌 잘생긴 청년과 나란히 철로 침목 위에 앉아 있다는 상상을 했다. 증오의 사연을 말해주는 추물 워시 윌리엄스의 목소리에는 차마 아름답게까지 느껴지는 무언가가 있었다.

어둠 속 침목에 앉은 와인즈버그의 전신기사는 시인이 되었다. 증오가 그를 높이 고양시켰다. "자네가 벨 카펜터의 입술에 키스하는 걸 보았기 때문에 내 이야기를 해주는 걸세." 그가 말했다. "내게 일어난 일은 다음에 자네한테 일어날 수도 있으니까 말이야. 알아서 조심을 하면 좋겠어. 벌써 머릿속에 꿈을 꾸고 있을지 모르지. 그 꿈들을 내가 박살 내주고 싶어."

워시 윌리엄스는 오하이오 주 데이턴의 젊은 전신기사였을 때 만난 파란 눈의 키 큰 금발 미녀와 결혼해 살았던 삶의 이야기를 들려주기 시작했다. 그의 이야기는 여기저기 노끈처럼 줄줄이 이어지는 끔찍한 욕설들이 엮인 아름다운 순간들로 점철되어 있었다. 전신기사는 치과 의사의 세 딸 중 막내딸과 결혼했다. 결혼하는 날, 유능했던 그는 봉급 인상과 함께 관리자로 승진해 오하이오 주 콜럼버스 사무실로 발령을 받았다. 그래서 그는 젊은 아내와 정착해 할부로 집을 사기 시작했다.

젊은 전신기사는 열렬한 사랑에 빠져 있었다. 일종의 종교적 광신으로, 그는 청춘의 유혹들을 넘기고 결혼한 뒤까지 동정을 지키고 있었다. 그는 오하이오 주 콜럼버스 저택에서 젊은 아내와 함께 살았던 자기 삶을 조지 윌러드에게 그림처럼 그려 보여주었다. "우리는 집 뒤뜰에 야채를 심었지." 그는 말했다. "왜 그, 콩이며 옥수수며 그런 것들 말이야. 우리는 3월 초에 콜럼버스로 갔고 날씨가 따뜻해지자마자 나는 텃밭에서 일하기 시작했어. 가래로 검은 땅을 갈고 있으면 아내는 소리 내어 웃으며 뛰어다녔고 내가 파내는 벌레들이 무서워 죽겠는 척을 했지. 4월 말에 파종을 했어. 아내는 손에 종이 봉지를 들고 텃밭 사이로 난 작은 이랑들 사이에 서 있었지. 아내가 씨앗 몇 알씩을 내게 건네주면 그걸 따뜻하고 부드러운 땅에 던지는 거야."

문득 어둠 속에서 말하던 남자의 목소리가 울컥하고 메었다.

"난 그녀를 사랑했어." 그는 말했다. "바보가 아니라고 우기지는 않겠어. 아직도 그 여자를 사랑해. 봄날 저녁 그 어스름 속에서 나는 검은 땅을 따라 엎드려 기어서 그녀 발밑으로 가 비굴하게 굴었어. 구두와 그 위의 발목에 키스를 했어. 그녀 옷자락이 내 얼굴에 닿았을 때 나는 온몸을 떨었어. 그런 삶을 2년 살고 난 뒤, 아내가 내가 일하러 나간 사이를 틈타 우리 집에 정기적으로 들락거리는 다른 애인들을 셋이나 만들었다는 걸 알게 되었을 때, 나 그놈들한테도 아내한테도 손가락 하나 건드리고 싶지 않았어. 그저 친정어머니에게 보내버리고 아무 말도 하지 않았지. 할 말이 하나도 없었어. 은행에 400달러가 있었는데, 그 돈을 아내에게 줘버렸지. 이유는 묻지 않았어. 아무 말도 하지 않았어. 그녀가 떠난 뒤 나는 바보 같은 어린애처럼 엉엉 울었어. 금세 집을 팔 기회가 생겼고 그 돈도 그 여자에게 다 보냈지."

워시 윌리엄스와 조지 윌러드는 침목 더미에서 일어나 철길을 따라 읍내 쪽으로 걷기 시작했다. 전신기사는 재빨리, 숨도 쉬지 않고 이야기를 마무리했다.

"그 여자 어머니가 내게 사람을 보냈더라고." 그가 말했다. "편지를 써서 데이턴의 자기네 집으로 오라고 부탁을 했어. 거기 도착했을 때는 시간이 저녁 이맘때쯤이었지."

워시 윌리엄스의 목소리는 반쯤은 절규로 변해 있었다. "그집 거실에 두 시간을 앉아 있었어. 어머니가 나를 그리로 데려가 앉혀놓고는 나갔지. 집이 세련되었더군. 소위 점잖은 사람들이었거든. 방 안에는 호화스러운 의자들이며 소파가 있었어. 나는 온몸을 덜덜 떨고 있었지. 내 아내를 욕보였다고 생각되는 그 남자들이 증오스러웠어. 혼자 사는 게 지긋지긋해서 그녀가 돌아오길 바랐지. 기다림이 오래될수록 나는 점점 더 아리고 여려졌어. 아내가 들어와서 손으로 어루만져주기만 해도 기절해버릴 것만 같았어. 용서하고 잊어버리고 싶어서 마음이 쓰라리게 아팠어."

워시 윌리엄스는 말을 끊고 가만히 서서 조지 윌러드를 물끄러미 바라보았다. 소년의 몸이 한기로 부르르 떨렸다. 남자의 언성은 다시 부드럽고 나직해졌다. "아내는 그 방에 나체로 들어왔어." 그는 이야기를 계속했다. "어머니가 시킨 거야. 내가 거기 앉아 있는 동안 엄마라는 사람이 딸의 옷을 벗기고, 그렇게 하라고 꼬드겼던 거야. 처음에는 작은 복도로 이어지는 문 앞에서 목소리들이 들리더군. 그리고 문이 부드럽게 열렸어. 그녀는 부끄러워하면서 미동도 없이 마룻바닥만 쳐다보고 있었어. 어머니는 방 안에 들어오지 않았어. 딸을 문 앞으로 밀어 넣고 복도에 서서 기다렸던 거야. 우리가 그걸—아무튼 그런 걸 바라면서, 그러니까 기다렸던 거지."

조지 윌러드와 전신기사는 와인즈버그 메인 스트리트에 다다랐다. 상점 진열장에서 나오는 빛이 인도를 밝게 비추며 반짝거렸다. 사람들이 주위에서 웃고 떠들며 지나갔다. 젊은 기자는 자기 몸이 다 아프고 힘이 빠지는 기분이었다. 상상 속에서 그 자신 역시 늙고 추하게 변해버렸다. "나는 그 어미를 죽이지 못했어." 워시 윌리엄스는 길거리를 위아래로 훑어보며 말했다. "의자로 한 번 내리쳤는데 이웃들이 와서 빼앗아 가버렸어. 그 여자가 어찌나 시끄럽게 비명을 질러댔는지 말이야. 이제 다시는 그 여자를 죽일 기회가 없을 거야. 그 일이 있은 후 한 달 만에 열병으로 죽어버렸으니까."

사색가

와인즈버그의 세스 리치먼드가 어머니와 함께 살던 집은 한때
읍내의 명승지였지만, 젊은 세스가 거기 살 때는 영광이 좀 퇴
색된 후였다. 은행가 화이트가 버크아이 스트리트에 지은 거
대한 벽돌집에 가려 빛을 잃은 것이다. 리치먼드 저택은 메인
스트리트 끝 저 멀리에 있는 작은 골짜기에 있었다. 흙먼지 이
는 길을 따라 남부에서 읍내로 들어오는 농부들은 호두나무 관
목 숲을 지나 광고물이 덕지덕지 붙은 높은 널판 울타리를 따
라 우회해 말들을 몰고 골짜기를 따라와서 리치먼드 저택을 지
나쳐 읍내로 들어갔다. 와인즈버그 남북부의 논밭은 상당 부분
과일과 딸기 재배를 하고 있기 때문에, 세스는 수많은 승합마차
를 가득 채운 딸기 따는 사람들—소년들, 소녀들, 여자들—이
아침에 밭으로 나갔다가 저녁에 흙먼지를 뒤집어쓰고 돌아오
는 모습을 보았다. 떠들썩하게 수다를 떠는 한 무리의 일꾼들

은 승합마차에서 또 다른 승합마차를 향해 음담패설을 소리쳐 말했고, 그래서 가끔 세스의 짜증을 울컥 북돋기도 했다. 자신도 시끌벅적하게 웃어대면서 무의미한 농담들을 소리쳐 말하며 길을 따라 오가는 역동적이고 낄낄거리는 끝없는 인파 속의 한 사람이 될 수 없다는 게 아쉬웠다.

리치먼드 저택은 석회암으로 지어졌고, 마을에서는 낡았다고들 했지만 사실 한 해 한 해 갈수록 점점 더 아름다워지고 있었다. 벌써 시간에 살짝 돌이 변색되어 표면에 풍요로운 황금빛이 감돌았고 저녁때나 어두운 날이면 처마 밑의 그늘진 부분들이 흔들리는 갈색과 검은빛의 반점들로 물들곤 했다.

그 집은 채석장 소유주였던 세스의 할아버지가 손수 지은 것이었고, 북쪽으로 18마일 거리에 있는 이리 호수의 채석장들과 함께 아들 클레런스 리치먼드, 세스의 아버지에게 유산으로 남겨졌다. 조용하고 열정적인 남자였고 이웃들의 열렬한 사랑을 한 몸에 받았던 클레런스 리치먼드는 오하이오 주 톨레도의 신문 편집장과 길거리에서 시비가 붙어 죽고 말았다. 이 싸움은 클레런스 리치먼드의 이름을 한 여교사의 이름과 엮어 기사를 내겠다는 문제로 시작됐으며, 사망자가 먼저 편집장을 향해 총을 발사함으로써 싸움을 걸었기 때문에 살인자를 처벌하려는 노력은 무위로 돌아가고 말았다. 채석장 소유주가 사망한 뒤, 그가 물려받은 거액의 재산은 상당 부분 도박이나 친구들에게 영향을 받아 감행한 불확실한 투자로 날아갔다는 사실이 밝혀졌다.

수중에 소액의 수입밖에 남지 않은 버지니아 리치먼드는 마을에서 소박하게 살아가며 정착했고 아들의 양육에 전력을 다했다. 남편과 아버지의 죽음에 크게 상심한 뒤에도, 남편의 죽음 이후 돌아다니는 이야기들은 전혀 믿지 않았다. 그녀 마음속에서 자신이 본능적으로 사랑했던 예민하고 소년 같은 남자는 단지 일상생활에 어울리지 않게 섬세했던, 불행한 사람이었을 뿐이었다. "너는 별별 얘기들을 다 듣게 될 거다. 하지만 들리는 얘기들을 믿어서는 안 돼." 그녀는 아들에게 말했다. "아버지는 좋은 분이셨다. 모든 사람을 상냥한 진심으로 대하셨지. 사업가가 되려고 노력하지 마셨어야 했어. 엄마는 네 장래에 대해 얼마나 많은 계획을 세우고 꿈을 꾸는지 몰라. 하지만 아무리 생각해도 네가 아버지만큼 좋은 사람이 된다면 그 이상 더 좋은 건 상상할 수가 없구나."

남편이 죽은 후 몇 년 뒤, 버지니아 리치먼드는 지출할 데가 갈수록 늘어나서 수입을 증가시키기 위해 일을 시작했다. 그녀는 속기를 배우고 남편 친구들의 영향력을 이용해 군청 소재지의 법정 속기사 자리를 따냈다. 재판이 열릴 동안은 아침마다 기차를 타고 출근을 했고, 법정이 열리지 않으면 정원의 장미 덤불을 가꾸며 시간을 보냈다. 버지니아 리치먼드는 키 크고 반듯한 몸매의 여인으로, 평범한 얼굴과 엄청나게 숱이 많은 갈색 머리카락을 갖고 있었다.

세스 리치먼드와 어머니 사이에는, 불과 열여덟 살 나이임에도 불구하고 그가 다른 사람들을 대하는 태도 전반을 좌우하는 어떤 자질이 끼어들어 있었다. 소년에 대한 거의 불건강한 존경심 탓에 어머니는 아들 앞에서 대체로 말이 없었다. 어머니가 가끔 날카로운 어조로 말을 하면 소년은 그저 차분하게 어머니의 눈을 바라보기만 했다. 그의 시선을 받은 다른 사람들의 눈빛에 떠올랐던 그 어리둥절한 표정이 곧 어머니의 눈에도 동이 트듯 떠오르곤 했다.

진실을 말하자면, 아들은 비범하게 명료한 사고를 했고 어머니는 그렇지 못했다는 것이다. 그녀는 모든 사람들에게서 삶에 대해 일정한 관습적인 반응을 기대했다. 소년은 아들이고, 어머니가 아들을 야단치면 아들은 벌벌 떨며 마룻바닥을 바라보아야 했다. 야단을 충분히 치고 나면 아들은 울었고 그러면 모든 일은 용서를 받았다. 울음을 그친 아이가 잠자리에 들면, 그 방에 살그머니 들어가서 키스를 해주면 되었다.

버지니아 리치먼드는 어째서 자기 아들이 이런 일들을 하지 않는지 이해할 수가 없었다. 혹독하게 야단을 쳐도, 소년은 떨거나 마룻바닥을 보지 않았고 대신 똑바로 그녀를 물끄러미 바라보아, 그녀 마음속에 불편한 의혹들이 밀려들게 만들었다. 살그머니 아들 방에 들어가는 일로 말하자면—세스가 열다섯 살이 넘은 뒤로는, 그 비슷한 일을 하는 것도 무서워서 할 수가 없었다.

열여섯 소년이 되자 세스는 다른 남자애들 두 명과 함께 학교에서 도망쳤다. 세 소년은 텅 빈 화물차의 열린 문으로 기어올라 40마일쯤 떨어진 소도시까지 갔다. 그곳에서는 축제가 열리고 있었다. 한 소년이 위스키와 블랙베리 와인을 섞어 병에 채웠고, 세 소년은 병째로 술을 마시며 화물차 문밖으로 다리를 덜렁거리고 앉아 있었다. 세스의 두 동행은 노래를 부르며 열차가 지나치는 소도시들의 역사에서 빈둥거리는 사람들에게 손을 흔들어 인사를 했다. 소년들은 가족과 함께 축제에 참가한 농부들의 바구니를 습격해 약탈할 계획을 세웠다. "우리는 왕처럼 싸울 테고, 돈을 한 푼도 안 쓰고도 축제와 경마를 볼 수 있을 거야." 그들은 위풍당당하게 선언했다.

세스가 없어지고 난 뒤, 버니지아 리치먼드는 막연한 걱정으로 가득 차 집 안을 불안하게 이리저리 서성거렸다. 바로 다음 날, 경찰서장의 취조로 소년들이 어떤 모험을 했는지 알게 되었지만, 그녀는 도저히 마음을 가라앉힐 수 없었다. 밤새도록 뜬눈으로 누워 똑딱거리는 시계 소리를 들으면서 이러다가는 세스가 아버지처럼 불시에 폭력적인 죽음을 맞게 될 거라고 혼잣말을 했다. 그래서 이번만큼은 어머니의 분노가 얼마나 무거운지 소년에게 느끼게 해주어야겠다고 결심했다. 경찰서장이 아들의 모험에 간섭하지는 못하게 할 생각이었지만, 종이와 연필을 꺼내어 아들에게 쏟아붓고자 하는 날카롭고 뼈아픈 질책들을 종이에 적었다. 그리고 정원을 거닐며 자기 역할의 대사를 외우는 배우처럼 큰 소리로 그 질책들을 모두 외웠다.

그런데 막상 그 주가 끝나갈 무렵 세스가 귀와 눈에 석탄가루를 묻히고 약간 지친 기색으로 집에 돌아오자 그녀는 이번에도 도저히 야단을 칠 수가 없었다. 아들은 집 안으로 들어와 모자를 주방 문 앞의 고리에 걸고 어머니를 물끄러미 쳐다보고 서 있었다. "처음 출발했을 때는 한 시간 내로 돌아오려고 했었어요." 그는 설명했다. "뭘 어떻게 해야 할지 몰랐어요. 어머니가 걱정하실 줄 알았지만, 계속 가지 않으면 나 자신이 창피할 것 같았어요. 나 자신을 위해서 그 일을 감행한 거예요. 축축한 지푸라기를 깔고 자니까 불편했고, 술 취한 흑인 두 명이 와서 우리와 함께 잤어요. 농부의 마차에서 점심 도시락이 든 바구니를 훔쳤을 때는 그 집 아이들이 하루 종일 굶어야 한다는 생각이 뇌리를 떠나지 않았어요. 이 모든 일들이 다 지긋지긋했지만 다른 애들이 돌아올 준비가 될 때까지는 끝까지 밀고 나가겠다고 생각했어요."

"끝까지 밀고 나가다니, 참 잘했구나." 어머니는 반쯤 신경질적으로 대답을 한 후 아들의 이마에 키스를 했고, 집안일로 바쁜 척했다.

여름날 저녁 세스 리치먼드는 뉴 윌러드 하우스로 가서 친구인 조지 윌러드를 만났다. 오후 내내 비가 내렸지만 세스가 메인 스트리트를 따라 걷는 사이 하늘의 구름이 조금 걷히면서 황금빛 서광이 서쪽을 비추었다. 모퉁이를 돈 세스는 호텔 문으로 들어서서 친구 방으로 이어지는 계단을 오르기 시작했다. 호텔 사무실에서는 주인과 여행객 두 명이 정치 이야기에 여념이 없었다.

층계에서 세스는 발길을 멈추고 아래층 남자들의 말소리에 귀를 기울였다. 그들은 흥분해서 말이 몹시 빨랐다. 톰 윌러드가 여행객들에게 호통을 치고 있었다. "나는 민주당원이지만 당신네들 하는 얘기를 들으니 속이 메스껍군요." 그는 말했다. "매킨리를 전혀 이해하지 못하고 있어요. 매킨리와 마크 해너는 친구 사이란 말입니다. 아마 당신네들 사고로는 그게 이해가 안 될 겁니다. 누가 와서 우정이란 깊고 크며, 달러와 센트보다 더 값어치가 있고, 주의회 정치보다 훨씬 중요한 거라고 말하면 당신 같은 사람들은 킬킬거리며 비웃기나 할 거요."

집주인의 말허리가 뚝 끊기고 손님 한 사람이 말하기 시작했다. 도매식료품점에서 일하는 장신에 회색 수염을 기른 남자였다. "내가 클리블랜드에서 그 오랜 세월을 살면서 마크 해너도 모를 것 같소? 당신 하는 말은 다 허튼소리요. 해너는 돈을 좇고 있고 다른 건 안중에도 없어요. 이 매킨리라는 인간은 그 친구의 도구란 말이오. 매킨리한테 허풍을 떨어서 속인 거지, 그걸 명심하도록 해요."

계단 위의 젊은이는 굳이 남아서 나머지 대화를 듣지 않고 층계를 올라 작고 어두운 복도로 들어갔다. 호텔 사무실에서 이야기를 하던 남자들의 말이 무슨 영문에선지 그의 마음속에 생각의 사슬을 발동시켰다. 그는 외로웠고 외로움이 자기 성격의 일환이라고 생각하기 시작하던 참이었다. 고독은 언제까지나 사라지지 않고 그 곁에 남아 있을 것만 같았다. 좁은 복도로 들어선 그는 뒷골목이 내려다보이는 창가에 섰다. 동네 빵집 주인인 애브너 그로프가 자기 가게 후면에 서 있었다. 작고 핏발이 선 눈이 골목 위아래를 훑고 있었다. 빵집 안에서 누군가가 빵 굽는 사람을 불렀지만 그는 못 들은 척했다. 빵집 주인은 손에 텅 빈 우유병을 들고 있었고 두 눈에는 뾰로통하고 화가 난 기색이 역력했다.

와인즈버그에서 세스 리치먼드는 '속 깊은 녀석'으로 불렸다. "꼭 제 아버지 같아." 그가 길을 걷고 있으면 사람들이 말했다. "조만간 한 건 할 거야. 어디 두고 보라고."

그런 동네 사람들의 얘기도 그렇거니와 원래 말없는 사람이 대접을 받는 법이라 성인이건 소년이건 할 것 없이 남자들이 그를 본능적으로 대접해주는 태도는 세스 리치먼드가 삶과 자기 자신을 바라보는 관점에 영향을 끼쳤다. 대개의 남자애들과 마찬가지로, 세스 역시 보통 사람들이 남자애들한테 기대하는 것보다는 생각이 깊었지만, 그렇다고 읍내 사람들이나 심지어 어머니가 생각하는 것 같은 그런 인물은 아니었다. 버릇이 된 침묵 뒤에는 거창하게 대단한 목적이 숨어 있지도 않았고, 자기 삶에 대해서도 구체적인 계획이 전혀 없었다. 어울리는 소년들이 시끄럽게 굴며 시비를 걸면, 그는 조용히 한쪽에 비켜 서 있었다. 차분한 눈으로 활기차게 손짓 발짓을 다 하는 친구들의 모습을 바라보았다. 일상적으로 일어나는 사건들에 별 관심도 없었고, 앞으로 무엇에든 관심이 생기기는 할까 싶을 때도 있었다. 지금, 침침한 어둠 속 창가에 서서 빵집 주인을 바라보고 있자니, 그렇게 무슨 일에든 철저히 마음이 흔들릴 수 있다면 얼마나 좋을까 그런 생각이 들었다. 하다못해 빵집 주인 그로프처럼 뾰루퉁하게 벌컥벌컥 성질을 내는 사람이라고 생각해주면 좋겠다 싶었다. '수다쟁이 톰 윌러드 아저씨처럼 흥분해서 정치를 놓고 말다툼을 할 수 있다면 나한테는 오히려 더 좋을 거야.' 창가에서 다시 복도로 나와 친구 조지 윌러드의 방으로 가면서 생각했다.

조지 윌러드는 세스 리치먼드보다 나이가 많았지만, 두 사람 사이의 약간 괴짜 같은 우정에서는 언제나 조지가 연하의 소년 비위를 맞추었고 세스가 초연한 편이었다. 조지가 일하는 신문사에는 한 가지 정책이 있었다. 각 호에서 마을 주민 이름들을 최대한 많이 언급하도록 노력한다는 것이었다. 조지 윌러드는 흥분한 개처럼 여기저기 뛰어다니며 누가 군청 소재지에 출장을 갔는지 옆 마을을 방문했다가 돌아왔는지 공책에 부지런히 이름을 적었다. 하루 종일 공책에 그런 사소한 사실들을 적었다. "A. P. 링레트는 밀짚모자 적하물을 받았다. 에드 바이어바움과 톰 마셜은 금요일에 클리블랜드에 있었다. 엉클 톰 시닝스는 밸리 로드의 자택에 새 헛간을 짓고 있다."

조지 윌러드는 언젠가 작가가 될 재목이라는 생각 덕에 와인즈버그에서 꽤 입지를 다지게 되었고, 세스 리치먼드에게 계속 이 문제에 대해 이야기를 했다. "그렇게 편하게 사는 삶이 또 없어." 그는 점점 들뜨고 허세에 부풀어가고 있었다. "여기저기 가봐도 아무도 이래라 저래라 잔소리하는 사람이 없다고. 인도나 남태평양에 가서 거룻배를 타더라도, 글만 쓰면 되는 거야. 두고 봐, 내가 이름을 날릴 테니까, 그러면 얼마나 신나게 살게 되는지 꼭 보라고."

하나밖에 없는 창밖으로 골목길이 내려다보이고 철길 건너 철도역을 마주한 비프 카터의 간이식당이 보이는 조지 윌러드의 방에서 세스 리치먼드는 의자에 앉아 마룻바닥을 내려다보았다. 조지 윌러드는 납 연필을 할 일 없이 만지작거리면서 한 시간째 앉아 있다가 그를 반갑게 맞아주었었다. "나는 사랑 이야기를 쓰려 하고 있어." 불안하게 웃으면서 조지 윌러드가 말했다. 그러고는 파이프 담배에 불을 붙이고 방 안을 서성거리기 시작했다. "내가 뭘 해야 할지는 알겠어. 사랑에 빠질 거야. 여기 앉아서 깊이 생각해봤는데 아무래도 그래야겠어."

그 선언이 좀 민망했는지 조지는 창가로 가서 친구에게 등을 돌리고 바깥으로 몸을 내밀었다. "누구하고 사랑에 빠질지도 알아." 그는 날카롭게 말했다. "헬렌 화이트야. 읍내에서 소위 '마구 꾸며대지' 않는 건 그 애뿐이잖아."

새로운 발상이 떠오르자 젊은 윌러드는 돌아서서 손님에게로 걸어갔다. "여기 이것 봐." 그가 말했다. "헬렌 화이트는 나보다 네가 더 잘 알지. 그 애한테 가서 내가 한 말을 전해주면 좋겠어. 걔한테 말을 걸고 내가 그 애를 사랑하게 되었다고만 말해줘. 뭐라고 하나 봐주고. 어떻게 받아들이는지 잘 보고 와서 나한테 말해줘."

세스 리치먼드는 일어나서 문 쪽으로 걸어갔다. 친구의 말이 도저히 견딜 수 없이 짜증스러웠다. "뭐, 잘 있어." 그는 짤막하게 말했다.

조지는 놀라고 말았다. 뒤따라 뛰쳐나간 그는 어둠 속에 서서 세스의 얼굴을 들여다보려 했다. "왜 이러는 거야? 어떻게 하려는 거야? 여기 좀 있으면서 얘기를 하자." 그는 졸라댔다.

이 친구와, 밑도 끝도 없이 아무 의미도 없는 얘기들을 떠들어대는 읍내 사내들과, 무엇보다도 침묵만 지키는 자기 자신의 습관에 대해 갑작스러운 반감이 파도처럼 덮쳐오는 바람에, 세스는 반쯤 필사적이 되었다. "아, 직접 말하라고." 그는 버럭 소리를 지르고는 재빨리 문밖으로 나와 친구의 면전에 대고 문을 쾅 닫아버렸다. "헬렌 화이트를 찾아내서 얘기를 해야겠어. 하지만 그 자식 얘기를 하지는 않을 거야."

세스는 분노로 중얼거리면서 층계를 내려가 호텔 현관문을 나섰다. 흙먼지 이는 작은 길을 건너 야트막한 철제 울타리를 넘어간 그는 역 마당의 풀밭에 가서 주저앉았다. 세스는 조지 윌러드가 대책 없는 바보라고 생각했고, 더 심하게 독설을 해줄걸 후회했다. 은행가의 딸 헬렌 화이트와의 친분은 겉으로 보기에 평범하고 무심한 것이었지만, 마음속에서 종종 그녀는 생각의 화두로 떠올랐고 어쩐지 사적이고 은밀한 무언가로 느껴졌다. "사랑 이야기를 쓴답시고 정신없는 바보." 세스는 중얼거리며, 고개를 돌려 어깨 너머로 조지 윌러드의 방을 쳐다보았다. "그렇게 끝도 없이 떠들어대면서 지치지도 않나."

와인즈버그에서는 딸기 수확 철이어서 철도역 플랫폼에는 남자들과 소년들이 측선에 정차해 있는 특송 화물차 두 대에다가 붉고 향기로운 딸기들을 몇 궤짝씩 싣고 있었다. 서쪽은 당장이라도 폭풍우가 휘몰아칠 것처럼 위태로웠지만 6월의 달은 휘영청 하늘에 떠 있었고 가로등은 아직 하나도 켜지지 않았다. 어둑어둑한 빛 속에서 특송 화물차 옆에 선 채 열차 문을 향해 궤짝들을 던져대던 남자들의 형체는 간신히 알아볼 수 있을 정도였다. 철도역 잔디밭을 보호하는 철제 울타리 위에는 다른 남자들이 앉아 있었다. 파이프들에 불이 붙었다. 마을 농담들이 오갔다. 아득히 저 멀리로 열차 한 대가 경적을 울렸고 사내들은 새삼스럽게 활기를 띤 화물차들을 궤짝으로 가득 채웠다.

세스는 풀밭의 자기 자리에서 일어나 울타리에 걸터앉아 있는 남자들 곁을 말없이 지나쳐 메인 스트리트로 갔다. 한 가지 결심을 한 터였다. '여기서 탈출하겠어.' 그는 속으로 말했다. '여기 있으면 뭐가 좋겠어? 어디 도시에 가서 일을 할 거야. 어머니한테는 내일 말씀드려야겠다.'

세스 리치먼드는 천천히 메인 스트리트를 따라 걸었고, 왜커 담배 가게와 읍사무소를 지나쳐 버크아이 스트리트로 들어섰다. 이 마을의 삶에 속하지 않는다는 사실에 우울했지만, 그건 자기 잘못이 아니라고 생각했기에 그렇게 마음이 아프지는 않았다. 웰링 박사네 집 앞 커다란 고목나무의 묵직한 그늘 아래 발길을 멈춘 그는 길에서 손수레를 밀고 있던 반푼이 터크 스몰렛을 지켜보았다. 턱없이 아이 같은 마음의 영감은 손수레에 긴 널판 한 다발을 싣고 있었고, 무척이나 정교하게 짐의 균형을 유지하면서도 바삐 어딘가로 가고 있었다. "조심해, 터크! 찬찬히 하라고, 이놈아!" 노인은 자기 자신에게 소리를 질러댔고, 크게 너털웃음을 웃는 바람에 널빤지 짐이 위험천만하게 흔들거렸다.

세스는 터크 스몰렛을 알았다. 조금은 위험한 이 늙은 벌목꾼의 기벽은 마을의 삶에 한층 생기를 더했다. 세스는 터크가 메인 스트리트에 도착하면 소용돌이처럼 휘몰아치는 주위 사람들의 탄성과 논평 한가운데 서게 될 거라는 걸 알고 있었다. 그리고 늙은 벌목꾼이 메인 스트리트를 통과하며 널빤지들을 손수레에 싣고 달리는 자기 기교를 과시하기 위해 일부러 먼 길을 굳이 돌아간다는 사실도 잘 알고 있었다. '조지 윌러드가 여기 있다면 뭔가 한 마디 했을 텐데.' 세스는 생각했다. '조지는 이 마을에 소속되어 있어. 조지가 터크에게 소리를 지르면 터크도 버럭 소리를 쳐 대답하지. 두 사람은 자기네가 한 말에 남몰래 흡족해하고 있어. 나는 달라. 나는 소속감이 없어. 쓸데없이 부산 떨고 싶지는 않지만, 나는 이 마을에서 탈출할 거야.'

세스는 자기가 이 마을의 추방자라는 느낌에 빠져 흐릿한 암흑을 헤치며 나아갔다. 그는 자기 자신을 불쌍하게 여기기 시작했지만, 그런 생각이 자기가 보기에도 터무니없어서 웃음기를 머금고 말았다. 결국 그는 자기가 나이보다 조숙하고 자기연민에는 영 어울리지 않는 인간이라는 사실을 알게 되었다. '나는 어쩔 수 없이 일하러 나가야 해. 꾸준히 열심히 일하면 출세를 할 수도 있어. 나는 그럴 자격이 충분해.' 그는 그렇게 판단했다.

세스는 은행가 화이트의 집에 가서 현관 앞 어둠 속에 우두커니 섰다. 문손잡이에는 황동빛 노커가 달려 있었다. 시를 공부하는 여성 클럽을 창설한 헬렌 화이트의 어머니가 마을에 처음 소개한 혁신적인 물건이었다. 세스는 노커를 들었다가 놓았다. 무거운 철컹 소리가 아득한 총성 같았다. '나 정말 서투르고 바보 같구나.' 그는 생각했다. '화이트 부인이 문을 열어주시면 뭐라고 해야 할지도 모르겠어.'

문을 열어준 건 헬렌 화이트였고 세스는 포치 끄트머리에 서 있었다. 기쁨에 얼굴을 붉히면서 헬렌은 문을 부드럽게 닫고 걸어 나왔다. "나는 마을을 떠날 거야. 뭘 해야 할지는 모르겠는데, 여기를 떠나서 일을 하러 갈 거야. 콜럼버스로 가게 될 거 같아." 세스가 말했다. "어쩌면 거기 주립대학에 진학할지도 모르겠어. 아무튼, 나는 이제 가. 오늘 밤에 어머니한테 말씀드릴 거야." 그는 망설이며 주위를 자신 없이 둘러보았다. "혹시 나하고 오늘 산책 좀 같이 해줄래?"

세스와 헬렌은 가로수 아래 거리를 따라 걸었다. 묵직한 구름이 달을 가로질러 표표히 흘러갔고, 두 사람 앞으로 짙은 석양빛 속에서는 어깨에 짧은 사다리를 멘 사내가 걸어가고 있었다. 서둘러 달려가던 남자는 횡단보도에서 멈춰 섰고, 사다리를 목제 가로등 등주에 기대 놓고는, 마을 가로등들에 불을 붙였다. 그래서 두 사람의 앞길은 가로등 등불과 낮게 가지를 드리운 나무 그늘의 깊어가는 어둠으로 반은 밝혀지고 반은 어두워져 있었다. 나무 꼭대기를 스치며 바람은 장난을 치기 시작했고, 잠자던 새들은 화들짝 놀라 애처로운 울음소리를 내며 사방으로 흩어져 날아갔다. 어느 가로등 등불이 환히 비치는 공간에서, 박쥐 두 마리가 빙글빙글 돌며 구름처럼 몰려드는 각다귀 떼를 쫓고 있었다.

세스가 반바지를 입고 다니던 소년일 때부터 그와 지금 처음으로 그의 곁에서 길을 걷고 있는 처녀 사이에는 표현되다 만 친밀감이 있었다. 한동안 그녀는 세스를 향해 미친 듯이 쪽지들을 써 보내곤 했었다. 쪽지들은 세스 학교 책 속에 숨겨져 있기도 했고 길거리에서 마주친 아이가 건네준 적도 있었으며, 마을 우체국을 통해 배달된 것도 여럿이었다.

쪽지들은 둥글고 소년 같은 필체로 쓰여 있었고 소설을 읽어 불타오른 마음을 투영하고 있었다. 세스는 답장을 쓰지 않았지만, 은행가 사모님 전용 편지지에 연필로 끼적거린 몇몇 문장들에 감동을 받고 기분도 으쓱했었다. 그 쪽지들을 코트 주머니에 넣고 길거리를 걷거나 학교 마당에 서 있으면 옆구리에서 무언가 불타고 있는 느낌이 들었다. 마을에서 가장 부자고 매력적인 소녀에게 이렇게 선택을 받는 게 꽤 괜찮다는 생각을 했다.

헬렌과 세스는 길거리를 바라보는 야트막하고 어두운 건물 근처의 울타리에서 발길을 멈췄다. 건물은 한때 술통의 널을 제작하는 공장이었지만 이제는 텅 비어 있었다. 길 건너 집 포치에서는 한 남자와 여자가 어린 시절 얘기를 하고 있었다. 두 사람의 목소리가 반쯤 민망해하다 말다 하는 청년과 처녀에게까지 낭랑하게 전달되었다. 끽끽 의자를 끄는 소리가 났고, 길 건너 남자와 여자가 자갈길을 내려와 나무 대문까지 나왔다.

대문 밖에 서서 남자가 허리를 굽혀 여자에게 키스를 했다. "옛날 생각이 나서." 그는 이렇게 말하고는 돌아서서 재빨리 인도를 따라 걸어가버렸다.

"벨 터너야." 헬렌이 속삭이더니 대담하게 세스의 손을 잡았다. "남자가 있는 줄 몰랐네. 그러기엔 나이가 너무 들었다고 생각했는데." 세스는 불편하게 웃었다. 소녀의 손은 따뜻하고 생경해서, 어질어질한 감정이 그를 덮쳐왔다. 마음속에 결코 그녀에게 말하지 않겠다고 생각했던 사실을 말해버리고 싶은 욕망이 생겨났다. "조지 윌러드가 너를 사랑한대." 그가 말했다. 요동치는 마음속과는 달리 차분하고 조용한 목소리였다. "단편을 쓰고 있는데, 사랑에 빠지고 싶대. 어떤 기분인지 알고 싶다는 거야. 나한테 이 말을 너한테 전해주고 뭐라고 하는지 알려달라고 하더라."

다시 헬렌과 세스는 말없이 걸었다. 그들은 리치먼드 저택을 둘러싼 정원까지 와서 관목 울타리에 난 틈으로 들어가 우거진 나무 아래 목제 벤치에 앉았다.

소녀와 나란히 걷던 거리에서 새롭고 대담한 생각들이 세스 리치먼드의 마음을 비집고 들어왔다. 읍을 벗어나겠다는 결심이 후회되기 시작했다. '여기 남아서 헬렌 화이트와 함께 종종 길거리를 걷는다면 뭔가 새롭고 속속들이 즐거운 삶이 될 거야.' 그는 생각했다. 상상 속에서 그녀의 허리에 팔을 두른 자신과 자기 목을 양팔로 꼭 껴안은 그녀의 모습을 그려보았다. 사건과 장소의 뜬금없는 조합이 이 소녀와 사랑을 나눈다는 생각과 며칠 전 가보았던 장소를 연관 지었다. 그는 심부름으로 페어그라운드 너머 언덕에 사는 농부의 집에 갔다가 논밭을 가로지르는 길로 돌아왔었다. 농부의 집 아래 언덕 등성이에서 세스는 어느 우거진 단풍나무 아래 발길을 멈추고 주위를 둘러보았다. 부드러운 붕붕 소리가 세스의 귀를 반겨주었던 것이다. 한순간 그 나무에 벌 떼가 살고 있는 게 틀림없다는 생각이 들었다.

그런데 아래를 내려다본 세스는 키 큰 풀밭에 선 그 주위로 온통 벌들이 날아다니고 있다는 걸 깨달았다. 그가 서 있는 곳은 언덕에서 곧장 이어지는 들판 한가운데로 허리께까지 잡초가 무성하게 자라나 있었다. 잡초들은 작은 보랏빛 꽃들을 피우고 숨 막히게 강렬한 향기를 풍기고 있었다. 잡초들 위로 무수한 벌들이 모여들어 노래하며 일하고 있었다.

세스는 여름밤에 나무 아래 잡초들 사이에 푹 파묻혀 누워 있는 자기 모습을 상상했다. 상상 속에서 지어진 그 장면에서는, 그 곁에 헬렌 화이트가 누워 있고 그녀의 손이 그의 손 위에 놓여 있었다. 그녀의 입술에 키스하는 건 이상하게 꺼려졌지만, 원하기만 하면 얼마든지 할 수 있을 것 같은 느낌이 들었다. 그 대신 그는 꼼짝도 않고 가만히 누워 그녀를 바라보며 머리 위에서 꾸준히 거장의 솜씨로 노동요를 부르는 벌 떼 소리를 들었다.

정원 벤치에 앉아 세스는 불안하게 몸을 움찔거렸다. 소녀의 손을 놓고서 자기 손을 바지 호주머니에 푹 찔러 넣었다. 자기 결심이 얼마나 막중한지 상기시켜 동행에게 깊은 인상을 주고 싶다는 욕구에 휩싸여 세스는 자기 집 쪽으로 고개를 끄덕였다. "어머니가 난리를 치시겠지." 그는 속삭였다. "내가 살면서 무슨 일을 하게 될지 어머니는 전혀 생각지 않으셨으니까. 영원히 내가 여기서 소년으로 살아갈 거라 생각하시거든."

세스의 목소리는 소년의 열정으로 가득 차 있었다. "있잖아, 나는 박차고 나가야 해. 일을 시작해야 한다고. 그게 내가 잘하는 거야."

헬렌 화이트는 감명을 받았다. 그녀는 고개를 끄덕였고 숭모의 감정에 휩싸였다. '원래 이렇게 되어야 옳아.' 그녀는 생각했다. '이 남자아이는 이제 아이가 아니야. 강인하고 목적의식이 뚜렷한 남자야.' 그녀의 온몸을 사로잡았던 어떤 막연한 욕망이 쓸려나가자, 헬렌은 벤치에서 아주 반듯하게 자세를 고쳐 앉았다. 여전히 우르릉거리는 천둥소리가 들려왔고 동쪽 하늘에서는 번개 섬광이 번쩍거렸다. 그토록 신비스럽고 광활했던 정원이, 세스가 곁에 앉아 있으니 이상하고 환상적인 모험의 배경이 될 것만 같았던 그 장소가, 이제는 그저 평범한 와인즈버그의 뒷마당과 다를 바 없어지고, 사물의 윤곽선들은 몹시 또렷하고 경계가 분명해졌다.

"거기 가서 뭘 할 거야?" 그녀가 속삭여 물었다.

세스는 벤치에서 반쯤 몸을 돌리고 앉아, 어둠 속에서 그녀의 얼굴을 보려고 애썼다. 그녀가 조지 윌러드보다 훨씬 더 분별력 있고 솔직하다고 생각했고, 친구한테서 뛰쳐나오길 잘한 것 같았다. 마을에 대한 조바심 나는 마음이 새삼 돌아왔고, 세스는 헬렌에게 그 얘기를 하고 싶었다. "사람들이 다 떠들고 떠들고 끝도 없이 떠들어." 그는 말머리를 꺼냈다. "그게 지긋지긋해. 뭔가 일을 해야겠어. 말이 중요하지 않은 일을 해야겠어. 어쩌면 정비소 기계공이 될지도 모르지. 나도 몰라. 뭐든 별 상관도 없는 것 같기도 해. 그저 일하면서 말을 안 하고 싶을 뿐이야. 지금 내가 생각하는 건 그것뿐이야."

세스는 벤치에서 일어나 손을 내밀었다. 그는 만남을 끝내고 싶지 않았지만 더 이상 할 말이 생각나지 않았다. "우리가 만나는 건 이게 마지막이야." 그는 속삭였다.

파도처럼 감상이 헬렌을 덮쳐왔다. 세스의 어깨에 손을 얹은 그녀는 얼굴을 쳐들고 세스의 얼굴을 자기 쪽으로 끌어당기기 시작했다. 그 행동은 순수한 애정과 그날 밤 존재했던 어떤 막연한 모험의 가능성이 사라져버린 데 대한 뼈저린 아쉬움의 표현이었다. "나 아무래도 이제 가봐야겠어." 그녀는 두 손을 무겁게 옆구리로 떨어뜨리면서 말했다. 어떤 생각이 문득 들었다. "너는 가서 어머니한테 말씀드려. 지금 하는 게 좋을 거야."

세스는 망설였고, 그가 그냥 그렇게 서 있는 사이 소녀는 돌아서서 울타리 덤불을 따라 뛰어가버렸다. 그녀 뒤를 쫓아 달려가고 싶다는 욕망이 솟구쳤지만 그는 그저 서서 물끄러미 바라보고만 있었다. 세스는 일평생 헬렌이 속한 마을을 이해하지 못해 당혹스럽고 어리둥절했다. 그런데 이제 그녀 역시 당혹스럽고 영문을 알 수 없었다. 천천히 집 쪽으로 걸어가던 그는 커다란 나무 그늘 아래 발길을 멈추고 불 켜진 창가에 앉아 바삐 바느질을 하고 있는 어머니의 모습을 바라보았다. 아까 저녁때 그를 찾아왔던 고독감이 다시 돌아와 방금 그가 헤쳐 나온 모험을 채색했다. "허!" 그는 감탄사를 내뱉었다. 그리고 돌아서서 헬렌 화이트가 간 방향을 바라보았다. '만사가 이런 식으로 돌아갈 거야. 그녀도 나머지 다른 사람들과 똑같을 거야. 이제는 나를 이상한 눈빛으로 쳐다보게 되겠지.' 그는 땅바닥을 내려다보며 이 생각을 곱씹었다. "내가 주위에 있으면 창피스러워하면서 이상한 기분에 사로잡히겠지." 그는 혼잣말로 속삭였다. "다 그렇게 될 거야. 다 결국 그런 식이 되겠지. 누군가를 사랑하게 된다 해도, 결코 나는 아닐 거야. 누군가 다른 사람, 아마도 말을 많이 하는 다른 사람, 그러니까 조지 윌러드 같은 사람을 사랑하게 되겠지."

탠디

일곱 살이 될 때까지 그녀는 트러니언 파이크 외곽으로 나가는 안 쓰는 도로변의 낡고 페인트칠도 하지 않은 집에 살았다. 아버지는 그녀에게 별로 관심이 없었고 어머니는 돌아가셨다. 아버지는 종교에 대해 말하고 생각하며 시간을 보냈다. 아버지는 불가지론자를 자처하면서 이웃 사람들의 마음속에 슬며시 스며든 신에 대한 생각들을 파괴하는 일에 몰두한 나머지, 반쯤 잊힌 채 죽은 어머니 친척들의 친절에 의지해 여기저기서 살아야 했던 어린아이 안에서 모습을 드러내신 신을 끝내 보지 못했다.

　어느 외지인이 와인즈버그에 와서 그 아이에게서 아이 아버지가 보지 못한 걸 보았다. 그 외지인은 훤칠한 키의 빨간 머리 청년으로 거의 항상 술에 취해 있었다. 가끔은 아이 아버지 톰 하드와 함께 뉴 월러드 하우스 앞 의자에 앉아 있었다. 톰이 세상에 신이 있을 리가 없다면서 떠들어대면 그 이방인은 미소를 지으며 지나가는 사람들에게 윙크를 했다. 그와 톰은 친구가 되었고 같이 있는 시간도 상당히 많았다.

이방인은 클리블랜드의 부유한 상인 아들이었고 와인즈버그에는 수행해야 할 사명이 있어 왔다. 술버릇을 고치고 싶었던 그는, 자기가 사는 도시의 지인들에게서 벗어나 시골 사회에 살다보면 자신을 파괴하고 있는 중독과의 싸움에서 이길 공산이 커질 거라 생각했던 것이다.

와인즈버그 체류는 성공적이지 못했다. 시간이 워낙 지루하게 흘러가다보니 그는 그 어느 때보다 더 심하게 술을 마셨다. 그러나 뭔가 의미 있는 일을 해내는 데 성공하기도 했다. 톰 하드의 딸에게 풍부한 의미가 담긴 이름을 지어주었던 것이다.

어느 날 저녁 기나긴 폭음에서 회복되고 있던 이방인은 읍의 주도로를 따라 휘청거리며 걸었다. 톰 하드는 딸과 함께 뉴 윌러드 하우스 앞의 의자에 앉아 있었다. 당시 다섯 살이던 딸은 아버지 무릎에 앉아 있었다. 나무를 깐 보도 위 의자에 그와 나란히 앉아 있던 사람은 젊은 조지 윌러드였다. 이방인은 그들 옆에 의자를 하나 놓고 털썩 주저앉았다. 온몸이 떨렸고 말을 시작하려 하자 목소리도 떨렸다.

늦은 저녁 시간이라 마을에 어둠이 깔리고 호텔 앞으로 올라가는 작은 경사 바로 앞으로 지나치는 철도 역시 어둠에 덮여 있었다. 멀리 어딘가 서쪽에서 달리는 기관차의 기나긴 경적 소리가 들렸다. 철길에서 자고 있던 개 한 마리가 벌떡 일어나 마구 짖어댔다. 이방인은 횡설수설하면서 불가지론자의 품 안에 누워 있는 아이에 대해 예언을 했다.

"저는 술을 끊기 위해 여기 왔어요." 이 말을 하는 그의 뺨에 눈물이 흘러내렸다. 그는 톰 하드를 보지 않고 몸을 앞으로 내민 채 환각을 보듯 어둠 속을 빤히 바라보았다. "치유를 위해 시골로 도망쳐 왔지만, 치유받지 못했어요. 다 이유가 있습니다." 그는 아버지의 무릎 위에 똑바로 앉아 그의 시선을 피하지 않는 아이를 보았다.

이방인은 톰 하드의 팔을 어루만졌다. "내가 중독된 건 술뿐만이 아니었습니다." 그는 말했다. "또 다른 게 있었죠. 나는 사랑을 하는 사람인데, 사랑할 내 것을 찾지 못했지요. 제 말뜻을 알아들으실지 모르겠지만, 그건 대단히 중요한 이야기입니다. 그건 나의 파멸을 불가피하게 만들지요. 그걸 이해하는 사람은 거의 없어요."

이방인은 말이 없어졌고 슬픔에 목이 메인 듯 보였지만, 또 한 번 지나치는 기차가 경적을 울리는 바람에 정신을 차렸다. "난 믿음을 잃지 않았어요. 그건 당당하게 말할 수 있습니다. 그저 내 믿음이 결코 현실로 이루어질 수 없는 게 분명한 곳에 도달하게 되었을 뿐이지요." 그는 목쉰 소리로 선포했다. 그러고는 아이를 빤히 바라보며 그 아이에게 말하기 시작했다. 더 이상 아이 아버지는 안중에 없었다. "한 여자가 오고 있어." 그 목소리는 날카롭고 진지했다. "있잖아, 난 그녀를 보고 싶어 했단다. 그 여자는 나의 시간에 맞춰 오지 않았어. 네가 어쩌면 그 여자일지도 몰라. 오늘 같은 날 저녁에, 한 번이라도 그 여자 앞에 내가 이렇게 서게 해준 건 운명 같은 것이겠지. 내가 술로 나 자신을 망치고 그녀는 그저 아이에 불과한 오늘 같은 날 말이야."

이방인의 어깨가 격하게 들썩거렸고, 담배를 말려고 하던 손이 덜덜 떨려 종이가 툭 떨어졌다. 그는 화가 나서 버럭 야단을 쳤다. "사람들은 여자라는 건, 사랑받는다는 건, 쉬운 일이라고 생각하지. 하지만 나는 그렇게 무지하지 않아." 그는 선언했다. 그리고 다시 아이를 바라보았다. "난 이해한다." 그는 울었다. "어쩌면 세상 남자들 중에 오로지 나만 이해할지도 몰라."

그 눈길이 표표히 흘러 어두워진 길가로 향했다. "그 여자와 마주친 적은 단 한 번도 없지만 난 그녀에 대해 알아." 그는 나직하게 말했다. "그 여자의 분투와 패배들을 알아. 그 패배들 덕분에 그 여자는 내게 사랑스러운 사람이 되었지. 그녀의 패배들로부터 여성의 새로운 자질이 태어났어. 그 자질에 걸맞은 이름이 있지. 난 그걸 '탠디'라고 불러. 참된 몽상가였고 내 몸이 더러워지기 전에 내가 지은 이름이지. 그건 사랑받기 위해 강인해지는 자질이야. 남자들이 여자들에게서 원하지만 결코 얻지 못하는 자질이지."

이방인은 일어나 톰 하드 앞에 섰다. 몸이 앞뒤로 흔들려 금방이라도 쓰러질 것만 같았지만, 그는 오히려 인도에 풀썩 무릎을 꿇고 앉더니 어린 소녀의 양손을 술에 취한 자기 입술에 갖다 대고 황홀하게 키스를 했다. "탠디가 되렴, 꼬마야." 그는 간구했다. "강인해지고 또 용기를 가져라. 그게 갈 길이란다. 무엇이든 거침없이 해라. 감히 사랑받을 수 있을 만큼 용감해져라. 남자나 여자 이상의 존재가 되어라. 탠디가 되어라."

이방인은 일어서서 휘청거리며 길을 걸어 멀어져갔다. 하루 이틀이 지난 후 그는 기차를 타고 클리블랜드의 자기 집으로 돌아갔다. 호텔 앞에서 그런 대화를 나눈 여름 저녁에 톰 하드는 그날 밤 딸아이를 돌봐주겠다고 한 친척 집으로 데리고 갔다. 가로수 아래 어둠 속을 걸으며 톰 하드는 이방인의 횡설수설하는 목소리를 잊었고, 그의 마음은 사람들이 신에게 품고 있는 믿음을 깨부술 수 있는 논증을 세우는 일로 돌아갔다. 그가 딸의 이름을 말하자 딸은 울기 시작했다.

"나는 그 이름으로 불리는 거 싫어요." 아이는 선언했다. "나는 탠디라고 불리고 싶어요. 탠디 하드." 아이가 어찌나 서럽게 우는지 톰 하드는 마음이 아파져서 딸을 달래주려 했다. 나무 밑에서 발길을 멈추고 두 팔로 아이를 안아 쓰다듬어주기 시작했다. "자, 착하게 굴어." 그는 매섭게 야단을 쳤지만, 아무래도 아이는 조용해지지 않았다. 어린애답게 온전히 슬픔에 빠져버린 소녀는 설움에 온몸을 맡겼고, 아이의 울음소리가 저녁 길거리의 고요를 깨뜨렸다. "나는 탠디가 되고 싶어. 탠디가 되고 싶어. 탠디 하드가 되고 싶다고." 아이는 외치면서 고개를 저었고, 어린아이의 힘만으로는 술주정뱅이의 말들이 그려낸 미래의 그림을 도저히 견뎌낼 수 없다는 듯 흐느껴 울었다.

하느님의 권능

커티스 하트먼은 오하이오 주 와인즈버그의 목사였고, 10년 동안 그 직책을 맡고 있었다. 마흔 살이었고, 천성적으로 아주 말수가 적고 과묵했다. 설교를 하러 사람들 앞 강단에 서는 일은 늘 그에게는 고충이었고 수요일 아침에서 토요일 저녁까지는 다른 건 모조리 제쳐두고 일요일에 해야 할 설교 두 편 생각만 했다. 일요일 아침 일찍 그는 교회 종탑의 서재라고 불리는 방으로 가서 기도를 했다. 기도 중에는 항상 의중을 장악하는 논조가 딱 하나 있었다. "주님의 일을 할 수 있는 힘과 용기를 주소서, 오, 주님!" 그는 맨 마룻바닥에 무릎을 꿇고 눈앞에 놓인 일 앞에 고개를 조아린 채 말했다.

 하트먼 목사는 갈색 수염의 키 큰 남자였다. 그의 아내는 땅딸하고 불안한 여자로 오하이오 주 클리블랜드 속옷 제조사 사장의 딸이었다. 목사는 마을에서 상당히 사랑을 받았다. 교회

어른들은 목사가 조용하고 허세가 없다고 좋아했고 은행가의 아내인 화이트 부인은 그가 학자답고 세련되었다고 생각했다.

장로교회는 와인즈버그 다른 교회들과는 약간 거리를 두었다. 훨씬 크고 위세가 등등했으며 목사의 봉급도 높았다. 목사는 심지어 전용 마차도 있었고 여름 저녁이면 가끔 아내와 함께 마차를 타고 읍내를 돌아다녔다. 메인 스트리트를 지나 버크아이 스트리트를 오가면서 사람들에게 진지하게 고개를 숙여 인사를 했고, 아내는 자긍심으로 불타는 마음을 숨기며 곁눈질로 남편을 보면서 말이 놀라 달아나지 않을까 두려워했다.

와인즈버그로 온 후로 오랜 세월 동안 커티스 하트먼은 일이 아주 잘 풀렸다. 교회의 신도들에게서 열렬한 믿음을 일으키는 목사는 아니었지만, 그렇다고 적을 만들지도 않았다. 사실 그는 대단히 열성적이었으며, 마을의 대로와 뒷골목들을 돌아다니면서 하느님의 말씀을 부르짖고 다닐 수 없어 회한에 빠져 한참씩 괴로워하기도 했다. 성령의 불길이 정말 자기 안에 타오르고 있는지 의심하며, 강렬하고 달콤한 새 물결 같은 권능이 폭풍처럼 자기 목소리와 영혼 속에 들어와 사람들이 자기 속에서 드러나신 하느님의 성령 앞에 전율하게 되는 날을 꿈꾸었다. '나는 딱한 막대기에 불과하고 그런 일은 내게 절대 일어나지 않을 거야.' 그는 풀 죽어 생각했고, 다음 순간 인내의 미소가 떠올라 그의 얼굴을 환히 밝혔다. '뭐, 할 수 없지, 이만하면 나도 잘하고 있는 거야.' 그는 철학적으로 덧붙였다.

일요일마다 목사가 가서 자기 안에 하느님의 권능을 크게 해달라고 기도하는 교회 종탑의 방은 창문이 하나밖에 없었다. 길고 좁고 문처럼 경첩이 달려서 밖으로 열리는 창문이었다. 납땜한 작은 판유리들로 된 창문에는 그리스도께서 아이의 머리에 손을 얹고 계신 모습이 디자인되어 있었다. 그해 여름 어느 일요일 아침 커다란 《성경》을 앞에 펼쳐놓고 사방에 설교문을 적은 종이들을 흩뜨려놓은 채 책상 앞에 앉아 있던 목사는, 옆집 윗방에서 침대에 누워 책을 읽으며 담배를 피우고 있는 한 여자를 보고 충격을 받았다. 커티스 하트먼은 까치발로 창가로 걸어가 부드럽게 창문을 닫았다. 여자가 담배를 피운다는 생각에 공포에 질린 그는 《성경》을 읽고 있다가 문득 들었던 자기 눈길이 여자의 벗은 어깨와 하얀 목덜미에 머물렀다는 생각이 들어 몸이 부르르 떨렸다. 여전히 소용돌이처럼 두뇌가 어지럽게 요동치는 와중에, 그는 설교 강단으로 내려가 자기 몸짓이나 목소리는 생각도 않고 길고 긴 설교를 했다. 그 설교는 힘차고 낭랑해 여느 때와 달리 엄청난 주목을 끌었다. '내 목소리가 그 여자의 영혼에 하느님의 말씀을 전달한다면, 듣고 있을지 모르겠구나.' 그는 생각했고, 앞으로는 일요일 아침마다 은밀한 죄에 깊이 빠져 있는 게 틀림없는 여자의 마음에 닿아 그녀를 각성시킬 말들을 할 수 있을지 모르겠다는 희망을 품게 되었다.

목사가 창문으로 그토록 심란한 광경을 보게 된 장로교회 옆집에는 두 여자가 살고 있었다. 와인즈버그 국립은행에 두둑한 돈을 넣어둔, 유능해 보이는 회색 머리 미망인 엘리자베스 스위프트 부인은 학교 교사인 딸 케이트 스위프트와 함께 살았다. 교사는 서른 살이었고 깔끔하고 단정한 외모의 소유자였다. 친구가 별로 없는 데다 신랄한 혀의 소유자로 유명했다. 그녀를 생각하기 시작한 커티스 하트먼은 그녀가 유럽에 다녀온 적이 있고 뉴욕 시에서도 살았다는 기억을 떠올렸다. '담배를 피운다는 게 별 의미가 없을 수도 있지.' 그는 생각했다. 가끔 소설을 읽던 대학생 시절, 약간은 세속적이지만 착한 여자들이 책장에 대고 담배 연기를 불었던 책들이 가끔 수중에 들어오곤 했던 기억이 났다. 새삼 결연한 마음이 솟구쳐 그는 일주일 내내 설교문을 썼고, 새로운 청자의 귀와 영혼에 닿으려는 열정에 휩싸인 나머지 강단에서의 민망함과 일요일 아침마다 서재에서 기도를 할 필요성까지도 까맣게 잊고 말았다.

하트먼 목사의 여자 경험은 상당히 국한된 것이었다. 그는 인디애나 주 먼시의 마차 제작자의 아들로 태어났고 직접 일해서 번 돈으로 대학 교육을 마쳤다. 속옷 제조사 사장의 딸은 학창 시절에 그가 살던 집에서 하숙을 하고 있었고, 그는 형식적이고 질질 끄는 오랜 연애 끝에 그녀와 결혼했다. 그나마 구애는 여자 쪽에서 거의 도맡아 했던 연애였다. 결혼식 당일에 속옷 제조사 사장은 딸에게 5천 달러를 주었고, 그 돈의 두 배에 달하는 거액을 유산으로 물려주겠다고 약속했다. 목사는 아내 복이 있다고 생각했고 단 한 번도 스스로에게 다른 여자 생각을 허락하지 않았다. 다른 여자들을 생각하고 싶지 않았다. 그가 원하는 건 조용하게, 열렬하게 하느님의 일을 행하는 것이었다.

목사의 영혼 속에서 갈등이 깨어났다. 케이트 스위프트의 귀에 닿고, 설교를 통해 영혼을 파고들고 싶다는 생각을 하면서, 침대에 조용히 누워 있던 하얀 몸매를 다시 한 번 보고 싶다는 바람도 품기 시작했던 것이다. 이런저런 생각들에 잠을 이룰 수 없던 어느 일요일 아침, 그는 일어나서 거리를 산책하러 갔다. 메인 스트리트를 따라 낡은 리치먼드 저택까지 걸어간 그는 멈춰 서서는 돌멩이를 하나 주워 들고 종탑의 방으로 황급히 달려갔다. 그 돌멩이로 창문 한구석을 깨뜨린 다음 문을 걸어 잠그고 《성경》을 책상 위에 펼쳐놓고 앉아서 기다렸다. 케이트 스위프트의 창문 블라인드가 걷히자 그는 그 구멍을 통해 곧바로 그녀의 침대를 볼 수 있었지만, 그녀는 거기 없었다. 그녀 역시 일찍 일어나 산책을 나갔고 블라인드를 걷어 올린 손은 엘리자베스 스위프트 부인이었다.

목사는 '관음'을 하고 싶다는 육체의 욕망으로부터 이렇게 구원받게 된 것이 기뻐 하마터면 흐느껴 울 뻔했다. 그리하여 하느님을 찬미하며 자기 집으로 돌아갔다. 그러나 운 나쁜 한순간 그는 창문에 난 구멍을 막는 걸 까맣게 잊고 말았다. 창문에서 깨져 떨어진 유리조각은 가만히 서서 황홀한 눈으로 그리스도의 얼굴을 바라보고 서 있는 소년 그림의 맨발 뒤꿈치에 구멍을 냈다.

커티스 하트먼은 그주 일요일 아침 설교를 잊었다. 그는 신도들에게 이야기를 했고 사람들이 목사를 천성적으로 흠 하나 없는 완벽한 삶을 사는 외떨어진 인간으로 보는 건 잘못이라는 애기를 했다. "제 경험으로는 하느님의 말씀을 전하는 목사인 우리 역시 여러분을 공격하는 것과 똑같은 유혹에 시달립니다." 그는 선언했다. "저는 유혹을 당했고 그 유혹에 굴복했습니다. 저를 일으켜 세워주신 건, 제 머리에 손을 받쳐 잡아주신 하느님의 손길뿐이었습니다. 주님은 저를 일으켜주셨듯이 여러분 역시 일으켜주실 겁니다. 절망하지 마십시오. 죄의 시간에 눈을 들어 하늘을 보면 다시금 구원을 받을 겁니다."

결연하게 목사는 침대의 여인 생각을 마음에서 지우고 아내 앞에서 연인 비슷하게 굴기 시작했다. 어느 날 저녁 두 사람이 함께 마차를 타고 외출을 나갔을 때, 목사는 버크아이 스트리트에서 말을 돌렸고 워터웍스 연못 위 가스펠 힐의 어둠 속에서 세라 하트먼의 허리를 한 팔로 안았다. 그날 아침 식사를 하고 집 뒤편의 서재로 물러날 준비를 한 그는 식탁을 돌아가서 아내의 뺨에 키스를 했다. 케이트 스위프트 생각이 뇌리에 떠오르자 그는 미소를 지으며 눈을 들어 하늘을 바라보았다. "저를 위해 역사해주십시오, 주님." 그는 중얼거렸다. "주님의 일에만 열성을 다하며 좁은 길을 걷게 하소서."

그러나 이제 갈색 수염을 기른 목사의 영혼에 진정한 분투가 시작되었다. 우연히 케이트 스위프트가 저녁마다 자기 침대에 누워 책을 읽는 버릇이 있다는 사실을 알게 된 것이다. 침대 옆 탁자에 등불이 놓여 있어 불빛이 그녀의 하얀 어깨와 맨살이 드러난 목덜미를 밝히며 흘러내렸다. 그 발견을 하게 된 날 저녁 목사는 9시부터 11시가 넘은 시각까지 서재 책상에 앉아 있었고, 그녀 방의 불빛이 꺼졌을 때 비틀거리며 교회에서 나와 두 시간 더 길거리를 걸어 다니며 기도를 했다. 케이트 스위프트의 어깨와 목덜미에 키스를 하고 싶지는 않았고 차마 자기 마음이 그런 생각에 머물러 있게 허락하지도 않았다. 그는 자기가 무엇을 원하는지도 알 수 없었다. "나는 하느님의 자식이니 주님께서 나 자신으로부터 나를 구원해주셔야 한다." 그는 어둠 속에서 가로수 아래 길거리를 헤매며 외쳤다. 그리고 한 그루 나무 옆에 서서 바삐 흘러가는 구름으로 뒤덮인 하늘을 올려다보았다. 그는 내밀하고 친근하게 하느님께 말을 걸기 시작했다. "제발 부탁이에요, 아버지, 저를 잊지 마세요. 내일 가서 창문의 구멍을 수리할 힘을 주십시오. 제 눈을 다시 들어 하늘을 향하게 해주세요. 당신의 하인인 제가 이토록 힘들고 당신이 필요하니 저와 머물러 있어주세요."

목사는 정적에 싸인 길거리를 왔다 갔다 걸었고, 며칠 동안 몇 주일 동안 영혼의 동요를 겪었다. 그는 자신에게 유혹이 찾아왔다는 사실을 이해할 수 없었고 그 이유도 가늠할 수 없었다. 어떤 면에서는 하느님을 원망하기 시작했다. 참된 길을 굳건히 걸으려 노력했고 죄를 찾아 돌아다니지 않았다고 혼잣말을 했던 것이다. "청년 시절에도, 여기서 삶을 영위하면서도 줄곧, 저는 조용히 제 일만 했습니다." 그는 단언했다. "어째서 이제 제가 유혹을 받아야 합니까? 무슨 짓을 했기에 제가 이런 짐을 짊어져야만 한단 말입니까?"

그해 초가을과 겨울에 커티스 하트먼은 세 번이나 집에서 몰래 빠져나와 종탑의 방으로 갔고, 어둠 속에서 침대에 누워 있는 케이트 스위프트의 몸매를 쳐다본 뒤 길거리를 걸어 다니며 기도를 했다. 자기 스스로가 이해되지 않았다. 몇 주일 동안 그 교사 생각은 거의 하지 않고 지내면서 그녀의 몸을 보고 싶다는 육신의 욕망을 극복했다고 스스로를 타이를 때도 있었다. 그러다가 또 뭔가 사건이 일어나곤 했다. 자기 집 서재에 앉아서 열심히 설교문을 작성하고 있다보면 불안해져서 방 안을 서성거리게 되었다. "길거리로 나가야겠어." 그는 혼잣말을 했고 교회 문을 들어서면서도 자기가 거기 있는 이유를 스스로 부정하곤 했다. "절대 유리창의 구멍을 수리하지 않을 것이고 밤에 여기 와서 이 여자를 눈앞에 두고 앉아 있으면서도 절대 눈길을 들지 않도록 스스로를 단련할 것이다. 이런 것에 패배하지 않을 것이다. 주님께서 내 영혼을 시험하시고자 이런 유혹을 만들어내셨으니 어둠 속을 헤쳐 정의의 빛으로 나아갈 것이다."

와인즈버그의 거리에 눈이 깊숙이 쌓인 쓰라리게 춥던 1월의 어느 밤, 커티스 하트먼은 교회 종탑 방을 마지막으로 찾아갔다. 집을 나온 시각이 9시가 넘었을 때였고, 서둘러 나오느라고 덧신도 신지 않고 있었다. 메인 스트리트에 나와 있는 사람은 야경꾼 홉 히긴스 말고는 아무도 없었고, 마을 전체에서 깨어 있는 사람 역시 야경꾼과 〈와인즈버그 이글〉 사무실에 앉아 단편을 쓰려고 애쓰고 있던 젊은 조지 윌러드뿐이었다. 목사는 흩날리는 눈발을 뚫고 거리를 걸어 교회로 가면서 이번에는 철저히 죄에 굴복할 거라 생각했다. '그 여자를 보고 싶고 그녀의 어깨에 키스하는 생각을 하고 싶으니, 내가 선택하는 생각을 할 수 있도록 스스로 허락을 해주겠어.' 씁쓸하게 마음을 먹자 눈물이 그렁그렁 차올랐다. 그는 목사직을 그만두고 다른 일을 해서 먹고살아야겠다고 생각하기 시작했다. '어디 다른 도시로 가서 사업을 해야겠다.' 그는 결심했다. '내 본성이 죄를 뿌리칠 수 없다면, 아예 죄에 투신을 하게 되겠지. 적어도 내 것이 아닌 여자의 어깨와 목을 마음에 두고 하느님의 말씀을 전도하는 위선자가 되지는 않을 거야.'

그 1월의 밤 교회 종탑 방은 추웠고 방 안에 들어서자마자 커티스 하트먼은 거기 머물러 있다가는 병에 걸릴 거라는 사실을 알았다. 눈밭을 헤치고 오느라 발이 젖었는데 불이 없었다. 옆집의 방 안에는 케이트 스위프트가 아직 나타나지 않고 있었다. 우울하게 결심한 남자는 앉아서 기다렸다. 의자에 앉아《성경》이 놓여 있는 책상 끄트머리를 꼭 붙잡고 살아오면서 가장 음험한 생각을 품은 채 어둠 속을 노려보고 있었다. 아내 생각이 나자 한순간 그녀가 미워질 지경이었다. '아내는 언제나 정열을 부끄러워했고 나를 속였지.' 그는 생각했다. '남자는 여자에게 열정과 아름다움을 기대할 권리가 있어. 남자는 자신이 짐승이라는 사실을 잊어버릴 자격이 없단 말이야. 내게는 그리스인의 피가 흘러. 나는 내 품의 여자를 버리고 다른 여자들을 찾을 거야. 이 학교 선생을 꼼짝달싹 못하게 붙잡겠어. 모든 남

자들을 제치고 날아가겠어. 내가 육신의 욕정에 불타는 짐승이라면 그 욕정을 위해 살겠어.'

정신이 산란해진 남자는 머리부터 발끝까지 덜덜 떨었다. 추위 때문이기도 했지만, 치열한 내면의 갈등 때문이기도 했다. 몇 시간이 흘러가고 열병이 온몸을 덮쳐왔다. 목구멍이 아팠고 이가 딱딱 부딪혔다. 서재 방바닥을 딛고 있는 두 발은 얼음장 같았다. 그래도 그는 포기하지 않았다. "이 여자를 보고 감히 용기내지 못했던 생각들을 하겠어." 그는 책상 끄트머리를 움켜쥐고 기다리며, 스스로에게 말했다.

커티스 하트먼은 그날 밤 교회에서 기다린 후유증으로 사경을 헤매었고, 그날 일어난 일로부터 앞으로의 살 길을 찾아냈다. 그동안 서재에서 기다렸던 다른 날 밤에는, 유리에 난 작은 구멍을 통해서, 학교 교사의 방 안에서 침대가 차지하고 있는 곳 말고는 전혀 볼 수가 없었다. 어둠 속에서 기다리다보면 여자가 갑자기 하얀 잠옷 가운을 입고 침대에 나타나 앉곤 했다. 불이 켜지면 베개에 기대어 앉아 책을 읽었다. 가끔은 담배를 피우기도 했다. 보이는 건 맨살이 드러난 어깨와 목덜미뿐이었다.

그 1월의 밤에, 추위로 거의 죽을 지경이 되고 두세 번인가 의식을 잃고 희한한 공상의 나라로 빠져들어 오로지 의지력으로 다시 정신을 차려야만 했던 그날 밤에, 케이트 스위프트가 나타났다. 옆집의 방에서 등불이 켜졌고 기다리고 있던 남자는 텅 빈 침대를 뚫어져라 응시했다. 그런데 눈앞의 침대 위에 나체의 여인이 몸을 던졌다. 여자는 엎드려 울면서 주먹으로 베개를 쾅쾅 쳤다. 마지막으로 한 번 더 서럽게 흐느껴 울고 나더니 반쯤 몸을 일으켰고, 쳐다보며 생각들에 빠지려 기다리고 있던 남자 앞에서 죄악의 여인은 기도를 하기 시작했다. 등불빛을 받은 그녀의 몸매는 가녀리면서도 탄탄해서 납땜한 창문에 그려진 그리스도를 바라보는 소년의 모습 같았다.

커티스 하트먼은 어떻게 교회를 나왔는지 끝내 기억해내지 못했다. 외마디 비명을 지르며 벌떡 일어나자 무거운 책상이 밀려 바닥을 긁었다. 《성경》이 툭 떨어져 정적 속에서 커다란 소음을 냈다. 옆집의 불빛이 꺼지자 그는 허둥지둥 비틀거리며 계단을 내려와 길거리로 나왔다. 거리를 따라가서 〈와인즈버그 이글〉 문으로 뛰어들었다. 자기 나름대로 마음을 다잡지 못하고 괴로워하며 터벅터벅 사무실 안을 서성거리고 있던 조지 윌러드를 붙잡고 앞뒤가 맞지 않는 얘기들을 두서없이 늘어놓기 시작했다. "하느님의 길은 인간의 이해를 넘어서는 것이야." 그는 득달같이 달려 들어가 문을 쾅 닫으며 외쳤다. 그리고 번득이는 눈빛과 열렬한 믿음에 차 낭랑하게 울리는 목소리로 청년에게 다가가기 시작했다. "나는 빛을 발견했소." 그는 외쳤다. "이 마을에서 10년을 살았는데, 하느님께서 여인의 몸으로 내 앞에 나타나셨단 말이오." 언성을 갑자기 낮춘 그는 속삭이기 시작했다. "난 이해하지 못했소. 내가 영혼의 시험이라고 생각했던 건 오로지 새롭게, 더욱 뜨겁게 타오르는 영혼의 불길을 위한 준비였을 뿐이었어. 하느님은 오늘 침대 앞에 벌거벗고 앉아 있던 교사 케이트 스위프트의 모습으로 내 앞에 나타나셨어요. 케이트 스위프트를 압니까? 그녀는 모를지도 모르지만, 그녀는 진실의 메시지를 전하는 하느님의 도구였어요."

커티스 하트먼 목사는 돌아서서 사무실 밖으로 나갔다. 문간에서 발길을 멈춘 그는 인적 없는 길거리를 좌우로 훑어보더니 다시 조지 윌러드 쪽을 돌아보았다. "나는 구원을 받았어요. 두려워하지 마십시오." 그는 피 흘리는 주먹을 들어 젊은이에게 보여주었다. "내가 창문 유리를 박살 냈소." 그는 외쳤다. "이제 전부 다시 갈아 끼워야 할 거요. 하느님의 권능이 내 안에 있어 내가 주먹으로 유리창을 깼단 말이오."

교사

눈이 와인즈버그 거리를 깊숙이 뒤덮고 있었다. 아침 10시부터 눈이 내리기 시작했는데 바람이 불어와서 메인 스트리트를 따라 눈발을 구름처럼 휘날리게 만들고 있었다. 읍내로 들어오는 얼어붙은 진흙길은 상당히 매끄러웠고 군데군데 얼음이 진흙을 덮고 있었다. "썰매 타면 그만이겠는데." 윌 헨더슨이 에드 그리피스의 술집 바에 서서 말했다. 술집에서 나온 그는 방한화라고 불리는 묵직한 덧신을 신고 뒤뚱거리는 약국 주인 실베스터 웨스트와 마주쳤다. "눈 때문에 사람들이 읍내로 몰려들 거요." 약국 주인이 말했다. 두 남자는 길에 서서 이런저런 근황 이야기를 나누었다. 윌 헨더슨은 얇은 코트 차림에 덧신도 신고 있지 않아서 오른발 끝으로 왼발 뒤축을 찼다. "눈은 밀농사에 좋지요." 약국 주인이 현명하게 말했다.

아무 할 일도 없던 젊은 조지 윌러드는 그날 일할 기분이 아니었기 때문에 기뻤다. 주간신문은 발간되어 수요일 저녁 우체국에 배달되었고, 눈은 목요일에 내리기 시작했던 것이다. 아침기차가 지나간 8시에 그는 호주머니에 스케이트 한 켤레를 넣고 워터웍스 연못으로 올라갔지만 스케이트를 타지는 않았다. 연못을 지나 와인크리크 강을 따라 난 오솔길을 지나가서 자작나무 수풀까지 갔다. 거기서 쓰러진 통나무 옆에 모닥불을 피우고 통나무 끝에 앉아 생각을 했다. 눈이 내리고 바람이 불기 시작하자 그는 서둘러 모닥불 땔감을 찾으러 다녔다.

젊은 기자는 옛날에 학교 선생님이었던 케이트 스위프트를 생각하고 있었다. 일전에 책을 한 권 가지러 그녀의 집에 갔던 날 밤 그녀가 책을 읽어달라고 해서 한 시간 동안 단둘이 있었다. 그녀가 그렇게 열띤 목소리로 이야기를 했던 게 네 번인가 다섯 번째였는데 그는 그런 얘기가 무슨 뜻인지 알 수 없었다. 그래서 그녀가 자기를 사랑하는 거라고 생각하기 시작했고, 그 생각은 기분이 좋으면서도 이상하게 거슬렸다.

통나무에서 벌떡 일어선 조지 윌러드는 모닥불에 잔가지들을 쌓기 시작했다. 확실히 혼자 있는 건지 확인하려고 주위를 먼저 살핀 뒤 그는 자기가 그녀 앞에 있는 척 큰 소리로 말하기 시작했다. "아, 선생님은 그냥 속내를 홀리는 거죠, 그런 거 다 알잖아요." 그는 단언했다. "내가 선생님에 대해서 알아낼 거예요. 어디 두고 보세요."

청년은 일어서서 모닥불이 숲 속에서 타오르게 그냥 내버려두고 다시 오솔길을 지나 읍내로 돌아갔다. 거리를 걷는 그의 호주머니 속에서 스케이트들이 짤랑거렸다. 뉴 윌러드 하우스의 자기 방에서 그는 난로에 불을 피우고 침대에 누웠다. 음탕한 생각들이 밀려들기 시작해, 창문 블라인드를 내리고 눈을 감고 얼굴을 벽 쪽으로 돌렸다. 그는 베개를 꼭 껴안고 처음에는 말로 자기 안의 무언가를 흔들어놓은 학교 선생님을 생각하다가, 나중에는 오랫동안 반쯤 사랑해왔던 은행가의 날씬한 딸 헬렌 화이트를 생각했다.

그날 저녁 9시쯤 되자 눈이 길거리에 깊숙이 쌓였고 날씨는 에이도록 추워졌다. 돌아다니기 어려운 날씨였다. 가게들은 어두웠고 사람들은 간신히 집 안으로 다 들어가고 없었다. 클리블랜드에서 오는 밤기차는 아주 많이 늦었지만, 아무도 열차의 도착에 관심이 없었다. 10시쯤 되자 1800명의 읍 주민들 중 네 사람만 빼고 모두 잠자리에 들었다.

야경꾼 홉 히긴스는 어느 정도 잠이 깨어 있었다. 절름발이인 그는 무거운 지팡이를 들고 다녔다. 어두운 밤에는 랜턴을 들고 다녔다. 그는 9시에서 10시 사이에 순찰을 돌았다. 눈발을 헤치며 메인 스트리트를 왔다 갔다 비틀거리면서 가게 문들이 닫혔는지 확인을 했다. 그리고 골목길들로 들어가서 뒷문들을 확인했다. 모두 꽉 잠겨 있으면 그는 서둘러 모퉁이를 돌아 뉴 윌러드 하우스로 가서 현관문을 두드렸다. 이제 남은 밤 시간 동안은 난롯가에 앉아 있을 작정이었다. "너는 자러 가거라. 난롯불은 내가 잘 봐주마." 그는 호텔 사무실의 간이침상에서 잠을 자던 소년에게 말했다.

홉 히긴스는 난롯가에 앉아 신발을 벗었다. 소년이 잠자러 가고 나서 자기 일들을 생각하기 시작했다. 봄에 집을 새로 칠할 계획이었기 때문에, 그는 난롯가에 앉아서 페인트 값과 임금을 계산하고 있었다. 그러다보니 또 다른 계산들을 하게 되었다. 야경꾼은 예순 살이었고 은퇴를 원하고 있었다. 남북전쟁 때 군인이었던 그는 소액의 연금을 받았다. 그래서 생계를 유지할 다른 새로운 길을 찾고자 했고, 직업적으로 족제비를 치는 게 꿈이었다. 이미 스포츠로 사냥을 하는 사람들이 토끼를 쫓을 때 쓰는 그 괴상하게 생긴 야만적인 꼬마 동물들을 집 지하실에서 네 마리나 키우고 있었다. '이제 수컷이 한 마리고 암컷이 세 마리란 말이야.' 그는 생각에 잠겼다. '봄까지 운이 좋으면 열두 마리나 열다섯 마리가 되겠지. 1년만 더 있으면 스포츠 신문에 족제비 판매 광고를 낼 수 있을 거야.'

야경꾼은 의자에 편안히 기대어 앉아 있었고, 마음은 백지 상태가 되었다. 그는 잠을 자지 않았다. 몇 년 동안 연습해온 결과, 이제 잠이 들지도 깨지도 않은 상태로 기나긴 밤을 보낼 수 있게 되었다. 아침이 되면 마치 푹 잘 잔 것처럼 개운한 기분이 되곤 했다.

홉 히긴스가 난롯가 뒤 의자에 안전하게 자리를 잡고 나면, 와인즈버그에서 자지 않고 깨어 있는 사람은 세 명밖에 없었다. 조지 윌러드는 〈와인즈버그 이글〉 사무실에서 단편소설을 집필하는 척하고 있었지만 사실 숲 속 모닥불가에서 느꼈던 감정을 이어가고 있었다. 장로교회 종탑에서는 커티스 하트먼 목사가 어둠 속에 앉아 하느님의 계시를 받을 준비를 하고 있었고, 학교 교사인 케이트 스위프트는 눈 폭풍 속에서 산책을 하러 집 밖으로 나서고 있었다.

케이트 스위프트가 출발한 건 10시가 넘은 시각이었고, 산책은 예정에 없이 즉흥적이었다. 남자인 목사와 소년인 기자가 그녀를 생각함으로써 그녀를 한겨울 길거리로 내몬 것 같았다. 엘리자베스 스위프트 부인은 돈을 투자한 담보대출 관련 사업 건으로 콜럼버스에 갔고 다음 날 낮까지는 돌아오지 않을 터였다. 그녀의 딸은 집 1층에 있는 베이스 버너라는 거대한 난롯가에 앉아 책을 읽고 있었다. 그러다가 불쑥 벌떡 일어나 현관문 옆 옷걸이에서 망토를 낚아채더니 집 밖으로 뛰쳐나갔다.

서른 살의 케이트 스위프트는 와인즈버그에서 예쁜 여자로 통하지 않았다. 안색도 좋지 않았고 얼굴은 안 좋은 건강 상태를 보여주는 뾰루지들로 뒤덮여 있었다. 그러나 겨울 길거리를 밤에 홀로 걷는 그녀는 사랑스러웠다. 허리는 꼿꼿했고 어깨는 사각이었으며, 생김새는 희미한 여름 저녁 석양빛을 받으며 정원의 단상 위에 서 있는 작은 여신의 형상 같았다.

오후에 교사는 건강 문제로 웰링 박사에게 진찰을 받으러 갔다. 의사는 그녀를 야단치며 그녀가 청각을 잃을지도 모른다고 말했다. 케이트 스위프트로서는 폭풍이 부는 밤 외출을 하는 건 바보 같은 일이었다. 바보 같을 뿐 아니라, 위험할 수도 있었다.

거리를 걷던 여인은 의사의 말을 기억하지 않았고 기억이 났다 해도 돌아서지 않았을 것이다. 너무나 추웠지만 5분 정도 걷고 나니 추위는 더 이상 신경 쓰이지 않았다. 먼저 그녀는 자기가 사는 거리 끝까지 가서 사료 헛간 앞 땅에 쌓인 건초 더미들두세 개를 지나 트러니언 파이크로 들어갔다. 트러니언 파이크를 따라 네드 윈터스의 헛간으로 가서 동쪽으로 돌아 가스펠힐까지 이어지는 낮은 판잣집들의 거리를 지나 야트막한 계곡을 따라가는 서커 로드로 들어서서 아이크 스미드의 양계장을지나 워터웍스 연못까지 걸어갔다. 처음 그녀를 거리로 몰아냈던 대담하고 흥분된 기분은 걸어가는 길에 사라졌다 다시 돌아오곤 했다.

케이트 스위프트의 성격에는 어딘가 쌀쌀하고 범접할 수 없는 구석이 있었다. 사람들 모두가 그걸 느꼈다. 학교 교실에서그녀는 말이 없고 차갑고 엄했지만, 이상한 방식으로 학생들과몹시 가까웠다. 아주 가끔씩 무언가에 사로잡힌 듯 행복해 보일 때도 있었다. 교실 아이들 모두가 그녀의 행복이 가져오는효과를 느꼈다. 그러면 한참을 공부하지 않고 의자에 기대앉아선생님을 보곤 했다.

등 뒤로 양손을 꼭 모아 뒷짐을 진 채 선생님은 교실 앞뒤로왔다 갔다 하며 아주 빨리 말했다. 마음속에 떠오른 주제가 무엇이든 상관없어 보였다. 한번은 아이들에게 찰스 램*에 대해말하면서 그 죽은 작가의 삶에 대해 이상하고 내밀한 이야깃거

*19세기 초 활동한 영국의 수필가.

리들을 마구 지어내 들려주는 것이었다. 찰스 램과 한집에 살면서 사생활의 비밀들을 모두 알게 된 사람이 들려주는 듯한 분위기의 이야기들이었다. 아이들은 약간 혼란스러워하면서, 찰스 램이 옛날에 와인즈버그에 살던 누군가가 틀림없다고 생각하게 되었다.

또 한번은 아이들에게 벤베누토 첼리니*의 이야기를 해준 적도 있었다. 그때 아이들은 웃었다. 선생님이 그 옛날의 예술가를 얼마나 허풍스럽고 잘난 척하고 용감하고 사랑스러운 인간으로 그려 보여주었는지! 그에 대해서도 그녀는 일화들을 꾸며내었다. 밀라노에 있는 첼리니의 숙소 위에 방을 잡았던 독일 음악 선생의 이야기가 있었는데 소년들은 배를 쥐고 웃어댔다. 뺨이 빨간 뚱보 소년 슈거보이 맥너츠는 격하게 웃다가 현기증이 나서 의자에서 떨어졌고 케이트 스위프트도 그와 함께 웃었다. 그러다 돌연 선생님은 다시 차갑고 엄한 모습으로 돌아가는 것이었다.

눈으로 뒤덮인 인적 없는 거리를 걷던 겨울 밤, 그 학교 교사의 삶에는 결정적인 위기가 찾아왔다. 비록 와인즈버그 사람들은 꿈에도 생각지 못했지만, 그녀는 풍운의 삶을 살았다. 그리고 여전히 모험으로 점철되어 있었다. 학교 교실에서 일을 하거나 거리를 걷던 매일매일, 그녀의 마음속에서는 슬픔, 희망, 그리고 욕망이 전쟁을 벌였다. 차가운 겉모습 뒤 그녀 마음속

*16세기 이탈리아의 조각가, 금속공예가.

에서는 비상한 사건들이 벌어지고 있었다. 마을 사람들은 그녀를 빼도 박도 못할 노처녀로 규정하고 있었고, 말씨가 쌀쌀하고 독자적인 길을 걷는다는 이유로 자기네들의 삶을 망치고 행복하게 만드는 인간적인 감정들을 모두 결여한 여자로 생각해 버렸다. 사실 그녀는 그들 가운데서 가장 열렬하고 격정적인 영혼을 지니고 있었고, 여행에서 돌아와 와인즈버그에 정착한 후 5년 동안 불쑥 집 밖으로 나가 밤을 헤치며 걸으면서 내면에서 들끓고 있는 갈등과 싸워야 했던 적이 한두 번이 아니었다. 언젠가 비가 내리던 밤에 그녀는 여섯 시간이나 밖에 있다가 돌아와서 엘리자베스 스위프트 부인과 다툼을 했다. "네가 남자가 아니라 정말 다행이다." 어머니는 매섭게 쏘아붙였다. "네 아버지가 집에 들어오기만 기다리던 일이 한두 번이 아니었어. 대체 어디 가서 무슨 말썽에 휘말렸는지도 알지 못하면서 말이야. 불확실함이라면 겪을 만큼 겪었으니, 너한테서 네 아버지 최악의 단점을 보고 싶지는 않다는 어미를 탓할 수는 없을 거다."

케이트 스위프트의 마음은 조지 윌러드 생각으로 활활 불타오르고 있었다. 학생 때 그가 썼던 어떤 글에서 그녀는 천재성의 불씨를 보았고 그 불씨를 호호 불어 키워주고 싶었다. 그해 여름 어느 날 그녀는 〈이글〉 사무실에 갔고, 할 일 없이 놀고 있는 소년을 메인 스트리트로 데리고 나와 페어그라운드로 갔다. 그곳에서 두 사람은 풀이 우거진 강둑에 앉아 이야기를 나누었다. 학교 선생은 앞으로 작가로서 겪어야 할 어려움에 대해 소년의 마음속에 희미한 관념을 불어넣어주려고 애썼다. "너는 삶을 알아야 할 거야." 그녀는 말했고, 그 목소리는 진지한 열정으로 파르르 떨렸다. 그녀는 조지 윌러드의 어깨를 붙잡고 돌려세워 아이의 눈을 똑바로 들여다보았다. 지나치는 행인이 보았다면 둘이 포옹이라도 할 거라 생각했을 것이다. "작가가 되려면 언어를 가지고 장난치는 버릇은 그만둬야 해." 그녀는 설명했다. "더 준비가 잘될 때까지 글을 쓰겠다는 생각 자체를 포기하는 게 좋을 거야. 이제는 살아가야 할 때야. 선생님이 너한테 겁을 주고 싶지는 않지만 네가 시도하고자 하는 일의 중요성을 이해하게 해주고 싶기는 해. 절대로 언어를 파는 보따리장수에 그쳐서는 안 된다. 배워야 할 건 사람들이 하는 말이 아니라 그들이 하는 생각이야."

커티스 하트먼 목사가 교회 종탑 방에 앉아 그녀의 몸을 보고자 기다리고 있던 그 폭풍이 불던 목요일 밤, 젊은 윌러드는 교사네 집에 책을 한 권 빌리러 갔었다. 바로 그때 소년을 혼란스럽고 어리둥절하게 만든 그 사건이 일어났다. 소년은 팔 밑에 책을 끼고 일어설 준비를 했다. 이번에도 케이트 스위프트는 열띤 진심을 담아 말을 했다. 밤이 다가오고 있었고 방 안의 빛이 어두워졌다. 가려고 돌아서는데 그녀가 그의 이름을 나직하게 부르면서 충동적으로 손을 잡았다. 기자가 급속하게 남자가 되어가고 있었기 때문에, 소년의 낭창함과 조합된 그 어떤 남성적 매력이 외로운 여인의 마음을 뒤흔들었던 것이다. 그에게 삶의 무거운 의미를 이해하게 해주고, 참되고 정직하게 삶의 의미를 해석하는 법을 가르쳐주고 싶다는 열렬한 욕망이 여인을 왈칵 사로잡았다. 몸을 앞으로 기울이던 여인의 입술이 소년의 뺨을 스쳤다. 바로 그 순간 소년은 처음으로 그녀의 얼굴 생김새에 깃든 비범한 아름다움을 의식하게 되었다. 두 사람은 모두 창피해졌고, 그 감정을 털어내기 위해 여인은 혹독하게 횡포를 부렸다. "그래봤자 무슨 소용이겠니? 10년은 지나야 지금 내가 하는 말이 무슨 뜻인지 네가 알게 될 텐데." 그녀는 격하게 소리를 질렀다.

폭풍이 불던 날 밤, 교회에서 목사가 앉아 그녀를 기다리던 사이, 케이트 스위프트는 〈와인즈버그 이글〉 사무실로 갔다. 소년과 한 번 더 다른 이야기를 나누고 싶었다. 눈 속을 오래 걸은 탓에 그녀는 춥고 외롭고 지쳐 있었다. 메인 스트리트를 지나자 인쇄소 불빛이 눈밭에 비치는 걸 보고 즉흥적으로 문을 열고 들어섰다. 한 시간 동안 그녀는 사무실 난롯가에 앉아 인생에 대해 이야기를 했다. 열렬한 진심을 담아 말했다. 눈밭으로 그녀를 몰아냈던 충동이 쏟아져 나와 그 말 속에 배어들었다. 가끔 학교 아이들 앞에서 그렇듯 영감에 사로잡혔다. 옛날 그녀의 학생이었고 삶을 이해할 수 있는 재능의 소유자일 수도 있을 그 소년에게 인생의 문을 열어주고 싶다는 열렬한 갈망이 그녀를 사로잡았다. 그 열망은 너무나 강렬해서 육체적인 것으로 변했다. 또다시 그녀는 손으로 그의 어깨를 붙잡고 자기 쪽으로 돌려세웠다. 흐릿한 불빛 속에서 눈빛이 활활 불타올랐다. 그녀는 일어나서 소리 내어 웃었다. 보통 때처럼 날카로운 웃음이 아니라, 이상한, 주저하는 듯한 웃음이었다. "나 가봐야겠어." 그녀가 말했다. "여기 머물러 있다보면 금세, 너한테 키스를 하고 싶어질 것 같아."

신문사 사무실에 혼란이 일었다. 케이트 스위프트는 돌아서서 문간으로 걸어갔다. 그녀는 교사였지만 또한 여자였다. 조지 윌러드를 쳐다보았을 때, 과거에 수천 번 폭풍처럼 그녀의 몸을 휘감았던, 남자의 사랑을 받고 싶다는 크나큰 욕망이 그녀를 붙들었다. 등잔 불빛을 받은 조지 윌러드는 이제 더 이상 소년이 아니라 남자의 역할을 할 수 있는 제대로 된 어른으로 보였다.

학교 교사는 조지 윌러드가 그녀를 품에 안게 내버려두었다. 따뜻하고 작은 사무실 공기가 갑자기 무거워졌고 온몸에서 힘이 빠져나갔다. 문간의 낮은 카운터에 기대어 그녀는 기다렸다. 그가 다가와 어깨에 손을 얹자 그녀는 돌아서서 자기 몸이 그의 몸에 묵직하게 기대어 쓰러지도록 두었다. 조지 윌러드에게, 혼란은 그 즉시 커져만 갔다. 한순간 그는 여인의 몸을 자기 몸에 꼭 붙여 안았지만 곧 그 몸은 뻣뻣하게 굳었다. 매서운 작은 두 주먹이 그의 얼굴을 때리기 시작했던 것이다. 학교 교사가 도망치고 그만 홀로 남았을 때, 그는 무시무시하게 욕설을 퍼부으며 사무실을 서성거렸다.

바로 그 혼란 속으로 커티스 하트먼 목사가 불쑥 뛰어 들어왔다. 그가 들어왔을 때 조지 윌러드는 마을이 한꺼번에 미쳐버렸나 생각했다. 피를 줄줄 흘리는 주먹을 허공에 대고 흔들면서, 목사는 조지가 방금 전 품에 안았던 여자가 진실의 메시지를 전하는 신의 도구라고 선언했다.

조지는 창가의 등잔불을 불어 끄고 인쇄소 문을 잠그고 집으로 갔다. 호텔 사무실을 지나고, 족제비를 키우는 꿈에 빠진 홉 히긴스를 지나, 자기 방으로 올라갔다. 난롯불이 꺼져서 추위 속에서 옷을 벗었다. 침대에 들어가는데 이불 호청이 버석버석 메마른 눈 같았다.

조지 윌러드는 그날 오후 베개를 껴안고 케이트 스위프트의 생각을 했던 침대에서 뒤척였다. 갑자기 미쳐버린 것 같던 목사의 말이 귓가에 울렸다. 그는 방 안 이곳저곳을 노려보았다. 헛물켠 수컷이 당연히 느끼는 분노가 지나가자, 그는 무슨 일이 일어났는지 파악하려 애썼다. 도저히 이해가 되지 않았다. 계속해서 그 일을 마음속에서 이리저리 뒤집어보았다. 몇 시간이 흐르고 소년은 곧 날이 밝아올 때가 되었음을 알았다. 4시에 그는 목까지 이불을 끌어당겨 덮고 잠을 청했다. 졸려 눈을 감았을 때, 그는 한 손을 치켜들었고 어둠 속을 더듬었다. "내가 뭔가를 놓쳤어. 케이트 스위프트가 말해주려 한 게 있었는데 그걸 놓쳤어." 그는 졸린 목소리로 중얼거렸다. 그러고는 잠이 들었는데 그날 밤 그는 와인즈버그 전체를 통틀어 마지막으로 잠이 든 영혼이었다.

고독

그는 와인즈버그 동쪽 읍 경계 너머 2마일 거리 트러니언 파이크로 이어지는 곁길의 농장을 과거에 소유했던 알 로빈슨 부인의 아들이었다. 농장은 갈색 페인트칠이 되어 있었고 길 쪽으로 난 창문 블라인드는 모두 내려져 있었다. 집 앞길에는 뿔닭 암컷 두 마리가 섞인 한 무리의 닭들이 두껍게 뒤덮인 먼지 속에 앉아 있었다. 에노크는 그 시절 어머니와 함께 살았고 소년 시절에는 와인즈버그 고등학교에 다녔다. 옛날부터 오래 살던 주민들은 그가 주로 침묵을 지키던 조용하고 웃음기 띤 아이였다고 기억한다. 그는 읍내에 오면 길 한가운데로 걸어 다녔고 가끔은 책을 읽었다. 마차 끄는 사람들이 고함을 치고 욕을 해야 비로소 그는 마찻길에서 벗어나 마차가 지나가게 비켜주었다.

스물한 살 되던 때 에노크는 뉴욕 시로 가서 15년 동안 도시 사람으로 살았다. 그는 프랑스어를 공부했고 소묘 실력을 향상

시킬 수 있기를 바라며 미술학교에 다녔다. 마음속에서는 파리에 가서 거장들 사이에서 미술 교육을 마무리하고 싶다는 꿈을 품고 있었지만, 결국 잘 풀리지 못했다.

　에노크 로빈슨에게는 아무 일도 잘 풀리지 않았다. 그는 소묘 실력이 충분히 좋았고 호가의 붓을 통해 표현될 수도 있었을 기발하고 희한한 생각들을 두뇌 속에 많이 감춰두고 있었지만, 언제나 아이였고 그건 세속적인 출세에 장애가 되었다. 그는 끝내 성장하지 않았고 당연히 사람들을 이해하지 못했으며 사람들에게 자신을 이해시키지도 못했다. 에노크의 내면에 있는 아이는 좌충우돌했다. 돈이며 섹스며 사람들의 의견 같은 현실들에 부딪히며 다녔다. 한번은 전차에 치여 튕겨 날아가 철제 전신주에 부딪힌 적도 있다. 그 일로 그는 절름발이가 되었다. 그건 에노크 로빈슨의 일이 잘 풀리지 않게 만든 수많은 일 중 하나에 불과했다.

　뉴욕 시에 처음 살러 가서 삶의 현실들에 혼란을 겪고 마음이 산란해지기 전, 에노크는 젊은 청년들과 많이 어울려 다녔다. 남자와 여자들이 섞여 있는 다른 젊은 예술가들의 모임에 들어갔고, 저녁때가 되면 가끔 그들이 그의 방으로 찾아오기도 했다. 한번은 술에 취해 경찰서에 끌려갔다가 서장한테 끔찍하게 혼이 나기도 했고, 하숙집 앞 인도에서 만난 여자와 연애를 해보려 했던 적도 있었다. 에노크는 그 여자와 함께 세 블록 정도를 함께 걷고는 그만 겁에 질려 도망쳐버렸다. 여자는 술을 마시고 있었고 이 사건을 너무 재미있어했다. 그녀가 건물 벽에 기대어 서서 어찌나 호탕하게 웃었는지 지나가던 남자가 발길을 멈추고 그녀와 함께 웃었다. 두 사람은 여전히 웃으면서 함께 갔고, 에노크는 덜덜 떨며 심란한 마음으로 자기 방으로 몰래 기어 들어갔다.

젊은 에노크 로빈슨이 뉴욕에서 살던 방은 워싱턴 광장을 바라보고 있었고 복도처럼 길고 좁았다. 독자 여러분의 마음속에 그 사실을 잘 새기는 건 중요한 일이다. 에노크의 이야기는 사실 사람의 이야기라기보다는 방의 이야기이기 때문이다.

그리하여 저녁때 그 방으로 젊은 에노크의 친구들이 찾아왔다. 말이 많은 부류의 예술가들이라는 것 말고는 별로 특별한 점이 없는 무리였다. 말이 많은 예술가들에 대해서는 누구나 잘 알고 있다. 세계의 알려진 역사를 통틀어 그런 예술가들은 방에 모여 수다를 떨었다. 예술에 대한 얘기를 하고, 그 문제에 대해 진심으로, 열에 달뜬 사람들처럼 격정적이다. 그들은 예술에 실제보다 더욱더 커다란 의미를 부여한다.

그리하여 이런 사람들이 모여 담배를 피우며 이야기를 나눴고 와인즈버그 근교 농장 출신이었던 에노크 로빈슨도 거기 있었다. 그는 구석 자리를 지켰고 대체로 아무 말도 하지 않았다. 그의 커다랗고 파란 어린아이 같은 눈동자가 얼마나 분주히 사방을 둘러보았는지! 벽에는 그가 그린 그림들이 있었다. 반쯤 완성하다 만, 조잡한 작품들이었다. 친구들은 이 그림들에 대해 이야기했다. 의자에 기대어 앉아서 머리를 좌우로 흔들어대며 말을 하고 또 했다. 선과 값과 구성에 대해 말들이 오갔다.

많은 말들이, 언제나 늘 오가는 말들이 오갔다.

에노크도 말을 하고 싶었지만 어떻게 해야 할지 방법을 알지 못했다. 흥분이 앞서 앞뒤 일관성 있게 말할 수가 없었다. 시도할 때마다 침을 튀기고 말을 더듬었으며 목소리는 이상하고 째지는 소리가 나는 것처럼 들렸다. 그래서 그는 말하기를 그만두었다. 무슨 말을 하고 싶은지는 알고 있었으나 도저히 그 말을 할 수 없다는 사실도 알고 있었다. 그가 그린 그림이 토론의 대상이 되면, 그는 이런 말들을 버럭 내질러버리고 싶어졌다. "너는 요점을 이해 못 하고 있어." 설명을 하고 싶었다. "네가 보는 그 그림은, 네가 지금 보면서 하는 말들로 만들어진 게 아니야. 다른 것, 네 눈에 아예 보이지 않고 원래 보여서도 안 되는 뭔가 다른 것이 있단 말이야. 여기 이걸 봐. 여기 문 옆에, 창문에서 들어오는 빛이 떨어지는 여기 말이야. 아예 못 봤을지도 모르지만 길가의 어두운 곳은, 모든 것의 시작이란 말이야. 오하이오 주 와인즈버그의 옛날 우리 집 앞 길가에 자라던 것 같은 엘더플라워 수풀이 하나 있는데, 그 수풀 속에 숨겨져 있는 게 있어. 여자야, 바로 여자라고. 그 여자는 말에서 낙마했고 말은 이미 달아나버려서 보이지 않아. 수레를 끄는 노인이 불안하게 주위를 두리번거리는 모습이 눈에 들어오지 않아? 그게 저 길 끝에 농장을 갖고 있는 새드 그레이백이야. 와인즈버그의 옥수수를 콤스탁의 방앗간에서 빻으려고 가져가는 중이지. 그는 엘더플라워 덤불숲에 무언가가 있다는 걸, 숨겨진 게 있다는 걸 알고 있는데 그게 정확히 뭔지는 몰라.

그건 여자라고, 그게 바로 여자란 말이야! 여자인데, 아, 정말이지 사랑스러워! 다쳐서 아파하고 있지만 아무 소리도 내지 않고 있지. 어떻게 된 건지 정말 모르겠어? 꼼짝도 않고 가만히 누워 있잖아. 하얗게 미동도 없이. 그런데 그녀에게서 아름다움이 나와 만물로 퍼져가잖아. 저기 하늘에도 있고 사방 만물에 있어. 당연히 그 여자를 그리려 애쓰지는 않았지. 그림으로 그리기에는 너무 아름다우니까. 구성이니 그딴 얘기들을 하는 게 얼마나 멍청한 짓이야! 어째서 내가 오하이오 주 와인즈버그의 소년이었을 때 하던 것처럼 그냥 하늘을 보고 도망쳐버리지 않는 거지?"

바로 그런 유의 말들을 젊은 에노크 로빈슨은 뉴욕 시의 청년이던 시절 자기 방을 찾아오던 손님들에게 하고 싶어 파르르 떨었지만, 언제나 결국 아무 말도 하지 못하고 끝났다. 그러다가 그는 자기 마음 자체를 의심하게 되었다. 자기가 느끼는 것들이 자기가 그리는 그림에 표현되지 않고 있을까 봐 두려워했다. 반쯤은 분노에 찬 기분에서 그는 사람들을 자기 방으로 초청하는 일을 그만두었고, 머지않아 문을 잠그는 버릇까지 생기게 되었다. 이만하면 손님을 충분히 받았고 더는 사람이 필요 없다고 생각하기 시작했다. 기발한 상상력으로 그는 정말로 자기 말상대가 되어주고 실제로 살아 있는 사람들에게 설명해줄 수 없는 것들을 설명해줄 자기만의 사람들을 만들어내기 시작했다. 그의 방에는 남자와 여자들의 정령들이 살기 시작했고, 그 가운데를 누비며 그는 자기 차례가 왔을 때 말을 했다. 마치

에노크 로빈슨이 이제까지 보았던 모든 사람들이 어떤 본질의 흔적을 남기고 떠난 것 같았다. 그래서 에노크 로빈슨은 자기 상상에 맞게 그 본질들을 본뜨고 변화시켰다. 그러면 그림의 엘더플라워 덤불 뒤 숨어 있던 다친 여자 같은 그런 것들을 다 이해하게 되었다.

파란 눈을 한 순한 오하이오 청년은 아이들이 다 자기밖에 모르듯 철저한 이기주의자였다. 그는 어떤 아이도 친구들을 원치 않는다는 아주 단순한 이유에서 친구들을 원치 않았다. 그 무엇보다 그가 원한 건 자기 마음속의 사람들, 자기가 정말로 말을 할 수 있는 사람들, 시시각각 괴롭히고 야단을 칠 수 있는 사람들, 그러니까 자기 마음대로 할 수 있는 상상력의 종들이었다. 이런 사람들 사이에서 그는 언제나 자신감 넘치고 대담했다. 물론 상상의 사람들도 말을 했고 심지어 자기 나름의 의견도 갖고 있었지만, 언제나 그가 마지막에 말했고 최고의 의견을 말했다. 그는 마치 자기 두뇌가 만들어낸 인물들 사이에서 바쁜 작가와 같았고, 뉴욕 시 워싱턴 광장을 바라보는 6달러짜리 방 안에서 파란 눈의 왜소한 왕 노릇을 했다.

그러다가 에노크 로빈슨은 결혼을 했다. 그는 외로워지기 시작했고 살과 피가 있는 진짜 사람들을 손으로 만지고 싶어졌다. 방 안이 텅 빈 것처럼 보이는 나날들이 지나갔다. 욕정이 그의 몸을 찾아왔고 욕망이 그 마음속에서 자라났다. 밤이면 안에서 불타오르는 이상한 열병 때문에 잠을 이룰 수가 없었다. 그는 미술학교 옆자리에 앉아 있던 처녀와 결혼을 했고 브루클린의 아파트에서 살려고 이사를 했다. 결혼한 여자에게서 두 아이가 태어났고 에노크는 광고 삽화를 그리는 곳에 취직을 했다.

그때 에노크의 삶에 또 다른 전기가 찾아왔다. 새로운 놀이를 하기 시작했던 것이다. 한동안 그는 세계 시민을 창조해내는 역할을 수행하는 자기 자신을 몹시 뿌듯해하고 있었다. 사물의 본질을 버리고 현실들을 가지고 놀기 시작했다. 가을에 그는 선거에서 투표를 했고 아침마다 포치에 신문 배달을 받았다. 저녁이 되면 직장에서 집으로 돌아왔고, 전차에서 내려 무슨 사업가 뒤를 따라 차분하게 걸으면서 굉장히 중요하고 대단한 거물처럼 보이려고 노력했다. 세금납부자로서 세상을 경영하는 방식에 자기 의견을 내야 한다고 여겼다. "나는 중요한 사람이 되어가고 있어. 사물과 국가와 도시와 온갖 그런 것들의 진정한 일부가 되어가고 있는 거야." 그는 헛웃음 나는 품위를 보잘것없이 내세우며 스스로에게 말했다. 한번은 필라델피아에서 집으로 돌아오면서 기차에서 만난 사람과 토론을 하게 된 적이 있었다. 에노크는 정부가 철도를 소유하고 운영하는 것이 바람직하다는 얘기를 했고, 남자는 그에게 시가를 한 개비 주었다. 정부 입장에서 그런 움직임은 아주 좋다는 게 에노크의 생각이었고, 그는 말하면서 굉장히 흥분했다. "내가 그 친구한테 생각할 거리를 준 거야." 그는 브루클린 아파트로 이어지는 계단을 오르면서 혼잣말로 중얼거렸다.

물론 에노크의 결혼은 잘 풀리지 못했다. 그 자신이 결혼생활을 끝장내고 말았다. 그는 아파트에서의 삶이 숨 막히고 답답해졌고, 아내와 아이들에게도 한때 자기 아파트를 찾던 사람들에게 느꼈던 그런 감정을 느끼게 되었다. 그는 사업상 약속 같은 사소한 거짓말들을 하고 밤에 혼자 거리를 걸어 다닐 자유를 찾게 되었고, 기회를 보아 워싱턴 광장을 바라보는 그 방을 몰래 다시 임대했다. 그때 와인즈버그 근교의 농장에서 알 로빈슨 부인이 세상을 떠났고 그녀의 부동산을 위탁 운영하는 은행으로부터 8천 달러를 받았다. 그 돈은 에노크를 세상과 사람들로부터 영영 벗어나게 해주었다. 그는 그 돈을 아내에게 주고 더 이상 아파트에서 살 수 없다고 말했다. 아내는 울고 화를 내고 협박을 했지만, 그는 그저 물끄러미 바라보다가 자기 갈 길을 갔다. 사실 아내는 별로 개의치 않았다. 그녀는 에노크를 살짝 미친 사람이라고 생각했고 약간 두려워하고 있었다. 그가 다시는 돌아오지 않으리라는 사실이 확실해지자 그녀는 두 아이를 데리고 소녀 시절 살았던 코네티컷 마을로 이사를 갔다. 결국 그녀는 부동산을 사고파는 남자와 재혼을 했고 충분히 만족하며 살게 되었다.

그리하여 에노크 로빈슨은 뉴욕 시의 방에서 상상 속의 사람들 가운데 머물렀고, 그들과 함께 놀고 그들에게 말을 걸고 어린아이가 행복하듯 행복해했다. 에노크의 사람들은 괴짜들의 집합이었다. 내 생각에, 그들은 에노크가 본 적 있고 또 어떤 알 수 없는 이유로 그가 매력을 느낀 진짜 사람들로 만들어진 것 같았다. 손에 장검을 든 여자가 있었고, 어디를 가나 개

한 마리가 뒤를 졸졸 쫓아다니는 길고 하얀 수염을 기른 노인이 있었으며, 양말이 언제나 구두 위로 흘러 내려와 있는 어린 소녀도 있었다. 에노크 로빈슨의 어린이 마음에서 만들어져 그 방에서 함께 살았던 그림자 사람들은 열 명은 훌쩍 넘었을 것이다.

그리고 에노크는 행복했다. 그 방에 들어가면 그는 문을 걸어 잠갔다. 턱도 없이 잘난 척하며 큰 소리로 말을 했고, 지시를 내렸고, 삶에 대해 논평을 했다. 광고계에서 벌어먹으면서 행복하고 만족스럽게 살고 있는데 어떤 일이 일어나고 말았다. 그래서 그는 와인즈버그로 돌아와 살게 되었고 그래서 우리가 그를 알게 된 것이다. 일어난 사건은 여자였다. 그럴 수밖에 없다. 그는 너무 행복했다. 그의 세계에 무언가 들어와야만 했다. 무언가가 그를 뉴욕의 방에서 몰아내어, 웨슬리 모이어의 마차 대여점 마구간 천장 뒤로 해가 뉘엿뉘엿 넘어가는 저녁이 오면 오하이오 마을의 거리에서 폴짝폴짝 뛰어다니는 하잘것없고 이름 모를 왜소한 인물로 여생을 살아가게 만들어야만 했던 것이다.

그때 일어난 사건에 대해 말하자면, 에노크는 조지 윌러드에게 어느 날 밤 그 이야기를 털어놓았다. 그는 누군가에게 말하고 싶었고, 젊은 기자를 선택한 건 그 젊은이가 이해할 기분에 있을 때 우연히 두 사람이 같은 자리에 있었기 때문이다.

젊은 슬픔, 젊은이의 슬픔, 연말에 마을에서 성장하는 소년의 슬픔이 노인의 입술을 열었다. 그 슬픔은 조지 윌러드의 심장에 있었고 의미가 없었지만, 에노크 로빈슨에게는 호소하는 바가 있었다.

두 사람이 만나 이야기를 하던 밤에는 비가 내렸다. 부슬부슬 축축한 10월의 비였다. 그해의 수확은 이미 결실을 맺었고 하늘에 달이 떠 있고 공기 중에는 사각거리는 서리의 예감이 날카롭게 스며들어 있었으니 그 밤은 날씨가 맑았어야 했지만 그렇지가 않았다. 비가 왔고 작은 물웅덩이들이 메인 스트리트의 가로등 아래 불빛을 받아 반들거렸다. 페어그라운드 너머 어둠에 덮인 숲 속에서는 검은 나무들에서 물이 뚝뚝 떨어졌다. 나무들 아래로 젖은 낙엽들이 땅 위로 드러난 나무뿌리들에 들러붙어 있었다. 와인즈버그 집들의 뒷마당 뜨락에는 쭈글쭈글 말라비틀어진 감자 넝쿨들이 땅바닥에 늘어져 있었다. 저녁 식사를 마치고 어디 가게 뒤편 구석에 앉아 다른 남자들과 함께 수다나 떨면서 밤 시간을 보내려던 남자들은 마음을 고쳐먹었다. 조지 윌러드는 빗속을 터벅터벅 걷고 있었고 비가 내심 반가웠다. 그는 그런 기분이었다. 방 밖으로 나와 거리를 혼자 헤매던 밤의 에노크 로빈슨 노인과 비슷했다. 비슷했지만 조지 윌러드는 키가 훤칠한 청년으로 자라났기에 계속 울면서 가는 건 남자답지 못하다고 생각했던 게 달랐다. 그의 어머니는 한 달 동안 아주 많이 아팠고 그것 역시 그의 슬픔과 상관이 있었지만, 그리 큰 관계는 없었다. 그는 자기 자신에 대해 생각했고 젊은 이들에게 그건 언제나 슬픔을 가져다준다.

에노크 로빈슨과 조지 윌러드는 와인즈버그 메인 스트리트를 살짝 벗어나 모미 스트리트에 자리한 보이트의 승합마차 상점 앞 인도를 덮은 목제 차양 밑에서 만났다. 두 사람은 거기서부터 헤프너 블록 3층에 있는 노인의 방까지 함께 갔다. 젊은 기자는 기꺼이 따라갔다. 두 사람이 10분 동안 이야기를 나눈 후 에노크 로빈슨이 청년에게 같이 가자고 부탁했던 것이다. 소년은 약간 겁이 났지만, 평생 그렇게 호기심이 동한 적은 처음이었다. 노인의 머리가 살짝 이상하다는 얘기를 백 번은 들은 터였기에, 자기가 따라간다는 것 자체가 꽤나 용감하고 남자답다는 생각이 들었다. 처음부터, 빗속 길거리에서부터, 노인이 말하는 방식은 괴상했다. 그는 워싱턴 광장의 방 이야기를 하려 했고, 그 방 안에서의 삶에 대해 말하려 애썼다. "열심히 노력하기만 하면 자네가 이해를 할 수 있을 거야." 그는 결론을 내렸다. "거리에서 내 곁을 지나쳐 갈 때 자네를 눈여겨보았는데, 자네는 이해할 수 있다는 생각이 들어. 어렵지 않아. 내가 하는 말을 믿기만 하면 되는 거야. 귀담아듣고 믿는 것, 그게 비결의 전부야."

헤프너 블록의 방에서 조지 윌러드에게 이야기를 하던 늙은 에노크가 결정적인 대목, 그 여자의 이야기와 무엇이 그를 도시에서 몰아내어 와인즈버그에서 혼자 패배자로 살게 만들었는지, 그 얘기를 하게 된 건 11시가 넘은 시각이었다. 그는 간이침상에 앉아 손으로 머리를 괴고 있었고 조지 윌러드는 탁자 앞 의자에 앉아 있었다. 케로신 등잔이 탁자 위에 놓여 있었고 가구가 거의 없다시피 한 방은 주도면밀하리만큼 청결했다. 남자가 말하는 동안 조지 윌러드는 자기도 의자에서 일어나 침상에 앉고 싶다는 마음이 들기 시작했다. 그는 두 팔로 왜소한 노인을 껴안아주고 싶었다. 반쯤 어두워진 방 안에서 슬픔에 휩싸여, 남자는 말을 했고 소년은 들었다.

"그 방 안에 몇 년 동안 아무도 없었다가 그녀가 거기 들어오기 시작했지." 에노크 로빈슨이 말했다. "그 집 복도에서 그녀가 나를 봤고 우리는 서로 친해졌어. 자기 방에서 그녀가 뭘 했는지는 몰라. 절대 거기 가지 않았거든. 그녀는 음악가였고 바이올린을 연주했던 것 같아. 간혹 가다가 내 방 문을 두드렸고 나는 문을 열어주었지. 그러면 그녀는 들어와서 내 곁에 앉았어. 그냥 앉아서 주위를 둘러보고 아무 말도 하지 않았지. 아무튼, 중요한 의미가 있는 말은 하지 않았어."

노인은 침상에서 일어나 방 안을 이리저리 서성거렸다. 그가 걸친 코트는 비에 젖어 물방울이 나직하게 툭툭 소리를 내며 바닥에 떨어지고 있었다. 그가 다시 침상에 앉았을 때 조지 윌러드는 의자에서 일어나 그 곁에 앉았다.

"그녀에게 마음이 있었어. 그녀는 그 방 안에 나와 함께 앉아 있었고 그 방에 있기에는 너무 컸어. 그녀가 다른 모든 걸 다 내쫓아버리는 느낌이 들었지. 우리는 그저 사소한 일들에 대해 얘기를 나누었지만, 조바심이 나서 가만히 앉아 있을 수가 없었어. 손가락으로 그녀를 만지고 키스를 하고 싶었거든. 그녀의 손은 너무 튼튼했고 얼굴은 너무 착했고 늘 나를 바라봐주었어."

노인의 떨리는 언성은 고요해졌고 그 몸은 오한이 든 것처럼 떨렸다. "나는 겁이 났다네." 그는 속삭였다. "끔찍하게 겁이 났지. 그녀가 문을 두드리면 방 안에 들어오게 하고 싶지 않았지만, 가만히 앉아 있을 수가 없었지. '아니, 아니야.' 난 스스로에게 말했지만, 결국 일어나서 문을 열어주곤 했어. 그녀는 너무나 어른이었지, 알겠나. 그녀는 여자였어. 그 방 안에 있으면 그녀가 나보다 더 커다란 것 같았지."

에노크 로빈슨은 조지 윌러드를 빠히 쳐다보았다. 어린애 같은 파란 눈이 등잔 불빛을 받아 반짝거렸다. 그는 또다시 몸을 떨었다. "그녀를 원했지만 동시에 그녀를 원하지 않았어." 그는 설명을 했다. "그리고 나는 그녀에게 내 사람들 얘기를 하기 시작했지. 내게 어떤 의미를 갖는 모든 것들에 대해 얘기를 하기 시작했어. 조용히 하려고 노력했어. 나 자신의 이야기는 혼자 간직하려고 했어. 하지만 그럴 수가 없었어. 문을 열어주는 것과 똑같은 기분이었지. 가끔 나는 그녀가 어딘가로 가버리고 다시는 돌아오지 않기를 아프게 바랐지."

노인은 벌떡 일어섰고 목소리가 흥분으로 흔들렸다. "어느 날 밤 뭔가 일이 일어났어. 미치도록 나를 이해받고 그 방 안에서 내가 얼마나 커다란 존재인지 그녀가 알게 하고 싶어져버린 거야. 내가 얼마나 중요한 사람인지 알아주기를 원했어. 거듭거듭 그녀에게 말했지. 가버리려고 하기에, 나는 달려가서 문을 잠갔어. 그녀가 가는 곳마다 쫓아다녔어. 말을 하고 하고 또 하고 그러다 갑자기 모든 게 박살이 났지. 어떤 표정이 그녀의 눈빛에 떠올랐는데, 나는 그녀가 이해했다는 걸 알았어. 어쩌면 내내 이해하고 있었는지도 모르지. 나는 분노를 주체할수 없었어. 도저히 견딜 수가 없더군. 그녀가 이해하기를 바랐는데, 막상 이해하니 도저히 두고 볼 수가 없었던 거야. 그렇게되면 그녀가 모든 걸 알게 되고, 내가 가라앉아 익사해버릴 것만 같았지. 그런 거야. 왜 그런지는 모르겠어."

　노인은 등불 옆 의자에 털썩 주저앉았고 소년은 외경으로 가득 차 경청했다. "가버려라, 애야." 노인이 말했다. "이제 여기나와 더 머물러 있지 마라. 너한테 얘기를 하면 좋을 줄 알았는데 그렇지가 않구나. 더 이상 말하고 싶지 않다. 가버려."

　조지 윌러드는 고개를 흔들었고 명령조의 말투가 목소리에배어들었다. "지금 그만두지 마세요. 나머지 이야기를 해주세요." 그는 날카롭게 명령했다. "무슨 일이 일어난 거죠? 나머지 이야기를 해주세요."

　에노크 로빈슨은 벌떡 일어서서 와인즈버그의 인적 없는 메인 스트리트가 내려다보이는 창가로 달려갔다. 조지 윌러드는그 뒤를 따랐다. 창가에 두 사람이 서 있었다. 키 크고 서투른'소년-남자'와 작고 주름진 '남자-소년'. 어린아이 같은, 열띤목소리가 이야기를 전달했다. "그녀에게 욕을 했어." 그는 설명을 했다. "독한 말들을 퍼부었지. 가버리라고, 다시는 돌아오지 말라고 했어. 아, 얼마나 끔찍한 소리를 했는지 몰라. 처음에 그녀는 이해할 수 없다는 표정을 지었지만, 난 계속했어. 소리를 지르고 발을 굴렀지. 온 집 안이 울리도록 욕을 퍼부었어.

다시는 그녀를 보고 싶지 않았고, 내가 그런 말들을 한 마당에, 어차피 다시 볼 수도 없다는 걸 알고 있었어."

노인의 말소리가 목메어 끊어졌고, 그는 고개를 저었다. "모든 게 박살이 났어." 그는 조용히, 슬프게 말했다. "그녀는 문밖으로 나갔고 그 방 안에 있던 모든 삶이 그녀를 따라 나가버렸어. 그녀가 내 사람들 모두를 끌고 나가버렸지. 그 사람들은 모두 그녀를 따라 문밖으로 나가버렸어. 원래 그렇게 되는 거였지."

조지 윌러드는 돌아서서 에노크 로빈슨의 방에서 나갔다. 문간을 통과하는 순간, 창가의 어둠 속에서 가늘고 늙은 목소리가 앓는 소리를 내며 투덜거리는 걸 들을 수 있었다. "나는 혼자야, 여기 혼자뿐이야." 그 목소리가 말했다. "내 방에서는 따뜻하고 우정이 넘쳤는데 이제 나는 혼자뿐이야."

각성

벨 카펜터는 검은 피부, 회색 눈, 그리고 두툼한 입술을 가지고 있었다. 훤칠하게 크고 몸도 튼튼했다. 시커먼 생각들이 찾아오면 화를 내면서 자기가 남자여서 누군가와 주먹다짐을 할 수 있다면 얼마나 좋을까 바랐다. 그녀는 케이트 맥휴 부인이 운영하는 여성모자 가게에서 일했고 낮에는 가게 뒤편 창가에 앉아서 모자를 장식했다. 그녀는 와인즈버그의 제일국립은행 회계사 헨리 카펜터의 딸이었고, 멀리 버크아이 스트리트 끝에 있는 음침한 낡은 집에서 아버지와 함께 살았다. 그 집은 소나무로 에워싸여 있었는데 나무 밑에 풀이 자라지 않았다. 집 뒤편 녹슨 양철 물받이통의 조임이 풀려서 바람이 불 때마다 작은 헛간 천장에 쿵쿵 부딪혔고, 북소리 같은 그 우울한 소음이 가끔은 밤새도록 끈질기게 이어졌다.

소녀 시절 헨리 카펜터 때문에 벨은 삶 자체가 참을 수 없이 싫었지만, 소녀에서 여인으로 성장하면서 아버지의 영향력도 상실되었다. 회계사의 삶은 헤아릴 수 없는 자잘한 치졸함으로 구성되어 있었다. 아침에 은행에 출근할 때는 옷장에 가서 낡아 허름해진 검은 알파카 코트를 찾아 걸쳤다. 밤에 집에 돌아오면 또 다른 검은 알파카 코트를 걸쳤다. 저녁마다 그는 거리에서 입었던 옷들을 빳빳이 다렸다. 그 목적으로 쓰기 위해 손수 만든 다림질 판들이 줄줄이 세워져 있었다. 거리에서 입는 양복바지들은 다림질 판 사이에 끼워져 있었고 판들은 묵직한 나사들로 고정되어 있었다. 아침이 되면 그는 젖은 행주로 판들을 잘 닦아 식당 문 뒤에 똑바로 세워두었다. 낮 동안 판들이 조금이라도 움직이면 분노로 말을 잃고 일주일 동안 평정심을 찾지 못했다.

은행원은 약간 사람을 윽박지르는 스타일이었고 자기 딸을 두려워했다. 딸아이가 자신이 제 어머니를 잔인하게 학대했던 사연을 알고 있고 그래서 그를 증오한다는 사실을 알게 되었기 때문이다. 어느 날 딸은 대낮에 부드러운 진흙 한 주먹을 길에서 주워 가지고 집 안으로 들어갔다. 그리고 바지 주름을 펴는 판들에 온통 진흙칠을 해놓고 기분이 풀려 행복해진 마음으로 다시 직장으로 돌아갔다.

벨 카펜터는 가끔 저녁때 조지 윌러드와 함께 산책을 할 때가 있었다. 남몰래 다른 남자를 사랑하고 있었지만, 아무도 모르는 연애는 그녀에게 커다란 걱정거리를 안겨주고 있었다. 그녀는 에드 그리피스의 술집 바텐더인 에드 핸드비를 사랑하고 있었고, 자신의 감정을 털어내기 위한 방편으로 젊은 기자와 함께 외출을 했다. 그녀 삶의 입지 때문에 바텐더와 함께 돌아다니는 모습을 사람들에게 보일 수는 없었고, 조지 윌러드와 가로수 그늘 밑을 걸어 다니며 키스를 받았던 건 그녀의 본성에서 질기게 사라지지 않는 갈망을 덜기 위해서였다. 연하의 청년은 어느 경계선 이상을 넘어가지 못하게 관리할 수 있다고 생각했다. 에드 핸드비에 대해서는 그렇게 할 자신이 없었다.

바텐더 핸드비는 키가 훌쩍 크고 어깨가 떡 벌어진 서른 살의 남자로 그리피스 술집 위층 방에 살았다. 커다란 주먹에 보기 드물게 작은 눈의 소유자였지만, 목소리만큼은, 두 주먹의 힘을 숨기기라도 하려고 안간힘을 쓰듯, 부드럽고 조용했다.

바텐더는 스물다섯 살 때 인디애나 주의 삼촌에게서 대농장을 유산으로 물려받았다. 농장을 팔자 8천 달러의 수입이 생겼는데, 에드는 그 돈을 6개월 만에 다 써버렸다. 이리 호의 샌더스키로 가서 방탕한 난교 파티를 벌였고, 그 이야기는 훗날 고향 마을을 모두 경악에 빠뜨렸다. 그는 여기저기 돈을 사방으로 흩뿌리고 다녔다. 길거리에서 마차를 몰고 다니고, 남녀가 뒤섞인 군중에게 와인 파티를 열어주고, 거액의 내기 돈을 걸고 카드 게임을 했으며 옷값만 수백 달러를 쓰는 애인들을 사귀었다. 어느 날 밤 시더 포인트라는 리조트에서 시비가 붙었는데, 그는 미친놈처럼 날뛰었다. 주먹으로 호텔 목욕탕의 커다란 거울을 깨뜨리고 나중에는 댄스홀마다 돌아다니며 유리창을 박살 내고 의자를 망가뜨리고 다녔다. 순전히 마룻바닥에 유리가 와장창 떨어지는 소리를 듣는 게 좋아서, 그리고 애인을 데리고 리조트에서 밤을 보내려고 찾아온 샌더스키 출신 사무직 종사자들의 눈에 공포의 빛이 떠오르는 게 즐겁다는 이유에서였다.

에드 핸드비와 벨 카펜터의 연애는 겉으로 보기에 아무것도 아니었다. 그는 겨우 그녀와 함께 하루 저녁을 보내는 데 성공했을 뿐이었다. 그날 저녁 그는 웨슬리 모이어 마차 대여점에서 말 한 마리와 2인승 마차를 빌려 드라이브를 갔다. 에드는 그녀야말로 본성이 갈구하는 여성이며, 따라서 반드시 자신한테 정착하게 만들어야겠다는 생각을 했고, 그녀에게 그런 욕망을 털어놓았다. 바텐더는 결혼해서 아내를 먹여 살리기 위해 일을 할 각오가 되어 있었지만, 워낙 천성이 단순해서 자신의 의도를 설명하는 게 여간 어렵지 않았다. 그의 몸은 육체적인 갈망으로 아플 지경이었고, 그래서 그 몸으로 자기 마음을 표현했다. 모자를 파는 여인을 품에 안고 그녀의 저항에도 불구하고 꼭 안은 후, 그녀의 힘이 다 빠질 때까지 키스를 했던 것이다. 그리고 그녀를 다시 마을로 데려다주고 마차에서 내리게 했다. "다시 당신을 안게 되면 절대 풀어주지 않을 거예요. 나를 갖고 놀 수는 없을 겁니다." 그는 이렇게 단언하고는, 마차를 몰고 떠나려고 돌아섰다. 그랬다가 마차에서 훌쩍 뛰어내린 뒤 단단한 손아귀로 그녀의 어깨를 붙들었다. "다음에는 영원히 놓아주지 않을 겁니다." 그가 말했다. "그러니 그 문제는 마음을 단단히 정해두는 게 좋을 거예요. 이건 당신과 나의 문제고, 난 끝장을 보기 전에 당신을 내 여자로 만들 겁니다."

1월의 어느 날 밤 초승달이 떴을 때, 에드 핸드비의 마음속에서 벨 카펜터를 얻는 데 유일한 장애물로 인식된 조지 윌러드가 산책을 나갔다. 그날 초저녁에 조지는 세스 리치먼드, 그리고 마을 정육점 아들 아트 윌슨과 함께 랜섬 서백의 당구장에 갔었다. 세스 리치먼드는 벽에 등을 기대고 선 채 별말이 없었지만 조지 윌러드는 말을 했다. 당구장은 와인즈버그의 소년들로 북적거렸고, 그들은 여자 이야기를 했다. 젊은 기자도 그런 흐름을 탔다. 그는 여자들은 알아서 몸조심을 해야 한다고, 여자와 데이트를 나가는 남자는 무슨 일이 일어나든 탓할 수 없다고 말했다. 말을 하면서 그는 주목을 끌고 싶어 주위를 두리번거렸다. 그가 5분쯤 좌중의 관심을 끌고 나서 아트 윌슨이 말하기 시작했다. 아트는 칼 프라우스의 이발소에서 이발 일을 배우고 있었고 벌써부터 야구, 경마, 술, 그리고 여자 문제에 있어서 자기가 대단한 권위라도 갖게 되었다고 여기고 있었다. 아트는 와인즈버그 출신의 두 남자와 함께 주도(州都)의 매음굴에 들어갔던 밤 이야기를 늘어놓았다. 정육점 아들은 입가에 시가를 물고 말하면서 바닥에 침을 뱉었다. "그곳 여자들이 아무리 해도 날 민망하게 만들 수는 없었지." 그는 자랑을 했다. "창녀 하나가 건방지게 굴기 시작하는 걸 내가 선수를 쳤지. 말을 시작하자마자 내가 가서 그 여자 무릎에 앉았거든. 내가 그 여자한테 키스했더니 방 안의 모든 사람들이 박수를 쳤어. 나 같은 남자는 건드리지 말라고 제대로 가르쳐줬지."

조지 윌러드는 당구장을 나와 메인 스트리트로 들어섰다. 며칠째, 북쪽으로 18마일 떨어진 이리 호에서 불어오는 강풍이 마을을 휩쓸고 있었고 날씨가 에이도록 추웠다. 그렇지만 그날 밤은 바람도 잦아들었고 초승달이 떠서 마을이 유독 사랑스러워 보였다. 어디로 가는지 뭘 하고 싶은지 생각조차 하지 않고 조지는 메인 스트리트를 벗어나 판잣집들이 즐비한 어두침침한 거리들을 걷기 시작했다.

별들이 총총한 검은 하늘 아래 나와 있으니 당구장 친구들 생각이 싹 사라졌다. 어둡고 혼자 있었기 때문에, 그는 큰 소리로 말하기 시작했다. 한바탕 장난치고 싶은 기분에, 술 취한 주정뱅이 흉내를 내면서 길거리에서 비틀비틀 걷기도 하고 자기가 무릎까지 올라오는 빛나는 장화를 신고 걸을 때마다 철컹거리는 칼을 찬 병사라고 상상하기도 했다. 그는 군인이 된 상상 속에서 자기 자신을 차렷 자세로 도열한 부하들 앞을 걸으며 열병을 하는 장교의 모습으로 그렸다. 그는 남자들의 매무새를 점검하기 시작했다. 나무 한 그루 앞에서 그는 발을 멈추고 마구 야단을 치기 시작했다. "배낭이 정리가 되어 있지 않다." 그는 날카롭게 말했다. "이 문제를 몇 번이나 말해야 알겠나? 여기서는 모든 게 철저히 질서가 잡혀야 한다. 우리 앞에는 어려운 임무가 놓여 있고, 어려운 임무를 수행하려면 무조건 질서가 선행해야 한다."

자기 말에 최면이 걸린 젊은이는 나무널이 깔린 인도를 걸으며 더 많은 말들을 했다. "군대의 법이 있고 남자의 법이 따로 있다." 그는 생각에 잠겨 중얼거렸다. "법은 사소한 일들에서 시작해서 모든 걸 포괄할 때까지 퍼져나간다. 모든 사소한 것들에 질서가 있어야 한다. 남자가 일하는 곳에서, 옷차림에서, 생각에서도 질서가 잡혀 있어야 한다. 나 자신도 질서정연해야 한다. 나도 그 법을 배워야 한다. 나 자신 역시 뭔가 질서정연하고 커다랗고 밤에는 별처럼 왔다 갔다 흔들리는 질서와 친해져야 한다. 내 나름의 사소한 방식으로 무언가를 배우기 시작해야만 하고, 그 법과 함께 베풀고 흔들리고 일해야만 한다."

조지 윌라드는 가로등불 근처의 말뚝 울타리에서 발을 멈추고 온몸을 떨기 시작했다. 한 번도 방금 뇌리에 떠오른 그런 생각을 해본 적이 없었고, 대체 어디서 그런 생각이 들게 된 건지도 알 수 없었다. 그 순간에는 자기 밖의 어떤 목소리가 걸어가는 자기 몸을 빌려 말하고 있다는 느낌이었다. 자기 마음에 놀라고 또 즐거워진 그는 계속 걸으면서 다시 한 번 열렬하게 그 문제를 논했다. "랜섬 서벡의 당구장에서 나오면서 그런 생각들을 하게 되다니." 그는 속삭였다. "혼자 있는 편이 나아. 내가 아트 윌슨처럼 말하면 남자애들이 나를 이해하겠지만, 내가 여기서 한 생각들은 이해하지 못하겠지."

20년 전 오하이오 주의 모든 소도시가 그랬듯이 와인즈버그에서는 일용직 일꾼들이 사는 동네가 따로 있었다. 공장의 시대가 아직 도래하지 않았기에, 노동자들은 논밭에서 일하거나 철도에서 보선공으로 일했다. 하루 열두 시간씩 일하면서 기나긴 하루의 품삯으로 1달러를 받았다. 그들이 사는 집들은 비좁은 싸구려 판잣집들로 뒷마당이 딸려 있었다. 그들 중 신세가 나은 사람들은 뒷마당 뒤편에 작은 헛간을 지어 소나 아니면 돼지들을 쳤다.

　머릿속을 윙윙 울리는 생각들로 가득 채운 조지 윌러드는 맑은 1월의 밤에 그런 길로 들어섰다. 길거리는 불이 별로 없어 침침했고 군데군데 인도도 없었다. 주변 풍경에는 어쩐지, 이미 자극된 조지의 상상력을 더욱 흥분시키는 무언가가 있었다. 자투리 시간이 나면 무조건 독서를 한 지 1년이 되어가고 있었고, 중세 옛 마을의 생활에 관해 읽은 내용들이 퍼뜩 뇌리에 떠올라 그는 어떤 과거의 삶에 속해 있었던 장소를 다시 찾은 듯한 희한한 기분에 사로잡혀 비틀거리며 앞으로 나아갔다. 충동적으로 대로를 벗어난 그는 소와 돼지들이 사는 헛간 뒤편의 좁은 뒷골목으로 들어갔다.

　30분 동안 그는 뒷골목에 서서 비좁은 축사에 빽빽하게 들어선 동물들의 코를 찌르는 악취를 맡으며 마음속으로는 그를 찾아온 생경하고 새로운 생각들을 가지고 유희를 하고 있었다. 맑고 달콤한 공기 속에 밴 분뇨의 썩어빠진 악취가 그의 두뇌에서 어질어질한 무언가를 깨어나게 했다. 케로신 등잔불로 밝혀진 가난한 오막집들, 맑은 공기 속으로 똑바로 뻗어나간 굴뚝들에서 솟아오르는 연기, 돼지들의 꿀꿀거리는 소리, 싸구려 옥양목 드레스를 입고 부엌에서 설거지를 하는 여인들, 집 밖으로 나와 메인 스트리트의 상점이나 술집들로 외출하는 남자들의 발소리, 짖어대는 개 소리와 아이 울음소리. 이 모든 것들이 어둠 속에 도사리고 있는 그를, 모든 삶으로부터 이상하게 소외되어 거리를 두고 있는 사람처럼 보이게 했다.

흥분한 젊은이는 자기 생각의 무게를 견딜 수 없어 조심스럽게 뒷골목을 따라 이동하기 시작했다. 개 한 마리가 그에게 달려들어 돌멩이로 쫓아내야 했고, 어떤 집 문간에서는 한 남자가 나타나 개를 향해 욕설을 퍼부었다. 조지는 공터로 들어가서 고개를 젖혀 하늘을 바라보았다. 그가 겪은 단순한 경험으로 뭔가 말로 형용할 수 없이 커지고 새롭게 태어난 기분이 들어, 뜨겁게 벅차오르는 감정에 두 손을 치켜들고 머리 위 암흑 속으로 뻗어 불쑥 말들을 내뱉었다. 말들을 내뱉고 싶은 욕망이 그를 사로잡아 그는 의미 없이 단어들을 말했다. 원래 멋지고 근사한, 의미로 충만한 말들이었기에 입 안에서 혀로 굴려보고 입 밖으로 내어 말했다. "죽음"이라고 말했다. "밤, 바다, 두려움, 사랑스러움."

조지 윌러드는 공터를 나와 다시 집들이 보이는 인도에 섰다. 그 작은 거리에 사는 모든 사람들이 그의 형제이자 자매로 느껴져서, 집 안에 있는 사람들을 다 소리쳐 불러내 손을 잡고 악수를 할 수 있는 용기가 있다면 얼마나 좋을까 생각했다. '여기 그저 한 여자만 있다면 난 그녀 손을 붙잡고 둘 다 지쳐 떨어질 때까지 달릴 텐데.' 그는 생각했다. '그러면 기분이 훨씬 나아질 거야.' 한 여자의 생각을 품고 그는 그 거리에서 벗어나 벨 카펜터가 사는 집 쪽으로 향했다. 그녀라면 그의 기분을 알아줄 테고 그녀와 함께 있으면 늘 획득하고 싶었던 입지를 얻을 수 있을 거라는 생각이 들었다. 과거에 그녀와 함께 있으면서 그녀 입술에 키스를 했을 때는 자기 자신에 대한 분노로 가득 차 돌아섰었다. 어떤 모호한 목적에 이용당한 기분이 들었고 그런 감정은 기분이 좋지 않았다. 이제 그는 갑자기 자기가 이용당하기에는 너무 거물이 된 느낌이 들었다.

조지가 벨 카펜터의 집에 갔을 때는 이미 그보다 먼저 온 방문객이 있었다. 에드 핸드비가 문 앞에 와서 벨을 집 밖으로 불러내 이야기를 하려고 했던 것이다. 그는 그녀에게 자기와 함께 도망쳐 아내가 되어달라고 부탁하고 싶었지만, 막상 그녀가 나와 문 앞에 서자 자신감을 잃고 뾰루퉁해져버리고 말았다. "그 꼬마하고 만나지 말아요." 그는 조지 윌러드를 생각하며 투덜거리더니, 달리 무슨 말을 해야 할지 몰라 돌아서서 가버렸다. "두 사람이 함께 있다가 내 눈에 띄면 당신 뼈를 부러뜨리고 그놈도 몸 성히 두지 않을 거예요." 그는 덧붙여 말했다. 바텐더는 협박이 아니라 구애를 하러 온 것이었기에, 실패한 자신에게 화가 났다.

애인이 떠나고 난 뒤 벨은 집 안으로 들어가 황급히 2층으로 뛰어 올라갔다. 2층 창문으로 내다보니 길을 건너 이웃집 앞의 승마용 발판에 걸터앉는 에드 핸드비가 보였다. 흐릿한 불빛을 받으며 남자는 꼼짝도 하지 않고 머리를 감싸 쥐고 앉아 있었다. 그 광경에 그녀는 행복해졌고, 조지 윌러드가 문 앞에 찾아왔을 때 유달리 반갑게 맞으며 서둘러 모자를 썼다. 젊은 윌러드와 함께 길을 걸으면 에드 핸드비가 따라올 거라 생각했고,

그를 괴롭혀주고 싶었다.

한 시간 동안 벨 카펜터와 젊은 기자는 달콤한 밤공기 속에서 나무 그늘 밑을 거닐었다. 조지 윌러드는 거창한 말들로 잔뜩 부풀어 있었다. 뒷골목 어둠 속에서 보낸 시간 동안 그에게 찾아온 힘에 대한 자각은 여전히 남아 있었고, 그는 뻐기듯 양팔을 크게 휘젓고 걸으며 대담하게 말했다. 자신이 과거의 유약함을 인지하고 달라졌다는 사실을 벨 카펜터가 깨닫게 해주고 싶었다. "내가 달라졌다는 걸 알게 될 거예요." 그는 손을 호주머니에 찔러 넣으면서 그녀의 눈을 대담하게 들여다보았다. "이유는 모르겠지만 사실이에요. 나를 남자로 받아들이기 싫으면, 그냥 혼자 내버려둬요. 원래 그런 거예요."

초승달이 뜬 하늘 아래 조용한 거리를 거니는 건 여인과 소년이었다. 조지가 할 말을 다 끝낸 뒤, 두 사람은 곁길로 돌아서서 다리를 건너 언덕을 오르는 오솔길을 걸었다. 언덕은 워터웍스 연못에서 시작되어 와인즈버그 페어그라운드까지 이어지는 오르막이었다. 언덕 등성이에는 빽빽한 덤불과 키 작은 나무들이 자랐고 덤불 사이로 길게 자란 풀들이 카펫처럼 깔려 있는 작은 공터가 군데군데 있었다. 지금은 풀이 얼어붙어 뻣뻣했다.

여자 뒤를 따라 언덕을 올라가면서 조지 윌러드의 심장은 두방망이질 치기 시작했고 어깨가 반듯하게 펴졌다. 불쑥 벨 카펜터가 자기 몸을 그에게 주려 한다는 확신이 들었다. 그 안에 현현한 새로운 기운이 그녀에게도 작용해 드디어 그녀를 정복하게 된 거라 믿었다. 그 생각을 하니 남성적 권능이라는 자각에 반쯤 도취되었다. 함께 걸을 때는 그녀가 자기 말에 귀를 기울이는 것 같지 않아 짜증이 났었지만, 그녀가 이곳까지 따라왔다는 사실만으로도 모든 의혹이 해소되었다. '이건 달라. 모든 게 달라졌어.' 그는 이렇게 생각하며 그녀의 어깨를 붙잡고 돌려세워 자긍심으로 반짝거리는 눈빛으로 바라보았다.

벨 카펜터는 저항하지 않았다. 입술에 키스를 하자 무겁게 몸을 그에게 기대왔고, 그의 어깨 너머로 어둠속을 바라보았다. 그녀의 태도 전반에서는 기다림의 암시가 풍겨 나왔다. 이번에도, 뒷골목에서와 마찬가지로, 조지 윌러드의 마음이 내쳐달려 단어들이 되었고, 여자를 꼭 안은 채 고요한 밤에 그 말들을 뱉었다. "욕정." 그는 속삭였다. "욕정과 밤과 여자들."

조지 윌러드는 그날 밤 언덕 등성이에서 무슨 일이 일어났는지 이해하지 못했다. 나중에 자기 방으로 돌아온 그는 흐느껴 울고 싶었고, 분노와 증오로 반쯤 정신이 나간 상태였다. 벨 카펜터가 죽도록 미웠고 평생 동안 계속 증오하리라 확신했다. 언덕 등성이에서 그는 여인을 이끌어 덤불 사이 작은 공터로 데리고 간 뒤 그녀 옆에서 무릎을 꿇었다. 노동자들의 집들 옆에서 그랬듯 그 작은 공터에서도 자기 안의 새로운 힘에 감사하듯 두 손을 치켜들고 여자가 말하기만 기다리고 있는데, 에드 핸드비가 나타났다.

바텐더는 자기 여자를 빼앗으려 하는 소년을 때리고 싶지 않았다. 폭행은 불필요하며, 주먹을 쓰지 않고도 목적을 달성할 수 있는 힘이 자기 안에 있다는 걸 잘 알고 있었다. 조지의 어깨를 움켜쥐고 일으켜 세운 그는 한 손으로 소년을 붙든 채로 풀밭에 앉아 있는 벨 카펜터를 바라보았다. 그리고 재빨리 한 팔을 넓게 휘둘러 연하의 소년을 덤불숲 속으로 던져버리고 여자를 윽박지르기 시작했다. 여자는 이제 일어나 서 있었다. "당신은 정말 나쁜 여자야." 그는 거칠게 말했다. "이젠 당신한테 신경도 쓰지 말아야겠다는 생각마저 들려 하는군. 이렇게 당신을 원하지만 않는다면 그냥 마음대로 하게 둘 텐데."

덤불숲에서 엎드린 채 조지 윌러드는 눈앞의 광경을 바라보며 생각을 하려고 안간힘을 썼다. 자기한테 모욕을 준 남자에게 달려들어 덮칠 태세가 되어 있었다. 이렇게 치욕적으로 내쳐지는 것보다는 두들겨 맞는 편이 비교도 할 수 없이 나았다.

젊은 기자는 세 번 에드 핸드비에게 달려들었고 매번 바텐더는 소년의 어깨를 움켜쥐고 다시 덤불로 던져버렸다. 더 나이가 많은 남자는 이런 행동을 무한히 반복할 태세였지만 조지 윌러드는 머리를 나무뿌리에 부딪는 바람에 가만히 누워 있었다. 그러자 에드 핸드비는 벨 카펜터의 팔을 잡고는 끌고 가버렸다.

조지는 남자와 여자가 덤불숲을 지나 갈 길을 가는 소리를 들었다. 언덕 등성이를 엉금엉금 기어 내려왔을 때 마음속의 심장은 병들어 있었다. 그는 자기 자신을 증오했고 이런 치욕을 초래한 운명을 증오했다. 마음이 뒷골목에서 혼자 있던 시간으로 거슬러 올라가자 그는 당혹스러워져 어둠 속에 멈춰 서서 귀를 기울였다. 그토록 짧은 시간에 새로운 용기를 심장에 불어넣었던 자기 밖의 목소리를 다시 듣고 싶었다. 집으로 돌아오던 길에 다시 판잣집들이 즐비한 거리로 들어선 그는 그 광경을 차마 볼 수가 없어 달리기 시작했다. 이제는 한없이 초라하고 평범해 보이는 이 동네를 최대한 빨리 벗어나고 싶었다.

'괴짜'

와인즈버그에 있는 카울리앤선즈 상점 후면, 가시랭이처럼 툭 튀어나와 달려 있는 거친 판자 헛간 속 상자 위에 놓인 자기 자리에서, 상점 주인의 아들 엘머 카울리는 더러운 유리창을 통해 〈와인즈버그 이글〉의 인쇄소 안을 들여다볼 수 있었다. 엘머는 구두에 새 끈을 끼우려 하고 있었다. 쉽게 들어가지 않아서 구두를 벗어야 했다. 손에 구두를 든 채로 앉아 그는 양말 한 짝에 난 커다란 구멍을 바라보고 있었다. 그리고 재빨리 눈을 들자 와인즈버그의 유일한 신문기자인 조지 윌러드가 〈이글〉 인쇄소 뒷문에 서서 멍하니 주위를 둘러보고 있는 모습이 보였다. "자, 자, 이번엔 또 뭐야!" 젊은 청년은 손에 구두를 든 채 벌떡 일어나 창가에서 슬며시 멀어지며 외쳤다.

엘머 카울리의 얼굴에 홍조가 번지고 두 손이 떨리기 시작했다. 카울리앤선즈 상점에서는 유대인 방문판매사원이 카운터

222

에 서서 엘머의 아버지와 이야기를 나누고 있었다. 두 사람이 나누는 얘기가 기자한테 들릴 것만 같았고, 그런 생각이 들자 엘머는 화가 머리끝까지 치밀었다. 한쪽 구두를 그냥 손에 든 채로, 헛간 한구석에 서서 나무판자를 댄 바닥을 양말 신은 맨발로 쾅쾅 굴렀다.

카울리앤선즈 상점은 와인즈버그 메인 스트리트를 바라보고 있지 않았다. 입구가 모미 스트리트 쪽에 있었고 그 너머로 보이트의 승합마차 상점과 농부의 말들이 쉬어가는 쉼터가 있었다. 상점 옆으로는 메인 스트리트 상점들 후면의 뒷골목이 있었고, 하루 종일 짐마차며 배달 화물승합차들이 열심히 드나들며 상품들을 가져오고 실어 날랐다. 상점 자체는 별 특징이 없었다. 윌 헨더슨이 언젠가 했던 말에 따르면 뭐든지 다 팔고 또 아무것도 팔지 않기도 했다. 모미 스트리트를 바라보는 진열장에는 석탄 주문을 받고 있다는 표시로 사과통만큼 커다란 석탄이 진열되어 있었다. 커다랗고 시커먼 숯 덩어리 옆에는, 때를 타서 갈색이 된 벌꿀이 벌통째로 세 개 놓여 있었다.

판매원의 입술에서 열렬하게 흘러나오는 말들을 귀담아듣고 서 있는 남자 에베네저 카울리는 키 크고 마르고 꾀죄죄해 보였다. 앙상한 목덜미에는 커다란 혹이 달려 있었는데 그 위를 회색 수염이 덮어 반쯤 가려주었다. 그는 긴 프린스 앨버트 코트를 입고 있었다. 코트는 결혼식 예복으로 쓰려고 샀던 것이었다. 상인이 되기 전에 에베네저는 농부였고, 결혼한 뒤로는 일요일에 교회에 갈 때, 그리고 토요일 오후에 읍내로 들어가 장사를 할 때 꼭 그 프린스 앨버트 코트를 입곤 했다. 장사를 하려고 농장을 팔고 나서는 그 코트를 항시 입었다. 낡아서 갈색으로 때가 타고 기름얼룩으로 뒤덮였지만, 그 옷을 입으면 에베네저는 늘 정장을 차려입은 느낌이 들었고 읍내로 외출할 채비가 되었다고 여겼다.

상인으로서 에베네저는 팔자가 좋다고 할 수 없었고, 농부로서도 팔자가 좋지 못했다. 그래도 그는 여전히 존재했다. 메이블이라는 이름의 딸과 아들로 구성된 가족은 상점 위의 방들에서 그와 함께 살았고 생활비도 별로 들지 않았다. 그의 골칫거리는 재정적인 게 아니었다. 상인으로서 그의 불행은 물건을 팔아야 하는 방문판매사원이 현관문을 열고 들어오면 겁부터 집어먹는다는 사실이었다. 카운터 뒤에서 그는 고개를 흔들면서 서 있었다. 그는 두려워했다. 일단 완강하게 사지 않겠다고 했다가 되팔 기회를 잃을까 봐 두려웠고, 둘째로 충분히 단호하게 거절하지 못해서 한순간의 나약함 때문에 팔 수도 없는 물건을 사게 될까 봐 두려웠다.

엘머 카울리가 〈이글〉 인쇄소 뒷문 앞에 서서 경청하는 것처럼 보이는 조지 윌러드를 보았던 그날 아침 상점에서는, 매번 아들의 분노를 자극하는 상황이 연출되고 있었다. 방문판매사원이 이야기를 하고 에베네저는 듣고 있었는데, 온몸으로 불확실한 태도를 표현하고 있었다. "얼마나 빨리 되는지 아시겠죠." 방문판매사원은 이렇게 말했다. 그가 팔려는 물건은 셔츠 칼라를 고정하는 버튼을 대신할 작고 납작한 금속 대체물이었다. 그는 신속하게 한 손으로 셔츠 칼라를 풀었다가 다시 채웠다. 감언이설로 사람 비위를 맞추는 말투였다. "이 말씀만 드릴게요. 이제 남자들이 칼라 버튼을 가지고 법석을 떠는 것도 다 끝났어요. 그리고 앞으로 다가오는 이 변화에서 돈을 버실 분이 바로 사장님인 겁니다. 제가 사장님께 이 마을 독점 판매권을 드리겠습니다. 이 고정장치를 20다스만 가져가시면 다른 가게는 아예 안 가죠. 이 분야는 사장님께 다 맡기겠습니다."

방문판매원은 카운터에 기대고 서서 손가락으로 에베네저의 가슴을 톡톡 쳤다. "대단한 기회니까 사장님이 꼭 잡으세요." 그는 부추겼다. "제 친구한테서 사장님 말씀을 들었습니다. '카울리라는 분을 꼭 만나도록 해.' 그러더군요. '아주 대단한 분이셔.'"

방문판매원은 말을 잠시 멈추고 기다렸다. 그리고 호주머니에서 장부를 꺼내더니 주문을 적기 시작했다. 여전히 한 손에 구두를 들고서 엘머 카울리는 이야기에 정신이 팔려 있는 두 남자를 지나 상점을 가로질러 현관문 옆에 있는 유리 진열장으로 갔다. 그는 싸구려 리볼버 권총을 총집에서 꺼내 그걸 흔들기 시작했다. "당신 여기서 썩 나가!" 그가 새된 소리로 고함을 쳤다. "여기서는 칼라 고정장치 같은 거 살 사람 없으니까." 문득 생각이 떠올랐다. "보라고, 내가 지금 빈말로 협박하는 건 줄 알아?" 그는 덧붙였다. "쏘겠다는 말은 아니야. 어쩌면 내가 구경이나 하려고 이 총을 총집에서 꺼냈는지도 모르지. 하지만 그래도 나가는 게 좋을걸. 맞아요, 선생, 내가 장담한다고. 당신 물건 챙겨서 당장 나가."

젊은 점원의 언성이 높아져 비명이 되었다. 그는 카운터 뒤로 돌아 두 남자에게 다가가기 시작했다. "우리도 이제 호구 노릇은 질렸어!" 그는 외쳤다. "뭐가 팔리기 시작할 때까지는 아무 물건도 사지 않을 거라고. 앞으로 계속 괴짜 노릇을 하면서 사람들이 흘끔흘끔 구경하고 말소리를 엿듣는 걸 참고 볼 수는 없어. 당신 여기서 나가라고!"

방문판매원은 떠났다. 카운터 위의 칼라 고정장치 샘플을 긁어모아 검은 가죽 가방에 담고서 뛰쳐나갔다. 그는 왜소한 사내였고 안짱다리가 심해서 달리는 품새가 어색했다. 검은 가방이 문에 걸리는 바람에 그는 휘청거리다 넘어졌다. "미쳤군, 저 친구 완전히, 돌았어!" 그는 침을 튀기며 말하고 인도에서 일어나 황급히 사라져갔다.

상점 안에서 엘머 카울리와 그의 아버지는 서로를 바라보고 있었다. 분노의 직접적 대상이 막상 사라지고 나니 청년은 부끄러운 마음이 들었다. "뭐, 난 진심으로 한 말이에요. 우리가 이만하면 괴짜 노릇을 할 만큼 했다고 봐요." 엘머는 이렇게 말하고, 진열장으로 가서 리볼버를 다시 놓아두었다. 나무통에 앉아 그는 손에 들고 있던 구두를 신고 끈을 묶었다. 아버지에게서 이해한다는 말 한 마디를 기다리고 있었지만 에베네저는 아들의 분노를 새삼 일깨우는 말만 해서 청년은 대꾸도 없이 상점을 박차고 나와버렸다. 길고 더러운 손가락으로 회색 수염을 긁으며 상인은 아까 방문판매원을 보던 것과 똑같이 흔들리는 우유부단한 눈길로 아들을 바라보았다. "내가 옷에 풀을 먹이마." 그는 부드럽게 말했다. "그래, 그래, 이 아버지가 옷도 빨고 다림질도 하고 풀도 먹이마!"

엘머 카울리는 와인즈버그를 벗어나 철로와 평행선을 그리는 시골길을 따라 걸었다. 자기가 어디로 가는지 뭘 하려는지도 알지 못했다. 오른쪽으로 급하게 꺾어져서 철로 밑으로 푹 들어가는 깊숙한 횡단로에서 그는 발길을 멈췄고, 상점에서 분노를 폭발시킨 원인이 된 격한 감정이 다시 표출되기 시작했다. "나는 괴짜가 되지는 않을 거야. 구경거리가 되고 무슨 말을 하나 사람들이 엿듣는 그런 사람이 될 수는 없어." 그는 큰 소리로 다짐했다. "다른 사람들처럼 될 거야. 조지 윌러드에게 그걸 보여주겠어. 그 자식도 알게 될 거야. 내가 보여주겠어!"

이성을 잃은 청년은 길 한가운데서 뒤돌아서서 마을을 노려보았다. 그는 기자인 조지 윌러드를 알지 못했고 마을 소식을 수집하느라 바삐 돌아다니는 키 큰 소년에게 특별한 감정이 있는 것도 아니었다. 그 기자는 그저 〈와인즈버그 이글〉 사무실과 인쇄소에 있다는 사실만으로 젊은 점원의 마음에 무언가를 상징하게 되었을 뿐이다. 그는 카울리앤선즈 상점을 지나가고 또 지나치면서 가끔 거리의 사람들과 이야기를 나누기 위해 발걸음을 멈추는 소년이 자기를 생각하면서 비웃고 있는 게 틀림없다고 생각했다. 조지 윌러드는 마을에 소속되어 있고, 마을의 전형적인 인간형이었으며, 그 자체로 마을의 정신을 현현한다고 느껴졌다. 엘머 카울리는 조지 윌러드 역시 자기 나름대로 불행한 나날들이 있고, 막연한 허기와 꼭 짚어 이름을 붙일 수도 없는 은밀한 욕망들이 그 마음을 찾아온다는 사실을 도저히 믿지 못했을 것이다. 조지 윌러드는 대중의 의견을 대표하고 와인즈버그의 대중적 의견은 카울리 부자를 '괴짜'라고 낙인찍지 않는가? 휘파람을 불고 큰 소리로 웃으며 메인 스트리트를 활보하지 않는가? 그를 쓰러뜨리면 더 커다란 적을, 그러니까 미소를 지으며 아랑곳없이 제 갈 길을 가버리는 와인즈버그의 판단을 쓰러뜨릴 수 있지 않을까?

엘머 카울리는 보기 드물게 큰 키의 소유자로 두 팔은 길고 힘이 셌다. 그의 머리카락, 눈썹, 그리고 턱에 나기 시작한 솜털 같은 수염은 하얗게 보일 정도로 연한 금발이었다. 치아는 입술 사이로 툭 튀어나왔고 눈은 와인즈버그의 소년들이 '마노'라고 부르며 호주머니에 넣고 다니는 유리구슬처럼 흐릿한 파란색이었다. 엘머가 와인즈버그로 와서 산 지는 1년이 되었는데 아직 친구를 하나도 사귀지 못했다. 그는 친구 없이 삶을 살아가야 하는 저주를 받은 느낌이 들었는데, 생각만으로도 끔찍하게 싫었다.

키 큰 청년은 손을 호주머니에 찔러 넣고 뾰루퉁하게 길을 따라 터벅터벅 걸었다. 에이는 바람이 부는 추운 날이었지만, 이윽고 해가 내리쬐기 시작해 길이 부드러운 진창이 되었다. 노면의 꽁꽁 언 흙이 녹기 시작해 진흙이 엘머의 신발에 달라붙었다. 발이 차가워졌다. 몇 마일쯤 걷다가 그는 길을 벗어나 들판을 가로질러 숲으로 들어갔다. 숲 속에서 나뭇가지를 모아 모닥불을 피웠고, 그 옆에 앉아 몸을 녹이려 했다. 몸도 마음도 한심하고 서럽기 짝이 없었다.

　두 시간쯤 모닥불을 쬐며 통나무에 앉아 있던 그는 일어나서 신중하게 나무 밑에 무성하게 자라는 풀들을 헤치고 울타리로 가서 들판 너머 야트막한 헛간들로 둘러싸인 작은 농장 주택을 바라보았다. 미소가 입가에 떠올랐고, 들판에서 옥수수를 까고 있는 남자에게 긴 두 팔을 흔들어 보였다.

　불행할 때면 젊은 상인은 어린 시절 살았던 농장으로 돌아왔다. 그곳에는 자기 마음을 알아줄 또 다른 인간이 있을 것 같았다. 농장에 있던 남자는 무크라는 이름의 머리가 모자란 노인이었다. 옛날에 에베네저 카울리 밑에서 일했고 농장이 팔린 뒤에도 머물러 남아 있었다. 노인은 농장 집 뒤편 페인트도 칠하지 않은 헛간에 살면서 하루 종일 밭에서 꾸무럭거리며 일했다.

　반편이 무크는 행복하게 살았다. 아이처럼 천진한 믿음으로 헛간에 그와 함께 사는 동물들의 지능을 믿었으며, 외로워지면 암소들, 돼지들, 심지어 헛간 마당을 뛰노는 닭들과도 긴 대화를 나누었다. '세탁'에 관련한 표현을 전 주인의 입버릇으로 만든 장본인도 그였다. 흥분하거나 놀라면 뜻 모를 미소를 지으며 중얼거렸다. "잘 빨아서 다림질을 할게요. 네, 네, 싹 빨아서 다림질하고 풀도 먹일게요."

　옥수수 껍질을 내려놓고 엘머 카울리를 만나러 숲으로 온 반편이 영감은 갑자기 나타난 젊은이를 보고 놀라지도 않았고 특별히 관심을 갖지도 않았다. 그의 두 발도 차갑게 얼어 있었기에 온기를 반가워할 뿐이지 엘머가 무슨 말을 할지에는 관심도 없어 보였다.

엘머는 왔다 갔다 서성거리면서 양팔을 휘둘러댔고, 진지하면서도 아주 자유롭게 이야기를 했다. "아저씨는 내가 뭐가 문제인지 모르니까 당연히 신경도 안 쓰겠죠." 그는 말했다. "나는 사정이 달라요. 내가 늘 어땠는지 좀 봐요. 아버지는 괴짜고 어머니도 괴짜였다고요. 심지어 어머니가 옛날에 입으시던 옷도 다른 사람들 옷하고는 달랐어요. 게다가 아버지가 읍내에서 입고 돌아다니시는 코트를 좀 봐요. 아버지 당신은 옷을 잘 차려입었다고 생각하신다니까요. 어째서 새 코트를 안 사시는 걸까요? 그렇게 돈도 많이 안 들 텐데. 이유가 뭔지 말해줄까요. 아버지는 모르고 어머니 생전에 어머니도 몰랐어요. 메이블은 달라요. 그 애는 알지만 아무 말도 하지 않죠. 하지만 난 말할 거예요. 더 이상 구경거리가 되고 싶지 않단 말이에요. 있잖아요, 이걸 봐요, 무크 아저씨, 아버지는 읍내에 있는 가게가 그냥 괴짜 같은 물건들을 뒤섞어놓은 거라는 걸 모르세요. 사들이는 물건들을 하나도 못 팔 거라는 사실도요. 그런 건 전혀 모르신다고요. 가끔 장사가 잘 안 된다고 걱정을 하긴 하시는데, 그러고는 또 가서 다른 물건을 사신단 말이에요. 저녁때가 되면 아버지는 날마다 위층 난롯가에 앉아서 언젠가는 경기가 좋아지겠지 그러고 계세요. 걱정이 안 되는 거예요. 아버지는 괴짜니까요. 뭘 몰라서 걱정이 안 되시는 거라고요."

흥분한 젊은이는 점점 더 흥분했다. "아버지는 몰라도 난 알아요." 그는 버럭 고함을 질렀다가, 말을 뚝 끊고 말도 없고 반응도 없는 반편이 영감의 얼굴을 내려다보았다. "너무 잘 안단 말이에요. 참을 수가 없어요. 우리가 여기 살 때는 달랐어요. 나는 일을 했고 밤이 되면 잠자리에 들고 잠을 잤다고요. 날마다 사람들을 보지도 않았고 지금처럼 생각하지도 않았어요. 읍내에서는 밤이 되면 나는 우체국에 가거나 정거장에 가서 열차가 들어오는 걸 보러 가요. 그런데 아무도 나한테 말을 하지 않아요. 모두가 둘러서서 웃어대고 자기네들끼리 얘기를 하는데 나한테는 아무도 아무 말도 하지 않아요. 그러면 나는 너무 괴짜처럼 느껴져서 말문이 막혀요. 그래서 어디 다른 데로 가죠. 난 아무 말도 하지 않아요. 못 하겠어요."

젊은이의 분노는 주체할 수 없을 지경이 되었다. "절대 못 참는다고요." 그는 악을 쓰면서 앙상한 나뭇가지들을 올려다보았다. "그런 걸 참고 살 수 있게 생겨먹지를 않았어요."

모닥불을 쬐며 통나무에 앉아 있는 남자의 멍한 표정에 미칠 듯이 화가 치민 엘머는 길에서 돌아서서 와인즈버그 읍내를 무섭게 노려보던 것처럼 영감을 노려보았다. "다시 가서 일이나 해요." 그는 악을 썼다. "아저씨하고 얘기를 하면 다 무슨 소용이야?" 어떤 생각이 떠오르는 바람에 그는 갑자기 언성을 낮췄다. "나도 겁쟁이죠, 네?" 그는 중얼거렸다. "내가 왜 이 먼 데까지 이렇게 걸어왔는지 알아요? 누군가한테 말을 해야만 했는데, 말할 상대가 아저씨밖에 없어서였어요. 이것 봐요, 또 다른 괴짜를 샅샅이 뒤져서 또 찾아냈잖아요. 난 도망쳐 나왔어요, 그랬던 거예요. 그 조지 윌러드 같은 인간은 더는 참을 수가 없었어요. 그래서 아저씨한테 와야만 했어요. 그 친구한테 말을 해야 돼요, 그럴 거예요."

이번에도 또 그의 언성은 고함치는 수준까지 높아졌고 두 팔은 사방으로 허우적거렸다. "내가 그 자식한테 말을 할 거예요. 괴짜가 되지 않을 거라고요. 사람들이 뭐라고 생각하든 상관없어요. 그냥 참고 있지 않을 거니까."

엘머 카울리는 통나무에 앉아 불을 쬐고 있는 반편이 영감을 그냥 두고 숲에서 뛰쳐나왔다. 잠시 후 노인은 일어나서 울타리를 넘어 옥수수밭에서 하던 일로 돌아갔다. "싹 빨고 다림질하고 풀도 먹일 거야." 그는 말했다. "그럼, 그럼, 싹 빨고 다림질을 해야지." 무크는 흥미가 있었다. 그는 오솔길을 따라 밭으로 갔고, 거기서는 암소 두 마리가 서서 쌓아놓은 건초를 오물오물 먹고 있었다. "엘머가 여기 있었어." 그는 암소들에게 말했다. "엘머는 미쳤어. 엘머가 못 보게 건초 더미 뒤로 가야 돼. 엘머가 어떤 사람을 해칠 거야, 엘머가 그럴 거야."

그날 저녁 8시에 엘머 카울리는 조지 윌러드가 앉아서 글을 쓰고 있는 〈와인즈버그 이글〉 사무실 앞문으로 머리를 디밀었다. 모자를 눈까지 푹 눌러썼고 얼굴에는 뚱하고 결연한 표정이 떠올라 있었다. "나하고 좀 밖으로 나갑시다." 그는 들어와서 문을 닫고 말했다. 다른 사람은 아무도 못 들어오게 막으려는 듯 문손잡이를 꼭 쥐고 있었다. "그냥 밖으로 나와요. 내가 좀 볼일이 있으니까."

조지 윌러드와 엘머 카울리는 와인즈버그 메인 스트리트를 따라 걸었다. 그날 밤은 추웠고 조지 윌러드는 새 코트를 걸치고 있어 아주 말쑥하고 잘 차려입은 모습이었다. 그는 손을 호주머니에 넣고 탐색하는 눈길로 동행을 쳐다보았다. 오래전부터 젊은 상점 점원과 친구가 되어 그 마음에 무슨 생각들이 들어 있는지 알고 싶던 참이었다. 이제 기회가 생겼다고 생각하니 신이 났다. '무슨 용건인지 모르겠네? 아마 신문에 실을 소식이 있다고 생각할지도 모르지. 화재 경고 종소리는 못 들었으니까 불이 났다는 건 아닐 거고, 어디 뛰어다니는 사람들도 없는데.' 그는 생각했다.

그 추운 11월의 밤에 와인즈버그의 메인 스트리트에서는 출몰하는 사람도 몇 없었고 그나마 어디 상점에 들어가서 난롯불이라도 쬐고 싶은 마음에 다들 바삐 발걸음을 재촉했다. 상점 진열장들은 서리가 끼어 있었고, 바람 때문에 웰링 박사의 진료실로 이어지는 계단 입구에 매달린 양철 표지판이 덜거거렸다. 헌스 식료품점 앞에는 사과가 가득 든 바구니 하나가 있었고 새 빗자루들이 즐비하게 늘어선 걸이가 놓여 있었다. 엘머 카울리는 멈춰 서서 조지 윌러드를 마주 보았다. 말하려고 애쓰느라 팔이 펌프질하듯 위아래로 퍼덕였다. 얼굴이 경련하듯 씰룩거렸다. 뭐라고 마구 고함을 치려고 하는 사람 같았다. "아, 그냥 다시 들어가요." 그는 외쳤다. "여기 밖에서 이렇게 나하고 있지 말고. 난 당신한테 할 말이 없어요. 아예 만나고 싶지도 않아요."

세 시간 동안 젊은 점원은 넋을 놓고 미친 듯 와인즈버그의 거리들을 헤맸다. 괴짜가 되고 싶지 않다는 다짐을 말하지 못하고 실패한 자신에 대해 맹목적인 분노가 덮쳤다. 쓰디쓴 열패감에 짓눌려, 흐느껴 울고 싶어졌다. 오후 시간을 모두 잡아먹은 허무와 젊은 기자 앞에서 보여준 자신의 실패를 두고 헛된 분통을 터뜨리며 몇 시간을 보낸 그는, 자기 앞에는 미래라는 게 없다고 단정 지어버렸다.

그런데 그때 새로운 생각이 뇌리에 떠올랐다. 그를 에워싼 어둠 속에서 빛이 보이기 시작했다. 이제는 어두워진 상점으로, 카울리앤선즈 상점이 1년 동안 헛되이 경기가 좋아지기만 기다리고 있던 그곳으로 간 그는, 조심스럽게 몰래 안으로 들어가 뒤편 난로 옆에 놓인 나무통 속을 더듬기 시작했다. 그 통 속에 깔린 대팻밥 밑에 카울리앤선즈의 현금이 들어 있는 양철통이 있었다. 저녁마다 에베네저 카울리는 상점 문을 닫을 때 상자를 통에 넣어두고 2층으로 올라가 잠자리에 들곤 했다. "이렇게 무신경한 장소에 뒀다고는 생각도 못 할 거야." 에베네저는 강도들을 생각하며 이렇게 혼잣말을 하곤 했다.

엘머는 돌돌 말아둔 지폐들 사이에서 10달러짜리 지폐 두 장, 20달러를 꺼냈다. 농장을 팔고 남은 돈 400달러 정도가 들어 있었다. 그리고 상자를 대팻밥 아래 다시 넣어두고 조용히 앞문으로 나가 다시 거리를 걷기 시작했다.

모든 불행을 끝장낼 수도 있다고 생각한 아이디어는 아주 간단했다. "여길 벗어날 거야. 집에서 도망칠 거야." 그는 혼잣말을 했다. 완행 화물열차가 자정에 와인즈버그를 통과해 클리블랜드까지 간다는 걸 알고 있었다. 새벽이면 도착할 것이다. 완행열차를 무임승차해서 클리블랜드에 도착하면 그곳의 군중 속에 묻혀 자취를 감출 생각이었다. 어디 가게에서 일자리를 구해서 다른 일꾼들과 친구가 되고 눈에 띄지도 않는 사람이 될 생각이었다. 그러면 이야기를 나누고 웃을 수 있으리라. 더 이상 괴짜가 아니라 친구들이 생길 것이다. 삶은 다른 사람들에게 그렇듯 그에게도 온기와 의미를 지니게 될 것이다.

키 크고 몸가짐이 어색한 청년은 거리를 휘적휘적 걸으면서, 화를 내며 조지 윌러드를 반쯤 두려워했던 자기 자신을 비웃었다. 그는 마을을 떠나기 전에 젊은 기자와 이야기를 나눠야겠다고 결심했다. 이런저런 일들을 다 말해주고, 그에게, 아니 그를 통해 와인즈버그 전체에게 도전해야겠다고 결심했다.

새로운 자신감으로 빛나는 얼굴을 한 엘머는 뉴 윌러드 하우스의 사무실로 가서 문을 쾅쾅 두드렸다. 졸린 눈을 한 소년 하나가 사무실 간이침상에서 자고 있었다. 급료를 받지 않고 호텔 직원식당에서 식사를 하는 그는 '야간직원'이라는 직함을 자랑스럽게 달고 있었다. 소년 앞에서 엘머는 당돌하고 끈질기게 굴었다. "가서 그 친구를 깨우라고요." 그는 명령을 내렸다. "정거장 앞으로 내려오라고 가서 말해요. 반드시 그 친구를 만나야 하는데, 곧 완행열차를 타고 떠나야 한단 말이오. 옷 입고어서 내려오라고 전해요. 난 시간이 별로 없어요."

자정의 완행열차는 와인즈버그에서 볼일을 끝냈고 이젠 열차 정비사들이 차량들을 연결하고 있었다. 그들은 등불을 휘두르며 동쪽으로의 여정을 재개할 준비를 하고 있었다. 조지 윌러드가 아까 입었던 새 코트를 입은 채 눈을 비비며 정거장 플랫폼으로 달려왔다. 그는 호기심으로 불타고 있었다. "자, 왔어요. 용건이 뭐예요? 나한테 할 얘기가 있다고 했죠, 네?" 그가 말했다.

　엘머는 설명을 하려고 했다. 혓바닥으로 입술을 적시고 그르렁거리며 출발하려는 열차를 바라보았다. "자, 그러니까 말이오." 그는 말머리를 꺼냈지만, 곧 혀가 그의 의지와 전혀 상관없이 움직여버렸다. "난 싹 잘 빨아서 다림질을 할 거요. 싹 빨아서 다림질해서 풀도 먹일 거라고요." 그는 앞뒤도 잘 맞지 않게 중얼거렸다.

　엘머 카울리는 어둠 속 정거장 플랫폼에서 으르렁거리는 열차 옆에 선 채 분노로 길길이 날뛰었다. 그의 눈앞에서 불빛들이 허공으로 펄쩍펄쩍 뛰어올랐다. 호주머니에서 10달러 지폐 두 장을 꺼낸 그는 조지 윌러드의 손에 쥐여주었다. "이걸 받아요." 그는 외쳤다. "난 갖고 싶지 않으니까. 우리 아버지한테 드려요. 내가 훔친 돈이에요." 분노로 노호하며 돌아선 그는 긴 두 팔로 허공을 허우적거리며 가르기 시작했다. 자기를 붙잡고 있는 손에서 해방되려고 발버둥을 치는 사람처럼, 팔을 뻗어 조지 윌러드의 가슴을, 목을, 입을 마구 주먹질하기 시작했다. 젊은 기자는 그 주먹의 엄청난 힘에 혼미해져 반쯤 의식을 잃고 플랫폼을 뒹굴었다. 지나치는 화물열차에 펄쩍 뛰어오른 엘머는 꼭대기로 기어 올라가 납작 엎드린 채로 쓰러진 남자를 보려고 고개를 돌렸다. 마음속에서 벅찬 자긍심이 솟구쳤다. '내가 보여준 거야. 난 그렇게 괴짜가 아니야. 내가 그렇게 괴짜가 아니라는 걸 저 친구한테 보여줬어.'

말하지 않은 거짓말

레이 피어슨과 핼 윈터스는 와인즈버그 북부로 3마일 거리에 있는 농장에 고용된 농장 일꾼들이었다. 토요일 오후마다 그들은 읍내로 와서 시골에서 온 다른 친구들과 함께 길거리를 여기저기 쏘다니곤 했다.

레이는 갈색 수염과 일을 너무 많이, 열심히 하는 바람에 구부정하게 휜 어깨를 지닌 쉰 살가량의 조용하고 좀 불안한 남자였다. 천성적으로 그는 핼 윈터스와 성격이 달라도 그렇게 다를 수가 없었다.

레이는 철저히 진지한 남자였고, 날카로운 목소리에 생김새도 날카로운 아내가 있었다. 두 사람은 앙상한 다리의 아이들 대여섯 명과 함께 레이가 고용되어 일하는 윌스 농장 뒤편 끝에 있는 개천가 무너져가는 판잣집에서 살았다.

동료 일꾼인 핼 윈터스는 젊은 친구였다. 그는 와인즈버그에서 아주 명망 있는 집안인 네드 윈터스 가문 사람이 아니라 6마일 떨어진 유니온빌 근처에서 제재소를 하고 있으며 와인즈버그의 모든 사람들로부터 늙은 무뢰한으로 낙인찍힌 윈드피터 윈터스라는 노인의 세 아들 중 하나였다.

와인즈버그가 있는 오하이오 북부 출신 사람들은 기이하고 비극적인 죽음으로 윈드피터 영감을 기억할 것이다. 어느 날 읍내에서 술에 취해서는 철로를 따라 마차를 몰고 집으로 가려고 출발했다. 그 동네 사는 도축업자 헨리 브래튼버그가 마을 경계선에서 그를 보고서 계속 가면 하행선 열차와 마주친다고 말렸지만 윈드피터는 헨리 브래튼버그에게 되려 채찍을 휘두르고 계속 달려갔다. 기차가 달려와 그와 말 두 마리를 치어 죽였을 때, 근처 도로를 따라 집으로 가던 어떤 농부와 아내가 그 사고를 목격했다. 농부 부부는 늙은 윈드피터가 마차 좌석에서 일어나, 달려오는 증기기관차를 보며 미친 듯이 날뛰고 욕설을 퍼부었다고 말했다. 그리고 마차를 끄는 말들이 쉬지 않고 내리치는 채찍질에 분노해 죽을 걸 빤히 알면서도 앞으로 달려나가자 환호성을 내질렀다고 했다. 젊은 조지 윌러드와 세스 리치먼드 같은 소년들은 그 사건을 아주 생생하게 기억할 것이다. 마을 사람들이 입을 모아 노인이 지옥으로 직행할 것이며 그가 없는 게 마을에도 훨씬 좋다고 말했음에도, 그들은 노인이 자기가 무슨 짓을 하는지 잘 알고 있었다는 은밀한 믿음을 간직하고 있었고 그 어리석은 용기를 내심 우러러보았기 때문이다. 소년들은 대체로 식료품점 점원이나 하면서 따분한 삶을

근근이 살아가기보다는 영광스럽게 죽음을 맞고 싶다는 바람
을 갖는 시기를 계절 보내듯 지나치기 마련이다.

그러나 이건 윈드피터 윈터스의 이야기도 아니고 레이 피어
슨과 함께 윌스 농장에서 일했던 그의 아들 헬의 이야기도 아
니다. 이건 레이의 이야기다. 그러나 여러분이 분위기를 파악
하기 위해서는, 젊은 헬 이야기를 어쩔 수 없이 조금은 할 필요
가 있겠다.

헬은 나쁜 녀석이었다. 모두 그렇게 말했다. 그 집안에는 윈
터스 가의 청년들이 셋 있었다. 존, 헬, 에드워드였는데 모두
윈드피터 영감처럼 어깨가 떡 벌어진 장정이었고 다들 싸움꾼
이었으며 바람둥이였고 어느 모로 보나 전반적으로 나쁜 녀석
들이었다.

헬은 그 무리 중에서도 최악이었고 언제나 뭔가 사악한 짓을
꾸미고 있었다. 한번은 아버지의 제재소에서 판자를 한 무더기
훔쳐다가 와인즈버그에서 팔기도 했다. 그 돈으로 그는 화려한
싸구려 양복을 사 입었다. 그리고 술에 취해 아버지가 길길이
날뛰며 그를 찾아 읍내로 들어왔을 때 메인 스트리트에서 요란
하게 주먹다짐을 했고 두 사람은 함께 체포되어 유치장 신세를
졌다.

헬이 윌스 농장에서 일하게 된 것도, 그쪽에 그의 마음을 사
로잡은 시골 학교 교사가 하나 있었기 때문이었다. 당시 그는
불과 스물두 살이었지만 와인즈버그에서 소위 '여난(女難)'이라
고 불리는 사건들에 이미 두세 번쯤 휘말린 적이 있었다. 헬이

학교 선생에게 홀딱 반했다는 소식을 들은 사람들은 하나같이 끝이 좋지 못할 거라고 믿어 의심치 않았다. "두고 보라고, 괜히 그 선생을 곤경에 빠뜨리고 말 거야." 그런 말들이 사람들 입에 오르내렸다.

그래서 이 두 남자, 레이와 헬은 늦은 10월 어느 날 밭에서 일을 하고 있었다. 옥수수 껍질을 벗기고 있었고, 가끔 뭐라고 말하면 둘이서 큰 소리로 웃곤 했다. 그리고 정적이 깔렸다. 둘 중에서 좀 더 예민한 편이고 언제나 이런저런 일들을 더 신경 쓰는 레이는 손바닥 허물이 벗어져 아팠다. 그는 양손을 코트 주머니에 넣고 밭 너머를 멀리 바라보았다. 어쩐지 슬프고 착잡한 기분이 들어 전원의 아름다움에 마음이 흔들렸다. 여러분이 가을의 와인즈버그 시골을 안다면, 야트막한 언덕들에 온통 노랑과 빨간색이 흩뿌려진 그 풍경을 안다면 그의 감정을 이해할 수 있을 것이다. 그는 오래전 그때, 당시 빵집 주인이던 아버지와 함께 살던 청년 시절을 생각하기 시작했고, 그런 날이면 숲 속을 헤매며 견과류를 줍고 토끼를 사냥하거나 그저 빈둥거리며 파이프 담배를 피웠던 기억을 떠올렸다. 그렇게 배회하던 날들 덕분에 결혼도 하게 되었다. 아버지의 가게에서 장사를 돕던 소녀를 꼬드겨 함께 숲 속으로 들어갔는데 뭔가 일이 일어났던 것이다. 그날 오후 그 일로 일평생이 어떻게 달라졌는지 생각하다가 문득 그의 마음속에 반항심이 깨어났다. 그는 헬을 까맣게 잊고 중얼거렸다. "신한테 사기를 당한 거야, 바로 그거야, 인생한테 사기당해서 병신이 됐어." 그는 나지막한 목소리로 말했다.

그의 생각을 다 안다는 듯 헬 윈터스가 큰 소리로 말했다. "아니, 그래서 그럴 가치가 있습디까? 뭐가 어떻게 된 거예요, 네? 결혼이랑 그런 것들, 다 어떡하죠?" 그는 이렇게 묻고는 껄껄 웃었다. 헬은 계속 웃어대고 싶었지만 사실 그 역시 진지한 마음이었다. 그는 진지하게 말하기 시작했다. "남자가 꼭 결혼을 해야 합니까?" 그가 물었다. "마구에 묶여서 평생 말처럼 이리저리 몰려다녀야 하는 거냐고요?"

헬은 대답을 기다리지 않고 벌떡 일어나 옥수숫단 사이를 이리저리 서성이기 시작했다. 그는 점점 더 감정이 복받쳤다. 갑자기 허리를 굽힌 그는 노란 옥수수를 하나 주워 들고서 울타리를 겨냥해 던졌다. "나 때문에 넬 건터가 곤란해졌어요." 그가 말했다. "제가 말을 하는데, 영감님이 계속 입을 다물고 있잖아요."

레이 피어슨이 일어나 서서 물끄러미 그를 바라보았다. 레이가 헬보다 거의 30센티미터쯤 작았기 때문에, 젊은 친구가 다가와 나이 지긋한 사내의 어깨에 손을 얹었을 때 그림이 참 볼만했다. 두 사람이 서 있는 텅 빈 벌판 뒤로 조용한 옥수숫단이 줄지어 늘어서 있었고 저 멀리 언덕들은 빨갛고 노랗게 물들어 있었다. 그저 무관심한 일꾼 둘에 불과했던 그들은 갑자기 서로에게 생생하게 살아났다. 헬은 그것을 감지했고, 그게 자기 방식이었기에 웃음을 터뜨렸다. "자, 영감님." 그는 어색하게 말했다. "어서, 충고를 해줘요. 내가 넬을 곤란하게 만들었단 말이에요. 아마 영감님도 똑같은 문제가 있었을 텐데요. 모두들 옳은 일이라고 하는 게 뭔지는 나도 압니다. 하지만 어떻게 생각하세요? 결혼을 하고 정착해야 합니까? 굴레를 둘러쓰고 늙은 말처럼 닳도록 일을 해야 되는 걸까요? 날 아시잖아요, 레이. 남한테 길들여질 놈은 아니지만 나 자신은 길들일 수 있습니다. 마음을 먹고 해치워야 할까요, 아니면 넬한테 지옥에나 가버리라고 말해야 할까요? 어서요, 말해줘요. 무슨 말을 하든, 레이, 내가 그렇게 할게요."

레이는 답을 할 수 없었다. 그는 핼의 손을 뿌리치고 돌아서서 곧장 헛간 쪽으로 걸어가버렸다. 그는 예민한 남자였기에 눈에는 눈물이 맺혀 있었다. 늙은 윈드피터 윈터스의 아들 핼 윈터스에게 해줄 말은 단 하나뿐이라는 걸 알고 있었다. 그가 받은 수련에 부합하고 그가 아는 모든 사람들이 인정할 만한 말은 딱 하나밖에 없다는 걸 알고 있었지만, 그는 때려죽여도 자기가 해야 하는 그 말만큼은 할 수가 없었다.

그날 오후 4시 반에 레이가 헛간에서 꾸무럭거리고 있는데 아내가 개천 옆길로 와서 그를 불렀다. 핼과 이야기를 나눈 뒤로 레이는 옥수수밭으로 다시 돌아가지 않고 헛간에서만 일을 했다. 이미 그날 저녁의 일들을 다 끝냈고, 핼이 옷을 말쑥하게 차려입고 읍내에서 떠들썩한 밤을 보내려고 농장에서 나와 길로 들어서는 모습도 보았다. 아내 뒤에서 자기 집 쪽으로 가는 길을 터벅터벅 걸으면서도 레이는 땅바닥을 내려다보며 생각에 잠겨 있었다. 그는 뭐가 잘못된 건지 알아낼 수가 없었다.

눈을 들어 스러지는 빛 속의 전원이 얼마나 아름다운지 볼 때마다 그는 이제까지 한 번도 해보지 않은 일을 저질러버리고 싶은 마음이 들었다. 소리를 지르거나 비명을 올리거나 주먹으로 아내를 치거나, 아니면 그 비슷하게 예상 밖의 무시무시한 일을 저지르고 싶었다. 길을 따라 걸으며 그는 머리를 긁어대고 그게 뭔지 알아내려 애썼다. 그는 아내의 등을 무섭게 노려보았지만 아내는 괜찮아 보였다.

그녀는 그저 남편이 읍내에 가서 장을 봐주길 원할 뿐이었고 그 말을 하고는 곧장 잔소리를 하기 시작했다. "당신은 늘 그렇게 꾸무럭거린다니까. 이젠 당신도 뭘 척척 해치워봐. 집 안에 저녁거리가 하나도 없으니까 서둘러서 시내에 좀 갔다 와요."

레이는 자기 집에 들어가서 문 뒤의 고리에서 코트를 챙겼다. 호주머니 근처는 해어지고 옷깃은 번들거렸다. 아내는 침실로 들어가더니 잠시 후 때가 꼬질꼬질한 천을 한 손에 들고 다른 손으로는 3달러 은화를 내밀었다. 집 안 어딘가에서 아이가 서럽게 울고 있었고 난롯가에서 자고 있던 개 한 마리가 일어나서 하품을 했다. 이번에도 아내는 또 닦달을 했다. "애들이 울고 또 울고 있잖아. 왜 이렇게 당신은 만날 꾸물거려?"

레이는 집을 나가 울타리를 넘어 들판으로 갔다. 막 어스름이 깔리고 있었고 눈앞에 펼쳐진 풍경은 아름다웠다. 야트막한 언덕들이 단풍으로 뒤덮이고 울타리 모퉁이에 옹기종기 난 덤불들도 아름다움으로 생생하게 살아났다. 레이 피어슨에게 온 세상이 생생하게 살아났다. 옥수수밭에서 서로의 눈을 들여다보며 서 있던 때 헬이 갑자기 생생하게 살아났던 것처럼 말이다.

와인즈버그 근교 시골의 아름다움은 그 가을밤 레이가 감당할 수 없을 정도였다. 불쑥 그는 조용한 늙은 일꾼이라는 사실을 까맣게 잊고 해어진 코트를 벗어던지고는 들판을 가로질러 내달리기 시작했다. 달리면서 삶에 대해, 모든 삶에 대해, 삶을 추하게 만드는 모든 것들에 대해 항의의 외침을 내질렀다. "어떤 약속도 하지 않았어." 그는 사방을 에워싼 텅 빈 공간을 향해 외쳤다. "난 우리 미니에게 아무 약속도 하지 않았고 헬도 넬에게 아무것도 약속하지 않았어. 난 알아. 넬이 그와 함께 숲속으로 간 건 가고 싶었기 때문이라고. 그가 원한 걸 자기도 원했던 말이야. 어째서 내가 대가를 치러야 하지? 어째서 헬이 대가를 치러야 하는 거야? 어째서 누군가가 대가를 치러야 하느냐고? 헬이 늙고 지치는 걸 원치 않아. 그에게 말할 거야. 그런 일이 계속되게 둘 수가 없어. 읍내에 가기 전에 헬을 붙잡아서 내가 말해줄 거야."

레이는 서투르게 달려가다가 넘어져서 쓰러졌다. "헬을 붙잡아서 말해줘야 해." 그는 계속 그 생각뿐이었고, 숨이 헐떡헐떡 넘어가도 더욱더 힘을 내어 달렸다. 달리면서 수년 동안 자기 마음속에 담지 않았던 것들을 생각했다. 결혼할 무렵 그가 오리건 주 포틀랜드에 사는 삼촌이 있는 서부에 갈 생각을 하고 있었다는 것, 농장 일꾼이 되기 싫었고 서부로 가게 되면 바다로 나가 선원이 되거나 목장에 취직해 서부의 마을들로 말을 타고 내달리고 싶었다는 것, 고함을 지르고 웃어대고 야성적인 부르짖음으로 집 안에서 자는 사람들을 깨우고 싶었다는 걸 떠올렸다. 그리고 달려가면서 아이들을 기억해냈고 상상 속에서 그 아이들의 손이 자기를 붙드는 느낌을 받았다. 자기 자신에 대한 모든 생각들은 헬의 생각과 이어져 있었고, 그는 아이들이 그 젊은이도 붙들고 있는 느낌을 받았다. "저 아이들은 삶에서 우연히 일어난 사고야, 헬." 그는 외쳤다. "내 것도 네 것도 아니야. 나는 저 애들과 아무 상관이 없단 말이야."

어둠이 들판에 깔리기 시작했고 레이 피어슨은 달리고 또 달렸다. 그의 숨결이 이제 작은 흐느낌으로 흘러나왔다. 막다른 길의 울타리에 다다라 헬 윈터스와 마주쳤을 때, 말쑥하게 차려입고 경쾌한 발걸음으로 걸어가며 파이프를 피우는 그 모습을 보았을 때, 그는 도저히 머릿속의 생각을, 자기가 원하는 게 무엇인지, 말할 수 없었다.

레이 피어슨은 용기를 잃었고 이것이 정말로 그에게 일어난 이야기의 결말이다. 울타리에 다다랐을 때는 거의 캄캄했고 그는 울타리 위에 손을 얹고 서서 물끄러미 바라보기만 했다. 헬 윈터스가 도랑을 훌쩍 뛰어넘어 레이에게 가까이 다가와 양손을 호주머니에 넣고 웃었다. 그 나름대로 옥수수밭에서 일어났던 일에 대한 감각을 잃은 헬은 튼튼한 한 손을 내밀어 레이의 외투 깃을 잡더니 말을 듣지 않는 개를 잡고 흔들 듯 노인을 흔들어대기 시작했다.

"지금 나한테 충고란 걸 하러 온 거요, 어?" 그는 말했다. "뭐, 나한테 아무 소리도 하지 마쇼. 나는 겁쟁이가 아니고 이미 마음을 먹었으니까." 그는 껄껄 웃더니 다시 도랑을 훌쩍 뛰어 넘어갔다. "넬은 바보가 아니거든." 그가 말했다. "그 여자가 나한테 결혼해달라고 한 게 아니야. 내가 그 여자하고 결혼하고 싶은 거지. 정착을 해서 아이들을 낳고 싶어요."

레이 피어슨도 웃음을 터뜨렸다. 그는 자기 자신과 온 세상을 한바탕 비웃고 싶었다.

핼 윈터스의 형체가 와인즈버그로 가는 길 위에 드리운 어스름 속으로 사라지자, 레이는 돌아서서 천천히 들판을 가로질러 해어진 코트를 놓아둔 곳으로 걸어갔다. 걸어가는 사이 틀림없이 시냇가 쓰러져가는 판잣집에서 앙상한 다리를 한 아이들과 보낸 즐거운 저녁 시간들의 추억이 떠올랐던 모양이다. 그는 이렇게 중얼거렸다. "그래도 괜찮지. 내가 무슨 소리를 해주었더라도 다 거짓말이었을 테니까." 그는 부드럽게 말했고, 곧 그의 형체도 들판의 어둠 속으로 사라졌다.

술

톰 포스터는 아직 젊어서 새로운 인상들을 받아들일 수 있을 때 신시내티에서 와인즈버그로 왔다. 그의 할머니는 읍내 근처의 농장에서 자라났고, 소녀 시절 와인즈버그가 트러니언 파이크의 잡화상 근처에 옹기종기 모여 있는 열두 채 내지 열다섯채 집들로 이루어진 작은 마을이던 시절에 학교를 다녔다.

서부 개척 정착지에서 떠나온 이래로 할머니는 얼마나 파란만장한 삶을 살아왔는지! 게다가 얼마나 강인하고 유능한 노인이었는지! 그녀는 캔자스에서, 캐나다에서, 뉴욕 시에서 살았고 정비공이던 남편이 세상을 떠나기 전 세상을 여행하며 살았다. 훗날 그녀는 딸과 함께 살러 갔는데, 딸 역시 정비공과 결혼해 신시내티에서 강 건너에 있는 켄터키 주 코빙턴에서 살고 있었다.

그리고 톰 포스터의 할머니에게 어려운 시절이 닥쳐왔다. 먼저 사위가 파업 중에 경찰에게 살해당했고 톰의 어머니가 병이 들어 또 세상을 떠나버렸다. 할머니는 저축해둔 돈이 약간 있었지만 딸의 병간호와 두 번의 장례식 비용으로 다 날리고 말았다. 그녀는 진이 반쯤 빠진 품팔이 할멈이 되어 신시내티의 뒷골목 폐품상 위층에 손자와 살았다. 5년 동안 사무실 건물 바닥을 걸레질한 끝에 식당에 취직해 설거지를 하게 되었다. 손은 다 뒤틀려 일그러졌다. 걸레나 빗자루를 잡으면 그 손이 나뭇가지에 들러붙는 늙은 넝쿨 식물의 메마른 줄기처럼 보였다.

노파는 기회가 생기자 곧장 와인즈버그로 돌아왔다. 어느 날 밤 퇴근하는 길에 그녀는 37달러가 든 돈지갑을 발견했고, 그것이 길을 터주었다. 여행은 소년에게 엄청난 모험이었다. 할머니가 늙은 손에 돈지갑을 꼭 쥐고 집에 들어온 건 밤 7시가 지난 시각이었는데, 그녀는 너무 흥분해서 말을 잇지 못했다. 할머니는 아침까지 머물러 있으면 돈지갑 주인이 틀림없이 그들을 찾아내 말썽을 피울 테니 그날 밤 당장 떠나야 한다고 말했다. 당시 열여섯 살이었던 톰은 낡아빠진 담요에 소지품을 모조리 싸서 어깨에 들쳐 메고 터벅터벅 정거장까지 할머니를 따라가는 수밖에 없었다. 할머니는 그와 나란히 걸으며 발걸음을 재촉했다. 이가 다 빠진 늙은 입이 불안하게 씰룩거렸다. 톰이 지쳐서 횡단보도에 짐을 내려놓자 할머니는 휙 낚아채서 들었고, 아마 톰이 말리지 않았더라면 직접 등짐을 지고 갔을 것이다. 두 사람이 올라탄 기차가 시외로 빠져나오자 할머니는 소녀처럼 기뻐하며 예전에 한 번도 본 적이 없는 모습으로 수

다를 떨었다.

밤새도록 기차는 덜컹거리며 달렸고, 할머니는 톰에게 와인
즈버그의 이야기들을 들려주었다. 들판에서 일하며 숲 속의 야
생동물들을 총으로 쏘아 사냥하며 살면 정말로 즐거울 거라고
말해주었다. 할머니는 50년 전의 그 작은 마을이 당신이 없는
사이 번성하는 소도시로 성장했다는 사실을 믿을 수가 없었고,
아침에 열차가 와인즈버그에 도착했을 때는 내리기 싫어했다.
"내가 생각했던 곳이 아니구나. 네가 여기서 살기 힘들 수도 있
겠다." 할머니는 이렇게 말했고, 열차가 떠나고 나자 두 사람은
어디로 가야 할지도 몰라 혼란스러운 마음으로, 와인즈버그의
수하물 담당자 앨버트 롱워스 앞에 멍하니 서 있었다.

그러나 톰 포스터는 아주 잘 지냈다. 그는 어디 가도 잘 살 사
람이었다. 은행가의 아내 화이트 부인이 할머니를 주방에 고용
해주었고 그 역시 은행가가 새로 지은 벽돌 마구간에서 말구종
으로 취직했다.

와인즈버그에서는 하인들을 구하기가 어려웠다. 살림을 도와
줄 가정부를 원했던 여자는 가족들과 한 상에서 밥을 먹겠다고
우기는 '젊은 도우미'들을 고용했다. 화이트 부인은 도우미 처
녀들이 지긋지긋했기에 늙은 도시 여자를 붙잡을 기회를 놓치
지 않았다. 그녀는 헛간 2층에 톰이 묵을 방도 마련해주었다.
"말을 돌볼 필요가 없을 때는 잔디를 깎고 심부름을 보내면 돼
요." 부인은 남편에게 설명했다.

톰 포스터는 나이에 비해 덩치가 작았고 뻣뻣하게 서는 까만

머리칼을 지닌 대두였다. 머리카락 때문에 안 그래도 큰 머리가 더욱 커 보였다. 그의 목소리는 상상을 초월하리만큼 부드러웠고, 그 자신도 워낙 온화하고 조용해서 전혀 사람들의 주목을 끌지 않고 읍내의 삶에 스르르 동화되었다.

톰 포스터의 온화한 성격은 대체 어디서 온 건지 궁금해하지 않을 수가 없었다. 신시내티 주에서는 거친 청년 무리가 거리를 활보하는 험한 동네에 살았고, 성장기 내내 험한 소년들과 어울려 놀았다. 한동안 전보회사의 배달부로 일하면서 창녀촌들이 즐비한 동네에서 소식을 전달하고 살기도 했다. 집창촌의 창녀들은 톰 포스터와 친했고 그를 예뻐했으며, 갱단의 거친 소년들도 역시 그를 사랑했다.

톰은 결코 자기를 내세우지 않았다. 그래서 그는 빠져들지 않을 수 있었다. 이상하지만 톰은 늘, 삶의 벽이 드리운 그늘, 그 그림자 속에 서 있게 되곤 했다. 그는 욕정의 집들 속 남자와 여자들을 보았고, 그들이 아무렇지 않게 저지르는 끔찍한 불륜들을 보았으며, 소년들이 싸움하는 걸 보고 도둑질과 폭음의 이야기를 들었지만 동요하지 않았고 이상하리만큼 아무런 영향도 받지 않았다.

딱 한 번 톰이 도둑질을 한 적이 있었다. 아직 도시에 살 때의 일이었다. 당시 할머니가 몸이 아프셔서 그가 일을 나가야 했다. 집에 먹을 게 하나도 없어서 곁길에 있는 마구 파는 상점으로 들어가 현금 서랍에서 1달러 75센트를 훔쳤다.

마구 상점은 긴 콧수염을 기른 노인이 운영하고 있었다. 그는 소년이 주변에 어슬렁거리는 걸 보고도 전혀 신경 쓰지 않았다. 노인이 거리로 나가 마차꾼과 이야기를 하는 사이 톰은 현금 서랍을 열고 돈을 꺼내 걸어 나왔다. 나중에 그는 붙잡혔고 할머니는 한 달 동안 일주일에 두 번 상점을 청소해주겠다고 하고 문제를 해결했다. 소년은 부끄러웠지만 다행이다 싶기도 했다. "부끄러운 건 괜찮아요. 새로운 것들을 이해하게 해주니까." 그는 할머니에게 말했지만, 할머니는 소년이 무슨 말을 하는지 몰랐고 그저 소년을 너무 사랑해서 알아듣든 말든 아무 상관이 없었다.

1년 동안 톰 포스터는 은행가의 마구간에 살다가 실직했다. 말들을 그리 잘 돌보지 못했고, 언제나 은행가 사모님의 눈엣가시처럼 굴었기 때문이다. 부인이 잔디를 깎으라고 하면 그는 까맣게 잊었다. 그리고 상점이나 우체국에 보내면 돌아오지 않고 한 무리의 사내들이나 소년들과 어울려 그들과 함께 서서, 이야기를 들어주고 아주 가끔씩, 말을 걸면 몇 마디 대답을 하면서 오후 내내 시간을 보내는 것이었다. 집창촌들이 있고 밤새도록 거리를 뛰어다니는 거친 청년들이 있던 도시에서와 마찬가지로, 와인즈버그의 주민들 사이에서도 그는 언제나 자연스럽게 어우러지면서도 주변의 삶과 뚜렷하게 거리를 두는 힘을 갖고 있었다.

은행가 화이트의 집에서 쫓겨난 톰은 할머니와 함께 살지 않았다. 자주 저녁때 할머니가 그를 찾아오긴 했지만 말이다. 그는 루퍼스 파이팅 영감 소유의 작은 판잣집 뒷방을 하나 빌렸다. 그 건물은 메인 스트리트에서 바로 이어지는 듀에인 스트리트에 있었고 몇 년 동안 노인이 변호사 사무실로 썼던 곳이었다. 노인은 변호사 노릇을 계속하기에는 이제 기운도 없고 건망증도 심해졌지만 그런 비효율성을 아직 깨닫지 못하고 있었다. 노인은 톰을 좋아했고 한 달에 1달러만 받고 방을 쓰게 해주었다. 변호사가 집에 가고 난 늦은 오후 시간이 되면 소년은 그곳을 독차지하고 몇 시간 동안 난롯가 마룻바닥에 누워 이런저런 것들을 생각했다. 저녁이 되면 할머니가 와서 변호사 의자에 앉아 파이프를 피웠고 톰은 누구 앞에서나 그러하듯 말없이 있었다.

할머니는 굉장히 열띤 말투로 이야기할 때가 종종 있었다. 은행가의 집에서 있었던 일에 화를 내면서 몇 시간 동안 야단을 칠 때도 있었다. 할머니는 자기 봉급으로 대걸레를 하나 사서 정기적으로 변호사 사무실을 청소해주었다. 그리고 사무실이 얼룩 하나 없이 깨끗해지고 청결한 냄새가 나면 점토 파이프에 불을 붙였고 톰과 함께 담배를 피웠다. "네가 죽을 준비가 되면 그때 나도 죽을 거야." 할머니는 의자 옆 마룻바닥에 누운 소년에게 말했다.

톰 포스터는 와인즈버그의 삶을 즐겼다. 주방 화덕 땔감을 자르거나 집 앞의 잔디를 깎아주는 것처럼 닥치는 대로 잡일을 했다. 5월 말 6월 초가 되면 밭에 나가 딸기를 땄다. 빈둥거릴 시간도 있었고 빈둥거리기를 즐기기도 했다. 은행가 화이트 씨가 입던 코트를 그에게 주었는데 입기에는 너무 컸지만 할머니가 사이즈를 줄여주었고, 같은 곳에서 얻은 털이 덧대어진 코트도 있었다. 군데군데 털이 빠지긴 했지만 코트는 따뜻했고 겨울이면 그걸 입고 자곤 했다. 그는 대충 잘 지내는 방식이 그럭저럭 괜찮다고 여겼고 와인즈버그에서의 삶이 잘 풀렸다고 생각하며 행복하고 만족스러워했다.

터무니없이 사소한 것들에 톰은 행복해했다. 내가 보기에는, 그래서 사람들이 그를 사랑했던 것 같다. 헌스 식료품점에서는 토요일에 몰리는 수요를 미리 준비하며 금요일 오후에 커피를 볶곤 했는데, 그 짙고 풍부한 향이 메인 스트리트로 침범해 들어오곤 했다. 톰 포스터는 그럴 때 나타나서 상점 뒤편 상자에 앉아 있었다. 한 시간 동안 꼼짝도 앉고 앉아 온 존재를 그 코를 찌르는 향기로 채우면 행복감에 반쯤 취할 지경이 되었다. "좋아요." 그는 온화하게 말했다. "아득하게 먼 곳에 있는 것들이 생각나요. 장소들과 사물들 그런 거요."

어느 날 밤 톰 포스터는 술에 취했다. 그것도 희한한 방식으로 그렇게 되었다. 그는 예전에 한 번도 술에 취한 적이 없었고, 평생 동안 주류는 한 모금도 입에 대지 않았지만, 그때만큼은 취해야겠다는 생각이 들어서 저질렀다.

신시내티에 살던 때, 톰은 수많은 것들을 깨달았다. 추함과 범죄와 욕정에 대한 것들이었다. 사실, 그는 와인즈버그의 사람들 그 누구보다 이런 것들에 대해 잘 알았다. 특히 섹스의 문제는 그에게 아주 끔찍한 방식으로 다가왔고 마음속에 깊은 인상을 새겼다. 추운 밤 허름한 집 앞에 서 있던 여자들과 발걸음을 멈추고 그녀들에게 말을 걸던 사내들의 눈빛을 보고 난 뒤로는, 자기 삶에서는 섹스를 아예 지워버리리라 생각했었다. 한번은 그 동네 여자가 그를 유혹해서 그녀와 함께 방으로 따라 들어갔던 적이 있었다. 그 방의 냄새나 여자의 눈에 떠오르던 탐욕스러운 표정을 결코 잊을 수 없었다. 그는 신물이 났고, 그 일은 아주 끔찍한 방식으로 영혼에 흉터를 남겼다. 그는 늘 여자들이 다들 할머니처럼, 굉장히 순진무구한 존재인 줄 알았었다. 그러나 그 방에서의 경험 이후 그는 마음속에서 여자들을 모두 지워버렸다. 천성이 너무나 온유했던 그는 그 무엇도 미워할 수 없었고, 이해할 수 없는 건 잊기로 작정했다.

그리고 톰은 와인즈버그에 올 때까지 정말로 잊었었다. 그런데 와인즈버그에서 2년을 산 후 무언가 마음속에서 꿈틀거리기 시작했다. 사방에 사랑을 나누는 젊은이들이 보였고 그 역시 젊은이였다. 무슨 일이 벌어졌는지 스스로 깨닫기도 전에 그 역시 사랑에 빠져 있었다. 그는 자기가 일하는 집 주인의 딸인 헬렌 화이트를 사랑하게 되었고 밤마다 정신을 차려보면 어느새 그녀를 생각하고 있었다.

그게 톰의 문제였고, 그는 나름대로 그걸 해결했다. 헬렌 화이트의 모습이 마음속에 떠오를 때마다 그냥 생각하기로 했고, 생각의 방식에만 신경 쓰기로 했던 것이다. 그는 욕망을 적절한 방향으로만 흐르도록 가둬두려고 싸움을 했다. 그 나름대로 작지만 조용하고 결연한 싸움이었다. 그리고 전반적으로 그는 승리를 거두고 있었다.

그런데 술에 취하던 그 봄날의 밤이 오고 말았다. 톰은 그날 밤 미친 듯이 날뛰었다. 미치게 만드는 독초를 숲 속에서 주워 먹은 천진한 어린 수사슴 같았다. 그것은 시작되어, 궤도를 달리고 나서는, 하룻밤 만에 끝났고, 장담하지만 와인즈버그에서 톰의 폭주로 해를 입은 사람은 아무도 없었다.

일단 그날은 예민한 천성을 술에 취하게 만들 만한 밤이었다. 읍내 주택가를 따라 늘어선 가로수들은 모두 보드라운 녹색 잎사귀로 새 옷을 갈아입었고, 집 뒤 뜨락의 야채 텃밭에서 남자들은 꾸무럭거리고 있었으며 공기 중에는 숨죽인 느낌이 흘렀다. 피를 끓게 만드는, 무언가를 기다리는 듯한 침묵이 깔려 있었다.

톰은 초저녁을 체감하게 될 무렵 듀에인 스트리트의 자기 방을 나왔다. 처음에는 거리를 따라 걸었다. 조용히, 온화하게 걸으면서 말로 형용할 수 없는 생각들에 사로잡혔다. 그는 헬렌 화이트가 허공에서 춤추는 불꽃이고 자기 자신은 잎사귀 하나 없이 하늘을 날카롭게 꿰찌르며 서 있는 작은 나무라고 말했다. 그다음에는 그녀가 바람이고, 폭풍우 치는 바다의 어둠에서 불어오는 거세고 무서운 바람이며 자신은 어부가 바닷가에 두고 간 거룻배라고 말했다.

그 생각에 소년은 기분이 좋아져서 머릿속에서 생각을 희롱하며 팔짝팔짝 뛰었다. 그는 메인 스트리트로 들어서서 왜커 담배 가게 앞의 연석에 앉았다. 한 시간 동안 그곳에 머무르며 사람들의 말소리를 들었지만 별로 흥미가 생기지 않아 슬쩍 빠져나왔다. 그리고 술에 취하기로 결심하고 윌리의 술집에 들어가 위스키 한 병을 샀다. 술병을 호주머니에 넣고 그는 마을 밖으로 걸어 나갔다. 혼자 있으면서 더 많은 생각들을 하고 위스키를 마시고 싶었던 것이다.

톰은 읍내에서 북쪽으로 1마일쯤 떨어진 길가 여린 새 풀이 돋은 강둑에 앉아 술을 마셨다. 눈앞에는 하얀 길이 펼쳐져 있었고 등 뒤로는 한창 꽃이 만개한 사과 과수원이 있었다. 그는 병째 술을 한 모금 마시고 풀밭에 드러누웠다. 그는 와인즈버그에 찾아오는 아침과 은행가 화이트 씨네 집을 돌아가는 마찻길 자갈돌들이 이슬에 젖은 채 아침 햇살을 받아 반들반들 빛나는 모습을 생각했다. 비가 내릴 때 마구간에서 보낸 밤들을 생각하며 빗방울이 천장을 두드리는 소리에 귀를 기울이고 말과 건초의 따뜻한 냄새를 맡으며 깨어 있던 시간들을 떠올렸다. 그리고 며칠 전 포효하며 와인즈버그를 관통해 지나간 폭풍우를 생각했고, 마음으로 시간을 거슬러 할머니와 둘이 신시내티에서 들어올 때 기차에서 보냈던 밤을 다시 한 번 체험했다. 객차에 조용히 앉아 밤을 헤치며 달리도록 기차를 앞으로 무섭게 밀어내는 엔진의 힘을 체감하던 그 느낌이 얼마나 생경했는지 날카롭게 추억했다.

톰은 단시간에 취기가 올랐다. 생각들이 찾아올 때마다 병째 술을 마셨고 머리가 핑핑 돌기 시작하자 일어서서 길을 따라 와인즈버그에서 멀어지는 쪽으로 걸었다. 와인즈버그 북쪽으로 뻗어나가 이리 호수로 이어지는 길에 다리가 하나 있었는데, 술에 취한 소년은 그 길을 따라 다리까지 갔다. 거기서 그는 주저앉았다. 다시 술을 마시려 했지만 막상 술병 코르크 마개를 따자 속이 메슥거려서 재빨리 다시 닫았다. 머리가 앞뒤로 힘없이 꺼떡거리는 바람에 다리로 이어지는 징검다리에 주저앉아 한숨을 쉬었다. 그의 머리가 팔랑개비처럼 사방으로 날아다니다가 우주로 발사된 것 같았고, 그의 팔다리는 무기력하게 사방으로 퍼덕거렸다.

11시에 톰은 다시 읍내로 돌아갔다. 배회하고 있던 그를 조지 윌러드가 발견해서 〈이글〉 인쇄소로 데리고 갔다. 그리고 술에 취한 소년이 마룻바닥을 엉망으로 만들까 봐 겁이 나서 비좁은 통로로 부축해 데리고 갔다.

기자는 톰 포스터 때문에 혼란스러워졌다. 술에 취한 소년이 헬렌 화이트 얘기를 하면서 자기가 바닷가에서 그녀와 함께 있었고, 그녀와 사랑을 나누었다고 했기 때문이다. 조지는 저녁 시간에 헬렌 화이트가 부친과 함께 거리를 걷고 있는 모습을 보았기 때문에 톰이 머리가 어떻게 되었다고 생각했다. 그 자신의 심장에 숨어 있던 헬렌 화이트에 대한 감정이 화르륵 불꽃처럼 타올라 화가 치밀어 올랐다. "그런 짓은 그만둬." 그가 말했다. "헬렌 화이트의 이름을 이런 일에 끌고 들어오는 건 참을 수 없어. 절대 내가 두고 보지 않을 거야." 그는 톰의 어깨를 흔들며 알아듣게 하려고 애썼다. "그만두라고." 그는 다시 말했다.

이렇게 이상하게 한자리에 있게 된 두 젊은이는 세 시간 동안 인쇄소에 머물러 있었다. 톰이 약간 정신을 차리자 조지는 그를 데리고 산책을 나갔다. 그들은 시골로 가서 숲의 초입에 있는 통나무에 걸터앉았다. 고요한 그 밤 무언가가 두 사람의 마음을 서로 끌어당겼고 술 취한 소년의 머리가 맑아지기 시작하자 두 사람은 이야기를 나누었다.

"술에 취하니까 좋았어." 톰 포스터가 말했다. "그 일로 뭔가를 배우게 됐어. 다시는 그러지 않아도 될 거야. 앞으로는 좀 더 명료하게 생각을 할 거야. 어떤 건지 알잖아."

조지 윌러드는 잘 알지 못했지만, 헬렌 화이트와 관련된 분노는 이미 지나갔고, 창백하고 흐트러진 소년에게 세상 그 누구에게도 느껴보지 못한 강렬한 이끌림을 느꼈다. 조지는 어머니처럼 걱정을 하면서 톰에게 일어나서 좀 걸어보라고 우겼다. 두 사람은 다시 인쇄소로 돌아와서 어둠 속에서 말없이 앉아 있었다.

기자는 톰 포스터가 왜 그런 행동을 했는지 마음속에서 깔끔하게 정리가 되지 않았다. 톰이 다시 헬렌 화이트 얘기를 꺼내자 또 화가 치밀어 마구 야단을 치기 시작했다. "너 그런 짓 그만둬." 그는 날카롭게 쏘아붙였다. "헬렌하고 같이 있지 않았잖아. 대체 그런 소리는 왜 하는 거야? 그따위 말들을 계속하는 이유가 뭐냐고? 이제 당장 그만둬, 알았어?"

톰은 상처를 받았다. 그는 싸움을 할 수 없는 천성이었기 때문에 조지 윌러드와 싸울 수는 없었고, 그래서 그냥 가려고 일어섰다. 조지 윌러드가 끈질기게 다그치자, 톰은 자기보다 나이가 많은 형의 어깨에 손을 얹고 설명을 하려고 노력했다.

"그러니까 말이야." 그는 부드럽게 말했다. "어떻게 된 건지 나는 몰라. 난 행복했어. 어떤 건지 알잖아. 헬렌 화이트 때문에 행복했고, 밤 때문에 행복했어. 난 괴로워하고 싶고, 상처를 받고 싶었어. 그렇게 해야 한다고 생각했었어. 있잖아, 모두들 괴로워하고 잘못된 일을 하니까 나도 그러고 싶었어. 할 일들을 아주 많이 생각해봤는데, 그래서는 될 것 같지가 않았어. 전부 다른 사람들에게 상처를 주는 일들이었거든."

톰 포스터의 언성이 높아지더니, 평생 처음으로 거의 흥분하다시피 했다. "그건 꼭 사랑을 나누는 것 같았어, 그게 내 말뜻이야." 그는 해명을 했다. "어떻게 된 건지 모르겠어? 내가 저지른 짓을 하고서 모든 걸 생경하게 만드니까 내가 마음이 아팠어. 그래서 그렇게 한 거야. 그리고 다행이라는 생각도 들어. 뭔가 배운 게 있거든, 바로 그거야, 그게 내가 원했던 거야. 이해 못 하겠어? 난 이런저런 것들을 배우고 싶었다고, 그런 거야. 그래서 내가 그랬던 거야."

죽음

헤프너 블록의 파리스 건조식품회사 점포 위층에 자리한 리피 박사의 진료실로 올라가는 계단은 조명이 몹시 어두침침했다. 계단 끝에 브래킷으로 벽에 고정된 등불 하나가 있었는데 등피가 더러워져 있었다. 등불에 달린 양철 반사경은 녹슬어 갈색이 된 데다 먼지로 뒤덮여 있었다. 계단을 올라가는 사람들은 앞서간 수많은 사람들의 발자취를 따라 걸었다. 층계의 부드러운 널판들은 오가는 사람들의 발에 휘어져 움푹 꺼진 자리를 따라 길이 나 있었다.

  층계 맨 위에서 오른쪽으로 꺾어지면 의사의 진료실로 들어가게 되어 있었다. 왼쪽으로 돌면 쓰레기가 잔뜩 쌓여 있는 어두운 복도가 나왔다. 낡은 의자들, 목마들, 사다리와 빈 상자들이 어둠 속에서 도사리고 앉아 사람들 정강이가 부딪히고 채어까지기를 기다렸다. 쓰레기 더미는 파리스 건조식품회사의 소유물이었다. 가게 카운터나 찬장들이 쓸모가 없어지면 직원들이 들고 계단 위로 올라와서 쓰레기 더미 위에 던져놓곤 했다.

리피 박사의 진료실은 마구간만큼 넓었다. 둥그렇고 배가 불룩한 난로가 방 한가운데에 놓여 있었다. 그 밑으로 마룻바닥에 무거운 판자들을 못 박아 고정시켜 톱밥을 담아두고 있었다. 문 옆에 있는 커다란 탁자는 과거 헤릭 의상실에서 맞춤옷을 진열하는 데 쓰였던 가구였다. 탁자는 책들, 병들, 수술도구들로 뒤덮여 있었다. 탁자 끄트머리에 존 스패니어드가 놓고 간 사과 서너 알이 있었다. 리피 박사의 친구인 묘목장 주인은 문간으로 들어오면서 호주머니에서 사과 몇 개를 슬쩍 꺼내놓았다.

중년의 리피 박사는 키가 크고 몸가짐이 서툴렀다. 훗날 기르게 되는 회색 턱수염은 아직 나지 않았고 윗입술 위로 갈색 콧수염을 기르고 있었다. 그는 우아한 사람이 아니었고, 나이가 들면 들수록, 팔다리를 어떻게 처리해야 할까 그 문제로 더욱 고심하게 되었다.

엘리자베스 윌러드가 결혼해서 산 지도 꽤 오랜 세월이 흘러 아들 조지가 열두 살인가 열네 살의 어엿한 소년이 되었을 때다. 여름날 오후가 되면 그녀는 가끔 닳아빠진 계단을 올라 리피 박사의 진료실을 찾곤 했다. 이미 그녀의 타고난 훤칠한 몸매는 구부정해져 기운 없이 몸을 질질 끌고 다니기 시작한 참이었다. 건강 문제라고 핑계를 대긴 했지만 대여섯 번도 넘게 이루어진 그 방문의 진짜 효과는 건강과 관련이 없었다. 그녀는 의사와 건강 애기도 나누었지만, 대체로 자기 삶에 대해서, 아니 두 사람의 삶과 와인즈버그에서 살아가면서 그들을 찾아 오는 생각들에 대해 이야기를 나누었다.

널찍하고 횅한 진료실에서 남자와 여자는 서로를 바라보며 앉아 있었고 두 사람은 아주 닮은 점이 많았다. 두 사람의 몸 은 달랐다. 눈 색깔도 다르고, 코 길이도 다르고, 존재의 반경 도 달랐지만, 그들 내면의 무언가가 같은 것을 의미했고 같은 분출을 원했으며, 아마 그들을 본 사람이 있었다면 똑같은 인 상으로 그들을 오래 기억했을 것이다. 훗날, 나이 들어 젊은 아내와 결혼했을 때 의사는 그 병든 여자와 함께 보낸 시간들 에 대한 이야기를 종종 아내에게 해주었고 엘리자베스에게 표 현할 수 없었던 아주 많은 것들을 표현했다. 의사는 노년에 거 의 시인의 경지에 달했고 그가 생각하는 과거의 일들은 시적 인 변화를 겪었다. "나는 살면서 기도가 필요한 시점에 다다랐 고, 그래서 신들을 만들어내서 그들에게 기도를 했지." 그는 말 했다. "나는 말로 기도를 읊조리지 않았고 무릎을 꿇지도 않았 지만 의자에 꼼짝도 않고 가만히 앉아 있었어. 메인 스트리트 가 뜨겁고 조용해지는 늦은 오후나 날씨가 음침한 겨울날이면, 신들이 진료실을 찾아왔고 나는 아무도 그들에 대해 모를 거라 고 생각했지. 그러다가 나는 이 여자 엘리자베스가 안다는 사 실을 깨달았어. 그녀 역시 같은 신들을 숭배하고 있다는 걸 알 았지. 내 생각에는 진료실에 신들이 있다고 생각해서 찾아오는 것 같았는데, 어차피 와도 단둘은 아니라서 더 좋아했던 것 같

아. 말로 형용할 수 없는 경험이었지. 하지만 그런 경험들은 남자들과 여자들에게 항상 별별 장소에서 다 일어나고 있을 거라는 생각이 들기는 해."

엘리자베스와 의사가 진료실에 앉아 두 인생에 대해 이야기를 나누는 여름날 오후에는 다른 사람들의 인생도 화제에 올랐다. 가끔씩 의사는 철학적인 경구를 만들었다. 그리고 재미있어하며 킬킬 웃었다. 간혹 침묵이 찾아오더라도, 한 마디 말이나 실마리가 던져지면 이상하게 말하는 사람의 삶이 밝혀졌고, 소망이 욕망이 되고, 반쯤 죽어 있던 꿈에 갑자기 화르륵 불이 붙어 되살아나곤 했다. 대체로 그 말들은 여자에게서 왔고, 그녀는 남자를 보지 않고 그 말들을 했다.

의사를 만나러 올 때마다 호텔 경영인의 아내는 조금씩 더 자유롭게 말했고 한 시간이나 두 시간 의사와 함께 지내고 나면 따분한 그녀의 일상에 맞서 새롭게 원기를 찾고 기운이 샘솟는 느낌으로 층계를 내려가 메인 스트리트로 나갔다. 소녀 시절에 가까운 무언가가 길을 따라 걷는 그녀의 몸에 획 들어왔지만, 그녀 방 창가의 의자에 돌아가 앉고 어둠이 내리고 호텔 식당의 여자애가 쟁반에 식사를 받쳐 들고 들어오면 그 소녀 시절의 무언가는 차갑게 방치되어 식어버렸다. 머릿속 생각들은 모험을 향한 열렬한 갈망을 품고 소녀 시절로 내쳐 달려갔고, 그녀는 모험이라는 게 가능한 일이었던 시절 자신을 품에 안아주었던 남자들의 두 팔을 기억했다. 특히 한동안 그녀의 연인이었고 격정에 휩싸인 순간 수백 번도 넘게 똑같은 말을 미친 듯이 하고 또 했던 한 남자를 기억했다. "내 소중한 사람! 소중한 내 사람! 어여쁜 내 사랑!" 그 말들은, 그녀가 삶에서 성취하고 싶었던 어떤 것을 표현해주었다는 생각이 들었다.

허름한 낡은 호텔 그녀의 방에서 호텔 경영인의 병든 아내는 흐느껴 울기 시작했고, 얼굴을 두 손에 묻고 몸을 앞뒤로 흔들었다. 유일한 친구인 리피 박사의 말들이 귓전에 울렸다. "사랑은 검은 밤에 나무 밑 풀을 흔드는 바람 같은 것이죠." 그는 말했었다. "사랑을 확정지으려 하면 안 돼요. 그건 삶의 신성한 우연이니까요. 사랑을 규정하고 확신을 가지려 애쓰고, 부드러운 밤바람이 부는 나무 밑에서 살려고 애쓰면, 환멸의 길고 뜨거운 날들이 금세 닥쳐오고 지나치는 승합마차들의 흙먼지가 키스로 달아올라 보드라워진 입술에 달라붙을 겁니다."

엘리자베스 윌러드는 다섯 살밖에 안 되었을 때 돌아가신 어머니가 기억나지 않았다. 그녀는 소녀 시절을, 상상력이 닿는 최대한으로 아무렇게나 되는대로 살았다. 아버지는 그저 다른 사람의 간섭 없이 살기를 원하는 분이었지만 호텔 일은 아버지를 가만두지 않았다. 그 역시 병든 사람으로 살다가 죽었다. 날마다 명랑한 얼굴로 아침에 일어나곤 하셨지만, 오전 10시가 되면 그의 심장에서 모든 기쁨은 빠져나가고 없었다. 손님이 호텔 식당 음식 값이 너무 비싸다고 불평했을 때나, 이불 정리하는 하녀 하나가 결혼해서 떠나갔을 때도, 그는 발을 구르며 욕설을 퍼부었다. 밤이 되어 잠자리에 들면 그는 호텔을 들락날락하는 인파 속에서 자라나는 딸 생각을 했고 덮쳐오는 슬픔을 주체하지 못했다. 딸이 나이가 들어 저녁때 남자들과 함께 산책을 하기 시작하자 그는 딸에게 이야기를 해주고 싶었지만, 막상 애써보니 효과가 없었다. 그는 언제나 무슨 말을 해야 하는지 잊었고 자기 일들에 대한 불평만 하며 소일을 했다.

소녀 시절과 처녀 시절 엘리자베스는 삶에서 진짜 모험가가 되려고 노력했었다. 열여덟 살 때 삶에 심히 휩쓸려 이미 처녀가 아니었지만, 톰 윌러드와 결혼하기 전 대여섯 명과 사랑을 나누었다 해도 오로지 욕망에 이끌려 모험에 들어선 적은 없었다. 세상 모든 여자가 다 그러하듯 엘리자베스 역시 진짜 사랑하는 사람을 원했다. 언제나 맹목적으로 격정적으로 그녀가 추구하는 무언가가 있었다. 삶에 숨겨진 어떤 기적 같은 것들. 휘적휘적 당당한 걸음으로 남자들과 가로수 그늘 밑을 걸었던 키크고 아름다운 소녀는 손을 어둠 속에 넣고 누군가 다른 사람의 손을 잡으려고 끝없이 애쓰고 있었다. 함께 모험을 떠났던 남자들의 입술에서 흘러나온 횡설수설하는 말들 속에서 그녀에게 참된 말이 될 무언가를 찾아내려 애쓰고 있었다.

엘리자베스는 아버지 호텔의 직원 톰 윌러드와 결혼했는데, 이유는 결혼을 해야겠다는 결심이 그녀를 찾아왔을 때 그가 바로 곁에 있었고 그녀와 결혼하길 원했기 때문이었다. 대부분의 젊은 처녀들과 마찬가지로 한동안 그녀는 결혼이 인생의 전면을 바꾸어놓을 거라 생각했다. 마음속에 톰과의 결혼이 초래할 결과에 대한 의혹이 떠오르면 묵살하고 떨쳐버렸다. 그녀의 아버지는 당시 병들어 사경을 헤매고 있었고, 그녀 역시 막 끝난 연애의 허무한 결과로 어리둥절하고 혼란스러운 상태였다. 와인즈버그의 다른 또래 처녀들은 그녀가 항상 알고 지내던 남자들, 식료품점 점원이나 젊은 농부들과 결혼하고 있었다. 저녁이면 남편들과 함께 메인 스트리트를 걸었고 그녀가 지나가면 행복한 미소를 지었다. 그녀는 결혼이란 뭔가 숨겨진 의미로 충만할 거라 믿기 시작했다. 그녀가 이야기를 나눠본 젊은 아내들은 나직한 목소리로 수줍어하며 말했다. "너만의 남자를 가지면 만사가 달라져."

결혼식 전날 밤 혼란에 빠진 처녀는 아버지와 대화를 나누었다. 그때 병석에 누워 있던 환자와 단둘이 보낸 시간 때문에 결국 결혼을 결심하게 된 건 아닐까 그녀는 나중에 생각하게 되었다. 아버지는 당신 인생 얘기를 해주었고 딸에게 자기처럼 그런 진창으로 끌려 들어가지는 말라고 충고했다. 그는 톰 윌러드를 혹독하게 욕했고, 그럼으로써 결국 엘리자베스가 그 점원을 두둔하게 만들었다. 병든 아버지는 흥분해서 침대를 박차고 일어나려 했다. 엘리자베스가 산책을 못 하게 하자 그는 투덜거리기 시작했다. "도대체 평생 날 가만히 내버려두는 사람이 없었어." 그는 말했다. "열심히 일했지만 호텔의 수지를 맞추지는 못했지. 지금도 나는 은행에 진 빚이 있어. 내가 죽으면 너도 알게 될 거다."

병자의 목소리는 진지한 열의로 팽팽하게 긴장했다. 일어설 수가 없어서 그는 한 손을 내밀어 자기 곁에 앉아 있는 처녀의 머리를 만졌다. "탈출할 길이 있다." 그는 속삭였다. "톰 윌러드나 와인즈버그에 있는 어떤 사내놈과도 결혼하지 말아라. 내 트렁크 안 양철 상자 속에 800달러가 있어. 그걸 가지고 멀리 떠나라."

병든 남자의 목소리는 다시 시비조가 되었다. "꼭 약속해야 해." 그는 다짐을 받으려 했다. "결혼하지 않겠다고 약속 못 하겠으면, 톰에게 그 돈 얘기는 절대 하지 않겠다고 약속해다오. 그건 내 돈이니까 너한테 주면 그런 요구를 할 자격이 있다. 돈을 어디 숨겨놔. 아버지로서의 실패를 만회하기 위해서 이러는 거다. 언젠가 그 돈이 문이 될 거야. 활짝 열린 문이 될 거야. 어서, 난 이제 죽을 거야, 어서 약속을 해줘."

리피 박사의 진료실에서 마흔한 살의 지치고 앙상한 늙은 여자가 된 엘리자베스는 난로 근처 의자에 앉아 마룻바닥을 내려다보았다. 창가 작은 책상 옆에 의사가 앉아 있었다. 그의 손은 책상 위에 놓인 납 연필을 만지작거리고 있었다. 엘리자베스는 기혼녀가 된 자신의 삶에 대해 말했다. 그녀는 남 얘기를 하듯 무심했으며 남편은 까맣게 잊고 단순히 이야기에 요점을 강조하기 위한 조연으로만 활용했다. "그리고 난 결혼을 했는데, 전혀 잘 풀리지 못했어요." 그녀는 쓸쓸하게 말했다. "결혼하자마자 겁이 났지요. 아마 그전에도 이미 너무 많이 알고 있었는지 몰라요. 그래서 그와 함께 한 첫날밤에 너무 많은 걸 알아버렸나봐요. 기억이 나지 않아요.

내가 얼마나 바보였는지 몰라요. 아버지가 나한테 돈을 주시면서 결혼을 말릴 때, 난 귀담아듣지 않았어요. 결혼한 여자들이 한 말만 생각하면서 나도 결혼을 원했어요. 내가 원한 건 톰이 아니라 결혼이었죠. 아버지가 잠들고 나서 나는 창밖을 내다보며 그때까지 살아온 인생을 생각했어요. 나쁜 여자가 되고 싶지는 않았어요. 그 마을은 나에 대한 이야기들로 가득했거든요. 심지어 톰이 마음을 바꿀까 봐 두렵기까지 했어요."

여자의 목소리는 흥분으로 떨리기 시작했다. 무슨 일이 일어나고 있는지도 모른 채 그녀를 사랑하게 되어버린 리피 박사에게 이상한 환각이 찾아왔다. 그는 이야기를 하는 중에 여인의 몸이 변해서, 점점 젊어지고 반듯해지고 강인해지고 있다는 생각을 했다. 그 환각을 떨쳐버릴 수 없자 그의 마음은 이를 직업적으로 해석했다. "이렇게 말을 하는 건, 그녀의 몸과 마음 양면으로 좋은 일이야." 그는 중얼거렸다.

여자는 결혼을 하고 나서 몇 달이 지난 어느 날 오후 일어났던 사건에 대해 얘기하기 시작했다. 목소리가 점점 더 차분해졌다. "오후 늦게 혼자 드라이브를 나갔어요." 그녀는 말했다. "이륜마차와 모이어의 마차 대여점에 맡겨둔 작은 회색 조랑말이 있었거든요. 톰은 호텔 방들을 페인트칠하고 다시 도배하고 있었어요. 돈이 필요하다고 해서 나는 아버지가 주신 800달러에 대해 그에게 말할까 말까 마음을 정하려 하고 있었지요. 도저히 결심을 할 수가 없었어요. 그만큼 그이를 좋아하지 않았거든요. 그 시절에 그이 손과 얼굴에는 항상 페인트가 묻어 있었고 온몸에서 페인트 냄새가 났어요. 그이는 낡은 호텔을 고쳐서 새롭고 말쑥하게 만들려 하고 있었죠."

홍분한 여자는 의자에 아주 꼿꼿이 앉아 봄날 오후 혼자서 마차를 타고 나갔던 일을 얘기하며 손을 재빨리 소녀처럼 휙 저었다. "날이 흐렸고 곧 폭풍우가 닥칠 것 같았어요. 먹구름 때문에 나무들의 초록빛과 풀밭이 도드라져 그 색깔에 눈이 시릴 정도였죠. 트러니언 파이크 밖으로 1마일도 넘게 나갔다가 곁길로 돌았어요. 작은 말은 언덕을 아주 빨리 오르내렸죠. 나는 조바심이 났어요. 생각들이 많아져서 그 생각들로부터 도망치고 싶었어요. 나는 말을 때리기 시작했어요. 먹구름이 가라앉아 비가 내리기 시작했어요. 무시무시한 속도로 달리고 싶었어요. 계속, 계속 영원히 달리고 싶었죠. 마을을 훌훌 벗어던지고, 내 옷을 훌훌 벗어던지고, 결혼생활을 훌훌 벗고, 내 몸을 훌훌 벗고 모든 걸 벗어던지고 싶었어요. 그렇게 계속 달리게 만들려다가 하마터면 말을 죽일 뻔했어요. 도저히 말이 더 달릴 수 없게 되었을 때 나는 마차에서 내려 어둠 속으로 뛰어가다가 넘어져서 옆구리를 다쳤어요. 모든 걸 떨치고 도망가고 싶었는데, 또 한편으로는 무언가를 향해 달려가고 싶었던 거죠. 모르겠어요, 당신, 그게 어떤 마음이었는지?"

엘리자베스는 의자에서 벌떡 일어나 진료실 안을 서성거리기 시작했다. 리피 박사는 그녀처럼 걷는 사람은 한 번도 본 적이 없다는 생각을 했다. 그녀의 온몸에는 어떤 흔들림, 그를 취하게 만드는 리듬이 있었다. 그녀가 와서 그의 의자 옆 방바닥에 무릎을 꿇고 앉자, 그는 그녀를 껴안고 열렬히 키스를 하기 시작했다. "나는 집으로 오는 길에 내내 울었어요." 그녀는 광란의 드라이브 얘기를 계속하려 했지만, 그는 듣지 않았다. "아, 당신! 사랑스러운 당신! 아, 사랑스러운 어여쁜 당신!" 그는 중얼거렸고 자기 품 안에 마흔한 살의 지쳐빠진 여자가 아니라, 지쳐빠진 여자의 껍데기 같은 몸뚱어리를 벗어던지고 기적적으로 모습을 드러낸 사랑스럽고 천진한 소녀를 안고 있다고 생각했다.

리피 박사는 품에 안았던 여인을 그녀가 죽은 후에야 다시 볼 수 있었다. 그가 그녀의 연인이 되려던 찰나에 있었던 그 여름날 오후에 그로테스크하게까지 느껴지는 작은 사건이 일어나 그의 사랑을 금세 끝장내버렸던 것이다. 남자와 여자가 서로 꼭 껴안고 있을 때, 묵직한 발소리가 쿵쾅거리며 진료실 계단을 올라왔다. 두 사람은 벌떡 일어나서 인기척에 귀 기울이며 덜덜 떨었다. 층계의 시끄러운 소리는 파리스 건조식품회사의 직원이 낸 것이었다. 그는 시끄럽게 쾅 소리를 내며 텅 빈 상자를 복도 쓰레기 더미에 던지고는 무거운 발걸음으로 층계를 내려갔다. 엘리자베스는 거의 즉시 그의 뒤를 따랐다. 유일한 친구에게 이야기를 하는 동안 그녀 안에서 살아났던 그것은 갑자기 죽어버렸다. 그녀는 히스테리에 휩싸였고 리피 박사 역시 그러했기에, 더 이상 이야기를 계속하고 싶지 않아졌다. 거리를 걸어가면서도 그녀 몸속에서는 피가 여전히 노래를 부르고 있었지만 메인 스트리트에서 나와 저 멀리 뉴 윌러드 하우스의 불빛이 보이자 덜덜 떨리며 무릎이 흔들리기 시작해서 한순간 거리에서 그대로 쓰러져버릴 것만 같았다.

병든 여인은 인생의 마지막 몇 달을 죽음에 목말라하며 보냈다. 모색하고, 갈망하며, 죽음의 길을 따라 걸어갔다. 그녀는 죽음의 형상을 의인화했으며 한순간 죽음을 야산을 뛰어다니는 튼튼한 검은 머리 청년으로 만들었다가 다음 순간 삶이라는 사안으로 낙인찍히고 지울 수 없는 상처를 받은 엄하고 조용한 남자로 만들기도 했다. 방 안의 어둠 속에서 그녀는 손을 내밀었다. 침대 이불 밑에 있던 손을 뻗으며 죽음이 살아 있는 생명체처럼 자기 손을 그녀에게 내밀어줄 거라 생각했다. "조금만 참아요, 나의 애인." 그녀는 속삭였다. "젊고 아름다운 모습으로 계속 있어주면서 참을성 있게 기다려요."

질병이 무거운 손을 그녀 몸에 얹어 아들 조지에게 숨겨진 800달러에 대해 얘기해주려던 계획을 수포로 돌리던 날 밤, 그녀는 침대에서 나와 방 안을 반쯤 가로질러 기어가며 죽음에게 딱 한 시간의 삶을 더 허락해달라고 애원했다. "기다려, 얘야! 우리 아들! 아들! 우리 아들!" 그녀는 그토록 열렬하게 원했던 연인의 두 팔을 온 힘을 다해 뿌리치며 간절하게 애원했다.

엘리자베스는 아들 조지가 열여덟 살이 되던 해 3월의 어느 날 죽었고, 청년은 그 죽음의 의미를 아주 조금밖에 이해하지 못했다. 그건 오로지 시간만이 줄 수 있다. 한 달 동안 그는 침대에서 창백한 얼굴로 미동도 없이 말도 없이 누워 있는 어머니의 모습을 보았고, 어느 날 오후 의사가 복도에서 그를 불러 세워 몇 마디 말을 전했다.

청년은 자기 방으로 들어가 문을 닫았다. 복부에 기묘한, 텅 빈 느낌이 들었다. 그는 잠시 앉아서 마룻바닥만 물끄러미 쳐다보다가 벌떡 일어나 산책을 나갔다. 정거장 플랫폼을 따라 걷다가, 고등학교 건물을 지나 주택가를 지나치며 돌아다니면서 거의 온전히 자기 일만 생각했다. 죽음이라는 관념은 그를 움켜쥘 수 없었고, 그는 사실 어머니가 그날 돌아가셨다는 사실에 약간 짜증이 났다. 은행가의 딸 헬렌 화이트가 자기가 보낸 쪽지에 대해 보낸 답장을 방금 받았던 것이다. '오늘 그녀를 만나러 갈 수도 있었는데 이제 미뤄야 하잖아.' 그는 반쯤 화가 나서 생각했다.

엘리자베스는 금요일 오후 3시에 죽었다. 아침에는 춥고 비가 왔지만 오후에는 해가 났다. 죽기 전에 그녀는 마비 상태로 말도 못 하고 움직이지도 못 하고 오로지 마음과 눈만 살아 있는 채 엿새를 보냈다. 그 엿새 중 사흘은 아들 생각을 하면서, 그의 장래와 관련해 몇 마디 말을 전하려 고군분투하며 보냈고, 그녀의 눈빛에는 가슴 저미는 호소력이 있어 그걸 본 사람들은 마음속에서 그 죽어가는 여인의 추억을 몇 년 동안 지우지 못하고 품고 있었다. 언제나 반쯤은 아내를 불쾌하게 여겼던 톰 윌러드마저도 원망의 마음을 잊었고 눈에서 흘러내리는 눈물이 콧수염에 맺혔다. 콧수염은 허옇게 세기 시작해서 톰이 염색약으로 물들이고 있었다. 염색 목적으로 쓰는 약에 기름기가 있어서 눈물은 콧수염에 맺혔다가 손으로 훔쳐내자 증기처럼 고운 안개로 퍼졌다. 슬픔 속에서 톰 윌러드의 얼굴은 악천후에 오랫동안 나돌아다닌 강아지 얼굴처럼 보였다.

조지는 어머니가 돌아가신 날 어두워질 무렵 메인 스트리트를 따라 집으로 돌아왔고, 자기 방에 가서 머리와 옷을 가다듬은 후 복도로 내려와 시신이 누워 있는 방으로 들어갔다. 문간의 화장대에 촛불이 놓여 있었고 리피 박사가 침대 곁 의자에 앉아 있었다. 의사가 일어나서 나가려 했다. 그는 젊은이에게 인사를 하려는 듯 한 손을 내밀었다가 어색하게 다시 거두었다. 방 안 공기는 자의식에 찬 두 인간의 존재로 묵직했고, 남자는 서둘러 나갔다.

죽은 여자의 아들은 의자에 앉아 마룻바닥만 보았다. 그는 또 자기 일만 생각하면서 삶에 변화를 기해야겠다고, 와인즈버그를 떠나고야 말겠다고 결심을 했다. '어디 도시로 갈 거야. 아마 무슨 신문사에 취직할 수도 있을 거야.' 그는 생각했고, 그 마음은 오늘 밤을 같이 보냈어야 하는 처녀에게로 향했고 다시 그를 못 가게 만든 사태에 반쯤 화가 났다.

어두침침한 방 안에서 죽은 여자와 함께 있다보니 청년은 여러 생각들이 들기 시작했다. 그의 마음은 어머니의 마음이 죽음의 생각을 가지고 유희를 했듯 삶의 생각들을 가지고 희롱했다. 그는 눈을 감고 헬렌 화이트의 새빨간 젊은 입술이 그의 입술에 닿는 상상을 했다. 온몸이 떨리고 손이 흔들렸다. 그때 어떤 일이 일어났다. 소년은 벌떡 일어나 뻣뻣하게 굳은 채 섰다.

이불을 덮은 죽은 여자의 형상을 보자 자기 생각들에 대한 수치심이 덮쳐와 흐느껴 울기 시작했다. 새로운 생각이 그의 마음속에 들어왔고, 그는 돌아서서 누군가에게 관찰당하고 있기라도 한 듯 죄지은 사람처럼 주위를 두리번거렸다.

조지 윌러드는 어머니의 시신에서 시트를 걷어버리고 그 얼굴을 보고 싶은 광기에 휩싸였다. 마음속으로 들어온 생각이 무시무시하게 그를 움켜쥐었다. 그는 어머니가 아니라 다른 사람이 자기 눈앞의 침대에 누워 있다는 확신을 갖게 되었다. 그 확신이 너무 진짜 같아서 거의 견딜 수가 없었다. 호청 밑의 시신은 길었고 죽음 안에서 젊고 우아해 보였다. 이상한 망상에 붙들린 소년이 보기에, 그 모습은 말로 다할 수 없이 사랑스러웠다. 눈앞의 시신이 살아 있고, 금방이라도 사랑스러운 여인이 침대에서 일어나 그를 맞아줄 거라는 생각은 점점 압도적으로 변해서 긴장감을 차마 견디기 힘들 정도였다. 거듭거듭 그는 손을 내밀었다. 한번은 그녀를 덮고 있는 하얀 호청에 손을 대고 반쯤 걷어 올렸지만, 용기가 따라주지 않아 리피 박사처럼 돌아서서 방으로 나갔다. 문밖 복도에서 그는 발길을 멈추고 덜덜 떨리는 몸을 주체하기 위해 한 손으로 벽을 짚고 기댔다. "저건 우리 어머니가 아니야. 저기 있는 건 우리 어머니가 아니야." 그는 혼잣말로 속삭였고 또 한 번 그의 몸이 공포와 불확실성으로 크게 흔들렸다. 시신을 돌봐주러 온 엘리자베스 스위프트 부인이 옆방에서 나오자 그는 그녀의 손을 잡고 머리를 가로로 마구 저으며 슬픔으로 반쯤 넋을 놓고 흐느껴 울기 시작했다. "우리 어머니가 돌아가셨어요." 그는 말했고, 그 여자를 잊은 채 뒤로 돌아서서 방금 뛰쳐나온 문을 바라보았다. "아, 내 사랑, 사랑하는 당신, 어여쁜 당신." 소년은 자기 밖의 어떤 충동에 사로잡혀 큰 소리로 중얼거렸다.

여인이 그토록 오래 숨겨두었고 도시에서 새 출발을 할 수 있게 조지 윌러드에게 그토록 주고 싶어 했던 800달러로 말하자면, 어머니 침대 발치의 벽을 바른 회반죽 속 양철 상자에 들어 있었다. 엘리자베스가 결혼하기 일주일 전 지팡이로 회반죽을 부수고 거기 넣어두었다. 그리고 남편이 당시 호텔을 수리한다고 고용했던 일꾼 한 사람에게 벽을 발라달라고 부탁했다. "내가 침대 모퉁이로 찧어서 그렇게 됐어요." 당시만 해도 해방의 꿈을 포기할 수 없었던 그녀는 남편에게 말했다. 그 해방은 평생 단 두 번 찾아왔다. 그녀의 연인들인 죽음과 리피 박사가 품에 그녀를 꼭 안아주던 순간들에.

성숙

늦가을 초저녁이었고 와인즈버그 카운티 축제가 시골 사람들을 모두 읍내로 불러 모으고 있었다. 낮은 청명했고 밤은 따뜻하고 쾌적하게 다가왔다. 정상을 넘어가면 읍내 밖으로 이어지는 도로가 메마른 갈색 낙엽들로 뒤덮인 딸기밭 사이로 펼쳐지는 트러니언 파이크에서는, 지나치는 승합마차들이 일으키는 흙먼지가 구름처럼 일었다. 아이들은 공처럼 몸을 꼭 말고서 승합마차 바닥에 깔아놓은 짚더미 위에서 잠을 잤다. 머리카락은 먼지투성이였고 손가락은 까맣고 끈적끈적했다. 먼지가 들판 위로 휘몰아쳐 일어났고 떨어지는 해가 노을로 벌겋게 불타올랐다.

와인즈버그의 메인 스트리트에는 사람들 무리가 상점들과 인도를 가득 메웠다. 밤이 오고, 말들이 힝힝 울부짖었고, 가게 점원들은 미친 듯이 뛰어다녔고, 아이들은 길을 잃고 목 놓아

울어댔고, 미국의 마을은 즐거움을 찾기 위해 끔찍하게 노력을 기울였다.

메인 스트리트의 군중을 헤치고 지나온 젊은 조지 윌러드는 리피 박사의 진료실로 올라가는 층계에 몸을 숨기고 사람들을 바라보았다. 열에 들뜬 눈으로 상점 불빛 아래 표표히 떠다니는 얼굴들을 쳐다보았다. 생각들이 머릿속으로 계속 비집고 들어왔지만 생각하고 싶지가 않았다. 그는 조바심을 치며 나무 계단을 밟고서 날카롭게 주위를 두리번거렸다. "자, 그녀는 하루 종일 그와 함께 있을 건가? 이렇게까지 기다렸는데 다 헛수고란 말인가?" 그는 중얼거렸다.

오하이오 마을 소년 조지 윌러드는 급속하게 어른으로 성장하고 있었고, 새로운 생각들이 그의 마음속에 들어오고 있었다. 그날 하루 종일 그는 축제를 즐기는 사람들 가운데서 외로운 감정에 젖어 배회했다. 어딘가 다른 도시로 가서 도시의 신문사에 취직하겠다는 희망을 품고 와인즈버그를 떠나려는 참이었기 때문에 어른이 된 느낌이 들었다. 그를 사로잡은 기분은 남자들은 알지만 소년들은 모르는 감정이었다. 그는 나이가 들고 약간 지친 느낌이 들었다. 추억들이 그 안에서 깨어났다. 그의 마음속에서 새로운 성숙의 자각이 그를 다른 사람들과 갈라놓고 그를 반쯤 비극적인 인물로 만들었다. 그는 어머니의 죽음 이후 그를 사로잡은 그 감정을 누군가 다른 사람이 이해해주기를 바랐다.

모든 소년의 삶에는 처음으로 삶을 반추해 바라보는 시점이

오기 마련이다. 아마 그것이 소년이 경계선을 넘어 성인의 삶으로 들어가는 순간일 것이다. 소년은 자기 마을의 길거리를 걷고 있다. 미래를 생각하고 자기가 세상에서 차지하게 될 입지를 생각하고 있다. 야심과 회한이 마음속에서 깨어난다. 갑자기 어떤 변화가 일어난다. 그는 나무 밑에서 발길을 멈추고 자기 이름을 부르는 목소리를 기다리듯 기다린다. 옛것들의 유령들이 소년의 의식 속으로 슬며시 비집고 들어온다. 그의 외면에서 들려오는 목소리들이 삶의 한계에 대한 메시지를 속삭인다. 자기 자신과 미래에 대해 굳건한 확신을 품고 있던 소년은 갑자기 불안해진다. 상상력이 뛰어난 소년이라면 급작스럽게 문이 활짝 열리고 처음으로 세상을 내다보게 된다. 그리고 자신의 시간이 무(無)로부터 생겨나 이 세상에 나오기 전에, 이미 주어진 삶을 다 살고 무로 돌아간 수많은 사람들의 모습이 행진하듯 그의 눈앞을 스쳐 지나가는 모습을 보게 된다. 성숙의 슬픔이 소년을 찾아온 것이다. 살짝 숨을 몰아쉬며 그는 자기 자신이 바람에 날려 마을의 길거리를 헤매는 낙엽 한 장에 불과하다는 걸 깨닫는다. 친구들의 허세 섞인 장담에도 불구하고, 그는 아무것도 확신하지 못하고 살고 죽어야 한다는 걸 안다. 바람에 흩날리는 존재, 옥수수처럼 땡볕 아래서 시들어가야만 하는 존재로서. 그는 전율하며 열띤 눈길로 주위를 돌아본다. 그가 살아온 18년이 찰나처럼 느껴진다. 기나긴 인간의 행렬 속에서 숨 한 번 쉴 시간에 불과하다는 걸 안다. 이미 그는 죽음의 부름을 듣는다. 온 마음을 다해 그는 다른 사람에게 가까이 다가가고, 누군가를 손으로 만지고, 다른 사람의 손길에 닿고 싶다고 바라게 된다. 그 다른 인간이 여자인 쪽을 선호한다면, 그건 여자는 온유할 것이고, 여자는 이해할 거라고 믿기 때문이다. 무엇보다 그가 원하는 건 타인의 이해다.

성숙의 순간이 조지 윌러드를 찾아왔을 때 그의 마음은 와인즈버그 은행가의 딸 헬렌 화이트에게로 향했다. 그는 늘 그가 남자로 성숙해가고 있을 때 여인으로 성숙해가는 소녀를 의식하고 있었다. 언젠가 열여덟 살의 여름밤에, 그녀와 시골길을 걸었고 그녀 앞에서 그만 허세를 떨고 싶은 충동에 굴복하고 말았다. 그녀의 눈에 자기 자신을 더 크고 중요한 사람으로 보이게 하고 싶었다. 이제는 다른 목적을 갖고 그녀를 만나고 싶었다. 그에게 찾아온 새로운 충동에 대해 말해주고 싶었다. 남자가 뭔지 전혀 알지도 못하면서 그녀가 자신을 남자로 생각하게 만들려고 노력했었다. 이제 그는 그녀와 함께 있으면서 자기 본성에 찾아왔다고 여겨지는 변화를 느끼게 해주고 싶었다.

헬렌 화이트로 말하자면, 그녀 역시 변화의 시기를 맞고 있었다. 조지가 느끼는 것을, 그녀 역시 젊은 처녀의 방식으로 느끼고 있었다. 그녀는 더 이상 소녀가 아니었고 여인의 우아함과 아름다움에 닿고자 갈망하고 있었다. 그녀는 클리블랜드에서 대학에 다니다가 고향에 돌아와서 축제의 하루를 즐기고 있었다. 그녀 역시 추억들을 품기 시작했다. 낮에 그녀는 젊은 청년과 함께 야외 관람석에 앉아 있었다. 청년은 대학 강사였고, 어머니가 초대한 손님이었다. 청년은 현학적인 사고방식을 가지고 있었고 처녀는 즉시 그가 자신의 목적에 맞지 않는 사람이라는 걸 알았다. 축제에서는 그와 같이 다니는 모습을 보여주는 게 기분이 좋았다. 청년이 말쑥하게 차려입은 외지인이었기 때문이었다. 그녀는 그와 함께 있음으로써 다른 사람들에게 좋은 인상을 줄 거라는 사실을 알고 있었다. 낮 동안 그녀는 행복했지만 밤이 오자 초조해지기 시작했다. 그녀는 강사를 멀리 쫓아내고 그가 없는 곳으로 가버리고 싶었다. 두 사람이 야외 관람석에 함께 앉아 있는 동안, 옛날 학교 친구들의 눈길이 그들에게 머무는 동안, 그녀가 동행에게 어찌나 주의를 집중했는지 그는 그만 흥미가 생겼다. '학자는 돈이 필요하지. 돈이 있는 여자와 결혼을 해야 해.' 그는 생각했다.

헬렌 화이트는 조지 윌러드가 우울하게 군중 속을 헤매며 그녀를 생각하던 그 순간 그를 생각하고 있었다. 그녀는 두 사람이 함께 걸었던 여름밤을 기억했고 다시 그와 함께 걷고 싶었다. 도시에서 보낸 몇 달로 인해, 극장에 가고 불빛이 환하게 밝혀진 가도들을 거니는 수많은 군중을 보며, 자기 자신이 심오한 변화를 겪었다고 생각했다. 그녀는 그에게 자기 본성에 일어난 변화를 느끼고 의식하게 해주고 싶었다.

젊은 청년과 처녀 두 사람의 추억 모두에 흔적을 남긴 두 사람이 함께했던 여름밤은, 아주 분별 있는 시각으로 돌이켜보면, 상당히 멍청하게 흘러간 시간이었다. 두 사람은 시골길을 따라 마을 외곽으로 걸어 나왔다. 그리고 어린 옥수수밭 울타리 근처에서 발길을 멈췄고 조지는 코트를 벗어 팔에 걸었다.

"그러니까, 난 여기 와인즈버그에 머물러 있었어, 그래, 아직 멀리 떠나지 않았지만 나는 성장하고 있어." 그는 그렇게 말했었다. "책들도 읽고 있고 생각도 했어. 삶에서 뭔가 대단한 일을 해내려고 노력하고 있어."

"그런데 뭐." 그는 해명했다. "그건 중요한 게 아니고. 아무래도 말을 그만해야겠다."

혼란에 빠진 소년은 손으로 소녀의 팔을 잡았다. 그의 목소리가 떨렸다. 두 사람은 다시 길을 따라 마을 쪽으로 걷기 시작했다. 절박한 마음에 조지는 허세를 부렸다. "나는 큰 인물이 될 거야. 여기 와인즈버그에서 살았던 사람들 중에서 가장 큰 인물이 될 거야." 그는 다짐했다. "너도 무언가가 되면 좋겠어. 뭔지는 모르지만. 아마 내가 상관할 일이 아니겠지. 네가 다른 여자들과 다르게 되려고 애쓰면 좋겠어. 무슨 말인지 알지. 물론 내가 상관할 일은 아니야. 네가 아름다운 여인이 되었으면 좋겠어. 내가 원하는 게 뭔지 넌 알 거야."

소년의 목소리가 꺾였고 침묵 속에서 두 사람은 다시 마을로 돌아와 길을 따라 걸어서 헬렌 화이트의 집까지 왔다. 현관문 앞에서 그는 뭔가 감명 깊은 말을 하려 애썼다. 미리 생각해두었던 말들이 머릿속에 떠올랐지만 그 말들은 철저히 무의미하게 느껴졌다. "난 생각했던 게, 옛날에 생각한 게 뭐냐 하면, 내심 네가 쎄스 리치먼드와 결혼할 거라고 생각했었어. 이젠 그러지 않을 거라는 걸 알아." 그녀가 현관문으로 들어가 자기 집 문으로 향하는 사이 생각나는 말이라곤 그것뿐이었다.

그 따뜻한 가을밤에 그는 계단에 서서 메인 스트리트를 따라 흘러가는 인파를 바라보았다. 조지는 어린 옥수수밭 옆에서 했던 얘기를 떠올렸고 자기가 어떤 꼴로 보였을까 생각하며 부끄러워졌다. 길거리에서 사람들이 우리에 갇힌 소 떼처럼 파도치듯 넘실거렸다. 이륜마차들과 승합마차들이 비좁은 가도를 가득 메우다시피 했다. 밴드가 연주를 했고 어린 소년들이 인도를 따라 달려가 남자들의 사타구니 밑으로 몸을 던져 뛰어들었다. 반짝이는 붉은 얼굴의 젊은이들이 여자들과 팔짱을 끼고 어색하게 돌아다녔다. 상가 위의 방에서는 무도회가 열릴 예정이었고, 피들* 주자들이 악기를 튜닝하고 있었다. 뚝뚝 끊어지는 현악기 소리가 열린 창문을 통해 밖으로 넘쳐 나와 웅얼거리는 말소리며 시끄러운 밴드의 나팔 소리를 넘어 들려왔다. 소리의 메들리가 젊은 윌러드의 신경을 긁어댔다. 어딜 가나, 사방에서, 군중이 밀려드는 느낌, 움직이는 생명체들이 그를 옥죄어오는 느낌이 들었다. 그는 혼자 도망쳐서 생각을 하고 싶었다. '그녀가 그 친구와 함께 남고 싶다면 그래도 좋아. 내가 무슨 상관이야? 나한테 뭐가 달라진다고?' 그는 으르렁거리며 메인 스트리트를 따라 걷다가 헌스 식료품점을 통과해 곁길로 접어들었다.

조지는 철저히 외롭고 참담한 기분에 젖어 흐느껴 울고 싶었지만, 자존심 때문에 두 팔을 휘두르며 빠른 속도로 계속 걸었

*컨트리 음악에 쓰는 바이올린과 유사한 현악기의 별칭. '깽깽이'와 유사한 어감이다.

다. 그는 웨슬리 모이어의 마차 대여점에 도착해 그늘에 멈춰 서서 남자들이 웨슬리의 종마 토니 팁이 오후에 축제에서 우승한 경마 얘기를 하는 걸 들었다. 마구간 앞에 사람들이 떼로 몰려들어 있었고 그 군중 앞에 웨슬리가 허세를 떨면서 이리저리 삐기며 걷고 있었다. 그는 손에 채찍을 들고 계속 땅바닥을 툭툭 쳤다. 등잔 불빛 아래서 작은 흙먼지 구름이 일었다. "이런, 좀 조용히들 해요." 웨슬리가 소리를 질렀다. "나는 겁나지 않았어요. 언제나 그 녀석들한테는 이긴다는 걸 알았다고요. 전혀 두렵지 않았습니다."

보통 때라면 조지 윌러드는 마주(馬主) 모이어의 허세에 열띤 관심을 보였을 것이다. 그런데 지금은 화가 났다. 그는 돌아서서 바삐 가던 길을 걸었다. "늙은 허풍쟁이." 그는 냅다 지껄였다. "어째서 저렇게 잘난 척하고 싶어 하는 걸까? 어째서 입을 좀 닥치고 있지 않는 걸까?"

조지는 어느 공터로 들어갔고, 걸음을 재촉하다가 그만 쓰레기 더미에 걸려 넘어지고 말았다. 빈 술통에서 튀어나온 못에 바지가 찢어졌다. 그는 땅바닥에 주저앉아 욕설을 퍼부었다. 핀으로 찢어진 부분을 수선한 다음 일어나서 계속 걸었다. '헬렌 화이트의 집으로 갈 거야. 그렇게 할 거야. 곧장 안으로 들어갈 거야. 그녀를 만나고 싶다고 말할 거야. 곧장 들어가서 앉을 거야. 그렇게 할 거야.' 그는 울타리를 넘어 달리기 시작했다.

은행가 화이트의 집 베란다에서 헬렌은 착잡하고 불안해 어쩔 줄 몰랐다. 강사가 어머니와 딸 사이에 앉아 있었다. 그의 말을 듣던 소녀는 진저리가 났다. 그 역시 오하이오 마을에서 자랐지만 강사는 도시의 분위기를 풍기기 시작하고 있었다. 세계주의자처럼 보이고 싶어 하는 위인이었다. "우리 여학생들 대다수가 어떤 배경을 갖고 있는지 살펴볼 수 있는 기회를 주셔서 좋습니다." 그는 자신 있게 말했다. "오늘 불러주셔서 정말 감사했습니다, 화이트 부인." 그는 헬렌을 돌아보며 웃었다. "당신의 삶은 아직도 이 마을에 묶여 있는 건가요?" 그는 물었다. "당신이 관심을 가지고 있는 사람들이 여기 있나요?" 소녀에게 그의 목소리는 잘난 척하고 부담스럽게 들렸다.

헬렌은 일어나서 집 안으로 들어갔다. 뒤뜰로 나가는 문에서 그녀는 멈춰 서서 말소리를 들었다. 그녀의 어머니가 말하기 시작했다. "여기에는 헬렌같이 좋은 집안 처녀와 짝지어줄 만한 사람이 없어요." 어머니가 말했다.

헬렌은 집 뒤편의 계단을 후다닥 달려 내려가서 정원으로 갔다. 어둠 속에서 발걸음을 멈추고 서서 몸을 떨었다. 그녀의 눈에는 온 세상이 이런저런 말들을 내뱉는 무의미한 사람들로 가득한 것 같아 보였다. 불타는 마음을 안고 그녀는 정원 문을 지나 은행가의 마구간 모퉁이를 돌아서 작은 곁길로 들어섰다. "조지! 어디 있어, 조지?" 그녀는 초조한 흥분감에 휩싸여 외쳐 불렀다. 그녀는 달리기를 멈추고 나무에 기대어 신경질적으로 웃어댔다. 어두운 좁은 길을 따라 조지 윌러드가 다가왔다. 여전히 이런저런 말들을 중얼거리면서. '나는 곧장 그녀의 집으로 들어갈 거야. 곧장 들어가서 자리를 잡고 앉을 거야.' 그는 다짐하면서 그녀에게 다가왔다. 그는 멈춰 서서 멍청하게 물끄러미 바라보았다. "이리 와." 그는 이렇게 말하고 그녀 손을 잡았다. 고개를 푹 수그리고 두 사람은 나무 그늘 아래 길을 따라 걸었다. 메마른 낙엽들이 발밑에서 버석거렸다. 이제 그녀를 찾고 나니 조지는 뭘 어떻게 하고 무슨 말을 하는 게 좋을지 알 수가 없었다.

와인즈버그의 페어그라운드 끄트머리에는 반쯤 썩어가는 낡은 관람석이 있었다. 한 번도 칠을 하지 않아서 널판이 다 휘어 일그러져 있었다. 페어그라운드는 와인크리크 골짜기에서 올라오는 야트막한 언덕 위에 서 있었고 밤에 관람석에 앉으면 옥수수밭 너머로 하늘에 비친 마을의 불빛이 보였다.

조지와 헬렌은 언덕을 올라 페어그라운드로 갔다. 워터웍스 연못을 지나는 오솔길을 따라 걸었다. 청년이 군중으로 가득한 길거리에서 느꼈던 외로움과 소외감은 헬렌의 존재로 인해 흩어지기도 하고 또 더욱 짙어지기도 했다. 그가 느끼는 감정이 그녀 안에서 투영되었다.

젊었을 때는 언제나 두 개의 기운이 사람들 안에서 싸운다. 따뜻하고 생각 없는 작은 동물은 성찰하고 기억하는 것에 대항해 싸운다. 그리고 더 나이가 많고, 더 복잡해진 그것이 조지 윌러드를 사로잡고 있었다. 그 기분을 감지한 헬렌은 한껏 존중하는 마음으로 그 곁을 걸었다. 관람석에 다다른 두 사람은 지붕 밑으로 올라가서 벤치처럼 생긴 긴 좌석에 앉았다.

연례 축제가 열린 밤에 중서부의 마을 외곽에 서 있는 축제의 장, 페어그라운드에 들어가는 경험은 언제나 훌륭한 추억이 되기 마련이다. 그 느낌은 결코 잊히지 않는다. 사방에 유령들이 있다. 죽은 자가 아니라 살아 있는 사람들의 유령들이. 여기, 방금 흘러간 하루 동안, 읍과 주변 시골에서 쏟아져 들어온 사람들이 있었다. 아내와 아이들을 데리고 온 농부들과 수백 채의 작은 판잣집들에서 온 모든 사람들이 이 널빤지로 둘러친 벽 안에 모여 있었다. 어린 소녀들이 웃었고 수염을 기른 남자들은 자기 인생에서 겪은 이야기들을 늘어놓았다. 이곳은 삶으로 가득 차다 못해 찰랑거리며 넘쳐흘렀다. 삶으로 간질거리고 꿈틀거렸는데, 이제 밤이 되자 그 삶이 모두 빠져나가 사라져버렸다. 그 정적은 섬뜩할 정도다. 나무줄기 뒤에 몸을 숨기고 말없이 서 있으면, 본성의 사색적 성향이 강화된다. 삶의 무의미함에 대한 생각에 전율하게 되는 동시에, 마을 사람들이 자신의 사람들이라면, 삶을 더욱 뜨겁게 사랑하게 되어 눈에 눈물이 맺히는 것이다.

지붕 아래 관람석의 어둠 속에서 조지 윌러드는 헬렌 화이트와 나란히 앉아 존재의 구도 속에서 자기 자신의 하찮음을 뼈저리게 실감하고 있었다. 사람들의 존재가 주변에서 부산스럽게 움직이고 헤아릴 수 없이 많은 일들로 바빠 돌아가고 있어 그토록 짜증스러웠는데, 막상 마을 밖으로 나오고 보니 그 짜증도 다 온데간데없이 사라졌다. 헬렌의 존재가 새삼스럽게 그를 새롭게 하고 활기 넘치게 해주었다. 마치 그녀가 지닌 여자의 손길이 그의 인생이라는 기계를 미세하게 조정하는 걸 도와준 느낌이었다. 그는 늘 자신이 경외심 같은 걸 품고서 함께 살아왔던 마을 사람들에 대해 생각하기 시작했다. 그는 헬렌에게도 경외심을 품고 있었다. 그녀를 사랑하고 사랑받고 싶었지만, 그 순간 그녀의 여성성에 혼란스러워지는 걸 원치는 않았다. 어둠 속에서 그는 그녀의 손을 잡았고 그녀가 슬며시 가까이 다가오자 그녀의 어깨에 한 손을 얹었다. 한 자락 바람이 불기 시작하자 부르르 몸이 떨렸다. 그는 온 힘을 다해 불쑥 찾아온 그 기분을 파악하고 이해하고자 애썼다. 어둠 속 그 높은 곳에서 이상하리만큼 예민한 두 인간 원자들은 서로를 꼭 껴안고 기다렸다. 각자의 마음속에 같은 생각이 있었다. '나는 이 외로운 곳에 왔는데 여기 이렇게 또 다른 사람이 있구나.' 그것이 느껴지는 감정의 본질이었다.

와인즈버그에서 북적거리던 낮은 수그러들고 늦가을의 기나긴 밤이 찾아왔다. 농장 말들은 각자 맡은 몫의 지친 사람들을 끌고 외로운 시골길을 따라 터벅터벅 달렸다. 가게 점원들은 인도에 펼쳐두었던 상품 표본들을 거두어 들어와 상점 문을 걸어 잠갔다. 오페라 하우스에서는 많은 사람들이 쇼를 보러 모여들었고 메인 스트리트 저 아래에는 피들 주자들이 악기를 튜닝하고 젊은 발들이 댄스 플로어 위에서 날아다닐 수 있도록 땀을 흘리며 열심히 연주하고 있었다.

관람석 어둠 속에서 헬렌 화이트와 조지 윌러드는 아무 말 없이 앉아 있었다. 이따금 그들을 사로잡았던 마법의 주문이 깨어지면 그들은 고개를 돌리고 침침한 빛 속에서 서로의 눈을 바라보려 애썼다. 그들은 키스를 했지만 그런 충동은 오래가지 않았다. 페어그라운드 위쪽 끝에서는 대여섯 명의 남자들이 오후에 경주를 했던 말들을 돌보며 일하고 있었다. 남자들은 모닥불을 피워 물주전자를 데웠다. 불 앞에서 왔다 갔다 하는 그 남자들의 다리밖에 보이지 않았다. 바람이 불어오면 그 모닥불의 작은 불꽃들이 미친 듯이 사방으로 춤을 추었다.

조지와 헬렌은 일어나서 다시 어둠 속으로 걸어 들어갔다. 두 사람은 아직 베지 않은 옥수수밭을 지나 오솔길을 따라 걸었다. 바람이 메마른 옥수수 잎사귀 사이로 속삭였다. 마을로 돌아오는 길에 어느 순간 그들을 사로잡고 있던 주문이 깨어졌다. 워터웍스 언덕마루에 올라선 두 사람은 어떤 나무 옆에서 발길을 멈추었고 조지는 다시 손으로 소녀의 어깨를 잡았다. 그녀는 열렬하게 그를 포옹했지만 곧 두 사람은 그 충동을 떨쳤다. 그들은 키스를 멈추고 살짝 거리를 두고 떨어져 섰다. 서로를 향한 존중이 마음속에 크게 자라나 있었다. 그들은 둘 다 민망해져서 창피한 마음을 덜기 위해 동물 같은 청춘으로 뚝 떨어졌다. 그들은 깔깔 웃고 서로를 밀고 당기기 시작했다. 어떻게 보면 그 분위기에 순화되고 정화되어 그들은 남자와 여자도 아니고, 소년과 소녀도 아닌, 그저 들뜬 작은 동물들이 되었다.

그렇게 그들은 언덕을 내려갔다. 어둠 속에서 둘은 젊은 세상의 젊고 멋진 생명체들처럼 놀이를 즐겼다. 헬렌은 빨리 내달리다가 조지의 발을 걸어 그가 넘어졌다. 그는 움찔거리며 소리를 질렀다. 조지는 폭소로 온몸을 흔들어대며 언덕을 굴러 내려갔다. 헬렌이 그 뒤를 쫓아 달려갔다. 아주 짧은 찰나 헬렌은 어둠 속에서 멈춰 섰다. 과연 어떤 여자다운 생각들이 그 마음을 스쳐 갔는지 알 길은 없지만, 언덕 아래로 내려왔을 때 그녀는 소년에게 가서 그의 팔을 잡고 기품 있는 침묵 속에 그와 나란히 걸었다. 둘 다 이유를 설명할 수는 없었지만, 그들은 함께 보낸 그 밤 그들에게 꼭 필요한 것을 얻었다. 남자건 소년이건, 여자건 소녀이건, 두 사람은 잠시 현대의 세계에서 남녀의 성숙한 삶을 가능하게 하는 그 무엇을 붙잡았던 것이다.

출발

젊은 조지 윌러드는 새벽 4시에 침대에서 일어났다. 4월이었고 어린 나뭇잎들이 막 싹을 틔우던 참이었다. 와인즈버그 주택가를 따라 심어진 나무들은 단풍나무였고, 씨앗에는 날개가 달려 있었다. 바람이 불면 씨앗들이 미친 듯이 소용돌이치며, 온 공기를 채우고 발밑에 카펫을 깔았다.

조지는 갈색 가죽 가방을 들고 아래층의 호텔 사무실로 내려갔다. 출발을 위해 그의 트렁크가 준비되어 있었다. 2시부터 잠을 깬 그는 뜬눈으로 앞으로 하게 될 여행을 생각하며 여정의 끝에서 무엇을 찾게 될까 궁금해했다. 호텔 사무실에서 숙식하는 소년은 문 옆의 간이침상에 누워 있었다. 입을 헤벌리고 힘차게 코를 골고 있었다. 조지는 살며시 간이침상 옆을 지나쳐 인적 없고 고요한 메인 스트리트로 나갔다. 동녘이 새벽빛으로 발갛게 물들어 있었고 긴 빛줄기가 아직도 별들이 총총 빛나는 하늘로 뻗어 올라가고 있었다.

와인즈버그의 트러니언 파이크 마지막 집 너머로 광활하게 펼쳐진 탁 트인 밭이 있다. 그 밭은 읍내에 살면서 저녁때 가볍고 삐걱거리는 마차를 타고 트러니언 파이크를 따라 퇴근길을 달리는 농부들의 소유다. 그 논밭에는 딸기와 작은 과일들을 심는다. 뜨거운 여름날 오후 늦게 길과 벌판이 흙먼지로 뒤덮일 때면 흐릿한 아지랑이가 광활하고 움푹한 분지 위로 피어올랐다. 그 너머를 바라본다는 건 마치 바다 너머를 바라보는 것 같다. 봄에 땅이 녹색으로 물들면 효과는 조금 달랐다. 그 땅은 아주 작은 인간 벌레들이 위아래로 꼬물꼬물 움직이며 일하는 커다란 초록색 당구 테이블 같다.

소년 시절, 그리고 젊은 청년 시절 내내 조지 윌러드는 트러니언 파이크를 산책하는 습관이 있었다. 천지를 눈이 뒤덮고 오로지 달만 그를 내려다보는 겨울밤에도 그는 거기 있었다. 쓸쓸한 바람이 부는 가을에도 벌레들의 노래로 공기가 진동하는 여름밤에도 그는 거기 있었다. 그 4월의 아침에도 그는 다시 그곳에 가서, 고요 속을 거닐고 싶었다. 마을에서 2마일 떨어진 작은 시냇가에서 도로가 급경사로 푹 꺼지는 지점까지 걸어갔다가 말없이 다시 걸어서 돌아왔다. 메인 스트리트에 다다르자 상점 점원들이 가게 앞 인도를 비질하고 있었다. "어이, 조지. 멀리 떠나는 기분이 어때?" 그들이 물었다.

서쪽으로 가는 기차는 아침 7시 45분에 와인즈버그를 출발했다. 톰 리틀이 차장이었다. 그의 기차는 클리블랜드에서 시카고와 뉴욕에 터미널이 있는 장거리 간선철도로 이어지는 지점까지 달렸다. 톰은 소위 철도업 종사자들이 '편한 노선'이라고 부르는 구간을 맡고 있다. 저녁마다 그는 집에서 기다리는 가족들에게 돌아왔다. 가을과 봄이 오면 일요일마다 이리 호에서 낚시를 하면서 소일했다. 그는 둥글고 붉은 얼굴과 작고 파란 눈의 소유자다. 자기가 맡은 철도 노선을 타고 다니는 읍내 사람들을 웬만한 도시 사람이 자기 아파트 이웃을 아는 것보다 훨씬 더 잘 알았다.

조지는 7시에 뉴 윌러드 하우스에서 이어지는 완만한 언덕길을 내려왔다. 톰 윌러드가 그의 가방을 들어주었다. 아들은 아버지보다 훌쩍 더 키가 커졌다.

역의 플랫폼에서 모두가 청년과 악수를 했다. 여남은 명 넘는 사람들이 근처에서 기다리고 있었다. 그리고 그들은 자기네 사는 얘기를 했다. 게을러터져 9시까지 잠을 자기 일쑤인 윌 헨더슨마저도 일찍 일어나 나왔다. 조지는 창피해졌다. 와인즈버그 우체국에서 일하는 키 크고 마른 쉰 살의 여인 거트루드 윌모트도 역 플랫폼까지 나와주었다. 그녀는 이전에 조지에게 어떤 관심도 보인 적이 없었다. 그런데 이제 그녀가 발길을 멈추고 손을 내밀었다. 그녀는 단 두 마디 말로 모두의 감정을 대변했다. "행운을 빈다." 그녀는 새침하게 말하고 돌아서서 자기 갈 길을 갔다.

열차가 역으로 들어오자 조지는 안도감을 느꼈다. 그는 날쌔게 열차를 잡아탔다. 헬렌 화이트가 그와 작별 인사를 나누고

자 메인 스트리트를 따라 달려왔지만, 이미 좌석을 잡고 앉은 그는 그녀를 보지 못했다. 기차가 출발하자 톰 리틀이 표를 펀칭하고 씩 웃어주었다. 그는 조지를 잘 알고 그가 어떤 모험을 떠나는 길인지 잘 알지만, 아무 논평도 하지 않았다. 톰은 읍내를 떠나 도시로 향하는 수천 명의 조지 윌러드들을 보아왔다. 그에게는 흔하기 짝이 없는 일에 불과했다. 흡연 차량에는 방금 톰에게 샌더스키 베이로 낚시 여행을 가자고 초대한 남자가 있었다. 그는 초대에 응하고 싶어서 자세한 내용을 상의했다.

조지는 아무도 보고 있지 않다는 걸 확인하고 싶어서 차량을 위아래로 훑어보고 나서 지갑을 꺼내 돈을 세었다. 그의 마음속에는 애송이처럼 보이고 싶지 않다는 생각뿐이었다. 아버지가 그에게 거의 마지막으로 한 말은 도시에 도착했을 때 행동을 조심하라는 얘기였다. "야무지게 굴어야 한다." 톰 윌러드는 말했다. "항상 돈에서 눈길을 떼지 말아라. 정신 똑바로 차리고. 그게 비결이야. 아무도 네가 애송이라고 생각하지 못하게 해라."

조지는 돈을 세고 나서 창밖을 바라보았고, 아직도 열차가 와인즈버그 안에 있다는 사실에 놀랐다.

일생일대의 모험을 만나러 고향 마을을 떠나는 청년은 자기가 대단히 크거나 극적인 걸 바라는 게 아니라는 생각을 하기 시작했다. 어머니의 죽음, 와인즈버그를 떠나는 일, 도시에서 맞게 될 장래의 불확실한 삶 같은 것들, 삶의 진지하고 거창한 면면들은 그의 마음속에 들어오지 않았다.

그는 작은 것들을 생각했다. 아침에 수레에 널판을 잔뜩 싣고 읍내 메인 스트리트를 지나는 터크 스몰렛, 아버지 호텔에 하룻밤을 묵었던 아름다운 가운 차림의 키 큰 여인, 와인즈버그의 가로등불을 밝히는 부치 휠러가 손에 횃불을 들고 여름 저녁 바삐 길거리를 쏘다니는 모습, 와인즈버그 우체국 창가에 서서 봉투에 우표를 붙이는 헬렌 화이트.

청년의 마음은 점점 커져가는 꿈을 향한 갈망에 휩쓸렸다. 그를 누군가 보고 있었다면 특별히 똑똑한 청년이라고 생각지 않았을 것이다. 소소한 것들에 대한 회상에 몰두한 그는 눈을 감고 열차 좌석에 몸을 기대었다. 한참을 그렇게 있던 그가 몸을 일으켜 다시 차창 밖을 보았을 때 와인즈버그 마을은 이미 사라지고 없었으며 그곳에서의 삶은 완숙한 남자의 꿈들을 그려낼 배경에 불과한 것이 되었다.

슬프고 아름다운
그로테스크의 마을

김선형(서울시립대학교 연구교수)

대중에게 잊힌, 미국문학의 아버지

《와인즈버그, 오하이오》는 20세기 미국문학 강의에서 《위대한
개츠비》를 제외한다면 가장 많은 수업에서 교재로 쓰이는 작품
이라고 한다. 그리고 1998년 모던라이브러리가 선정한 '20세
기 최고의 영문소설 100선'에서 24위를 차지할 만큼 중요한 작
품이기도 하다. 그러나 미국문학에 한 획을 그은 작품으로서
《와인즈버그, 오하이오》가 누리는 명성에 비해 작가로서 셔우
드 앤더슨의 대중적 입지는 동시대의 작가들, 예를 들어 F. 스
콧 피츠제럴드나 윌리엄 포크너에 비하면 아무래도 초라하다.
단적인 예로《와인즈버그, 오하이오》가 탄생한 건물이 서 있던
시카고의 와바쉬 애비뉴와 수피어리어 스트리트의 교차로에는
셔우드 앤더슨 기념관은커녕 그 흔한 명판 하나 붙어 있지 않

다. 셔우드 앤더슨이 불현듯 잠에서 깨어 나체로 미친 듯 글을 써 내려가던 아파트 건물은 이제 철거되고 그 자리에는 "불법 주차차량은 견인합니다"라는 표지판이 붙어 있는 주차장 하나가 덩그러니 놓여 있을 뿐이다. 이 보이지 않는 건물처럼, 셔우드 앤더슨 역시 이제 대다수 독자들에게 어쩌다 단 한 편의 걸작을 남기고 사라진, 잊힌 작가로 여겨지는 눈치다.

그러나 그는 사실 현대 미국 단편문학의 아버지라 해도 과언이 아니다. 그리고 그 "단 한 편의 걸작"의 힘은 상상을 초월한다. 〈워싱턴포스트〉의 칼럼니스트 마이클 디더는 셔우드 앤더슨이 "어니스트 헤밍웨이, 유도라 웰티, 그리고 레이 브래드버리의 길을 예비한 세례요한"이었다고 말했다. 앤더슨은 평단보다는 작가들의 사랑을 받았고, 그런 의미에서 진정한 작가들의 작가였다. 앤더슨의 생전에도, 그리고 그가 세상을 떠난 뒤 지금까지도, 혁명적인 작가로서 셔우드 앤더슨의 진가를 알아보고 그의 작품을 진심으로 사랑했으며 또한 깊고 오랜 영감을 받은 이들은 다름 아닌 동료 작가들이었다.

윌리엄 포크너는 셔우드 앤더슨을 일컬어 "우리 세대 미국 작가들과 우리 후계자들이 이어갈 미국문학의 전통을 낳은 아버지"라 부르며 "그가 단 한 번도 정당한 평가를 받지 못했다"고 아쉬워했다. 포크너는 "셔우드 앤더슨은 내 모든 작품의 아버지다. 그리고 또한 헤밍웨이와 피츠제럴드 등의 작품을 낳은 아버지이기도 하다. 우리는 그의 영향을 받았다. 그가 우리에게 길을 보여주었다"고 단언했다. F. 스콧 피츠제럴드 역시 "앤더슨은 오늘날 영어로 글을 쓰는 가장 훌륭하고 섬세한 작가"라고 경탄을 아끼지 않았다. 잘 알려지지 않았지만, 어니스트 헤밍웨이를 작가로 성장시킨 사람 역시 셔우드 앤더슨이었다. 1921년 시카고에서 광고 카피라이터 겸 프리랜스 기자로 일하면서 작가 전업을 고려하고 있던 헤밍웨이를 만난 셔우드 앤더슨이 파리로 가서 친구인 거트루드 스타인을 만나보라고 권유했던 것이다. 그 만남의 결과가 어떠했는지는 너무나 유명해서 굳이 다시 옮겨 쓸 필요가 없겠다. 앤더슨은 또한 헤밍웨이에게 성적 갈망과 1차세계대전의 경험을 써보라고 충고했는데, 헤밍웨이의 초창기 단편연작인 《우리들의 시대에》에서는 《와인즈버그, 오하이오》의 영향이 깊이 새겨져 있다.

동세대뿐 아니라 후속 세대의 작가들 역시 앤더슨에게서 끊임없이 영감의 원천을 찾았다. 《와인즈버그, 오하이오》의 "그로테스크"들이 품은 주변자적 감수성과 깊은 페이소스는 남부의 작가들인 카슨 매컬러스와 플래너리 오코너로 이어졌다. 그리고 그 후로도 헤아릴 수 없이 많은 미국 작가들의 단편연작들이 셔우드 앤더슨에게 진 문학적 부채를 고백했다. 예를 들어 SF 소설가 레이 브래드버리는 50년대에 발표한 단편연작 《화성 연대기》가 《와인즈버그, 오하이오》에 가장 큰 영향을 받았다고 밝혔다. 그 외에도 루이스 어드리치의 《사랑의 묘약》과 에이미 탠의 《조이럭 클럽》, 러셀 뱅크스의 《트레일러파크》, 엘리자베스 스트라우트의 《올리브 키터리지》 등이 그 수많은 작품들의 명단에서 두드러지는 이름들이다. 그리고 불과 2년 전인 2014년 3월 작가 포터 슈레브는《와인즈버그, 오하이오》의 주인공 조지 윌러드의 시카고 생활을 그린 소설《그 책의 결말 (The End of the Book)》을 출간했다. 그리고 미국문학에 가장 중요한 영향력을 행사했으나 지극히 저평가된 거장에게 경의를 표한다면서 작품을 셔우드 앤더슨에게 헌정했다. "셔우드 앤더슨은 현대 소설을 만들었고, 현대 소설은 그 후로 별로 발전한 바가 없다"는 존 스타인벡의 말이 허황한 과장으로 들리지 않는 것은, 앤더슨이 미국 현대 문학 작가들에게 끼친 심오한 영향이 여전히 현재진행형이기 때문이다.

그로테스크, 어떤 정서의 발견

앤더슨이 발견한 것은 지극히 현대적인, 삶에 대한 막막하고 절실한 갈망과 그 좌절에서 오는 뼈저린 외로움의 '정서'다. 《와인즈버그, 오하이오》에서 고독과 환멸이 만들어내는 특유의 강렬한 정서는 "그로테스크"라는 이름으로 소개된다. 그건 바로 어떤 편협한 진실에 강박적으로 집착하게 되면서 인간성과 삶의 의미를 잃어버리고 소통을 시도하지만 결국 좌절에 몸부림치는 인간 군상에 작가 앤더슨이 붙여준 이름이다. 그러나 그로테스크는 그 일그러진 형상에도 불구하고 혐오스럽고 흉측한 존재들이 아니라, 기묘하게도 그 뒤틀림으로 인해 슬프면서도 아름다운 삶의 진실을 더욱 형형하게 드러내는 존재들이

다. 비뚤어진 인간성의 형체들은 처음부터 그런 모습으로 태어난 게 아니라, 삶의 경험을 통해 차츰 변해갔기 때문이다. 〈손〉의 윙 비들바움을 일그러뜨린 삶의 경험은 무서운 오해와 집단적 광기의 기억이며, 〈품위〉의 워시 윌리엄스의 외모와 생각을 모두 흉측하게 만들어버린 것은 끔찍한 증오다. 모든 인간은 그리스도이며 따라서 박해받을 거라는 편집증에 시달리는 〈철학자〉의 파시발 박사 역시 형과 관련된 과거의 트라우마를 픽션의 형태로 암시한다. 〈어머니〉에서 젊은 시절 소녀다운 방랑의 꿈을 꾸었던 엘리자베스 윌러드와 공화당밖에 없는 마을에서 민주당원을 자처하며 정치가를 꿈꾸는 톰 윌러드 부부 역시 끊임없이 좌절을 안겨주는 추레한 삶에 실망하고 지친 나머지 유령처럼 실체 없는, 사회와 존재의 의미에서 소외된 외로운 주변적 존재들로 변해간다.

이들이 변해가는 과정이 이야기로 풀리는 과정은 이 그로테스크들의 인간적 결함이나 한계뿐 아니라, 이들을 그로테스크하게 만드는 세계와 사회의 조건들을 성찰하기를 요구한다. 인간을 그로테스크하게 만드는 것은, 인간 자신의 집착과 강박뿐 아니라 어떤 일탈도 허용하지 않는 사회의 불관용과 편협, 타자에게 상처를 입히는 뻔뻔하고 이기적이고 잔인한 성정, 상상력의 실패, 성에 대한 왜곡된 인식, 그리고 무지와 무정으로 드러난다. 와인즈버그의 과수원에서 나는 "뒤틀리고 옹이 진 사과들"처럼, 어떤 그로테스크들은 수확자의 선택을 받지 못했기에 오히려 더욱 달콤하고 매력적이며, 오히려 '그 맛을 모르는'

무지하고 무정한 수확자들에 대한 비판으로 메아리친다.

무엇보다 그로테스크들이 형형한 아름다움을 끝내 잃지 않는 이유는, 그들이 끝까지 포기하지 않고 싸우기 때문이다. 우리가 이 이야기 속에서 그들을 만나는 순간, 그로테스크들 중 상당수는 "일생일대의 모험"을 떠나려 한다. 그 모험은 병자가 병석에서 일어나 아들 방까지 가는 짧은 길이기도 하고, 목사가 창문으로 보이는 여인의 흰 살결에 육체적으로 도발되는 순간이기도 하며, 오랜 실연을 견디다 못한 여인이 나체로 누군가의 몸뚱어리를 찾아 빗속으로 뛰쳐나가는 순간이기도 하다. 아니면 우연히 만나 사람들의 내면을 이해해줄 것만 같은 소년 기자를 붙들고 소통을 시도하는 순간이 되기도 한다. 그러나 남들에게는 별것 아닌 일이라도 그로테스크들에게는 온 존재의 용기를 모두 끌어내어야만 가능한 그 "모험"의 순간, 그들 삶의 진실은 일상적이면서도 초월적이고, 달콤하고도 씁쓸하고, 서늘하면서도 뜨거운, 아니 심지어 한순간 불길이 되어 화르륵 타오를 정도로 치열하다. 그리하여 가끔, 아주 가끔, 그로테스크의 노력은 보답을 받고, 마치 제임스 조이스의 《젊은 예술가의 초상》에서처럼, 그로테스크들 역시 세계나 타인과의 충만한 소통, 구원의 가능성을 벼락처럼 일별하기도 한다. 윙 비들바움이 조지 윌러드의 머리카락을 손으로 쓸어 넘기는 순간, 리피 박사가 아내로 맞은 부잣집의 검은 머리 처녀에게 공처럼 단단히 뭉친 종이쪼가리들에 적힌 생각들을 읽어줄 때, 〈말하지 않은 거짓말〉에서 들판에서 일하던 두 일꾼들이 서로의 참

모습을 생경하게 마주하는 순간, 〈죽음〉에서 리피 박사와 엘리자베스 윌러드가 포옹하는 짧디짧은 한순간, 이런 순간들에서 그로테스크들에게 스치듯 던져지는 소통과 구원, 나아가 행복의 가능성은 제임스 조이스의 소설들에 등장하는 에피파니의 순간들만큼이나 덧없고 짧다.

그러나 덧없고 짧다고 해서 그 순간이 무의미한 것은 결코 아니다. 수많은 절망들을 뛰어넘고, 그 기억으로 삶을 견디게 하는 희망의 순간들은 여름밤 가로등불을 받으며 이성과 가로수 그늘 밑을 거니는 순간처럼 추레한 일상을 뛰어넘어 설레고 숨 막히는 몽환적 감각의 향연으로 다가온다. 그런 점에서 와인즈버그의 그로테스크들이 품는 절망과 희망은 모두, 적나라한 백주대낮의 햇빛이 아니라 꿈과 현실이 맞닿는 황혼의 세계에 속하며, 너새니얼 호손의 말대로 그 황혼의 빛에 의해 현실이 아니라 다른 세상에 속하는 판타지의 빛깔을 띠게 된다. 〈그로테스크의 서〉에서 아마도 조지 윌러드의 현신일 작가가 꿈도 현실도 아닌 몽롱한 몽환의 상태에서 그로테스크들의 행진을 보게 되듯이 말이다. 그들은 문학적 상상력이라는 황혼녘의 빛을 받을 때에만 그 슬프고 뒤틀린 참모습을 드러내었는지 모른다.

버지니아 울프는 그로테스크로 가득한 셔우드 앤더슨의 와인즈버그를 일컬어 감각들이 융성하는 세계라고 말했다. "셔우드 앤더슨은 극소수의 작가들만이 이루어낸 성공을 거두었다. 자기만의 세계를 창조했던 것이다…… 그곳은 관념보다는 본능이 지배하는 곳이다. 경주마들은 어린 소년들의 심장을 드높이

뛰게 만든다. 옥수수밭이 가없고 깊디깊은 황금빛 바다처럼 추레한 마을들을 온통 에워싸고 일렁이며, 사방에서 소년과 소녀들이 여행과 모험을 꿈꾼다. 그리고 이 관능과 본능적 욕망의 세계는 따뜻하고 구름 같은, 몽실몽실한 분위기를 옷처럼 걸치고 있다"고 말이다. 그로테스크는 반듯반듯한 일상적 형체가 판타지의 부드럽고 느슨한 옷을 걸치는 순간 일그러져 오히려 몽실몽실하고 달콤쌉싸름한 참모습을 드러내는 픽션의 거울상이기도 하다.

죽도록 실망스러운 일상의 삶을 떨치고 규범에 항거하려는 그로테스크들의 '모험'을 더욱 흥미롭게 만드는 건, 셔우드 앤더슨 자신의 전설적인 '모험담'일 것이다. 독학을 통해 자수성가한 후 광고 카피라이터로 일하다가 부잣집 딸과 결혼해 세 아이의 아버지이자 책임감 있는 남편으로서 페인트 통신판매 회사를 경영하던 셔우드 앤더슨은 자신의 소설보다 더욱 드라마틱한 '모험'을 실제로 떠났다. 서른여섯 살이 되던 1912년 비서에게 구두로 지시를 내리던 도중 갑자기 "발이 너무 축축해. 점점 더 축축하게 젖고 있어. 아무래도 이제 메마른 땅을 좀 밟아야 할 때가 되었나봐"라는 말을 남기고 밖으로 나가 나흘 뒤 클리블랜드의 약국에서 헝클어진 몰골로, 자기가 누군지도 모르는 채 발견되었다. 그는 일평생 그 기억하지 못하는 나흘의 시간을 재구성하려 노력했지만, 끝까지 실종과 관련된 진실은 밝혀지지 않았다. 신경쇠약 진단을 받은 그는 사업을 접고 가족을 포기하고 전업 작가로 살겠다는 결심을 했다. 시카고로 혼자 이사한 그는 지금은 주차장이 된 와바쉬 애비뉴의 아파트에서 알전구 불빛 아래 단숨에 《와인즈버그, 오하이오》, 그중에서도 〈그로테스크의 서〉를 써 내려갔다. 그 자신 그로테스크였던 앤더슨은 사회적 기대의 굴레를 거침없이 깨고, 예술가로서의 소명을 따라갈 '모험'을 떠났고 그로 인해 삶이 딴판으로 달라지는 경험을 했던 것이다.

와인즈버그, 욕망의 주변부로서 교외의 창생

이 소설 속 와인즈버그는 현재 실존하는 오하이오 주 와인즈버그가 아니라 가상의 공간이다. 많은 평자들은 와인즈버그와 그 주민들에게서 셔우드 앤더슨이 어린 시절을 보냈던 오하이오 주 클라이드와 주변 사람들의 모습을 찾으려 하기도 한다. 그러나 셔우드 앤더슨은 이러한 전기적 해석을 경계하며, 오히려 시카고의 하숙집에서 만난 수많은 인간 군상, 특히 에노크 로빈슨의 이야기에 나오는 것과 같은 젊은 예술가들에게서 주된 영감을 받았다고 밝힌 바 있다.

　말하자면 와인즈버그는 작가의 의도를 품고 창조된 인공적 가상공간이라는 것이다. 이 공간 속에는 부조리해 보이는 현실 속에서 존재의 의미를 찾아 헤매는, 어리석어 보이는 인간 군상들이 있다. 앤더슨이 《와인즈버그, 오하이오》를 집필했던 1916년 당시에는, 사르트르도, 실존주의라는 사조도 아직 존재하지 않았다. 그러나 그로테스크들의 투쟁은 분명, 얼핏 부재하는 것처럼 보이는 삶의 실존적 의미를 갈구하는 실존주의자들의 고투와 닮아 보이는 곳이 있다. 그러나 시대와 정서의 유사성에도 불구하고 셔우드 앤더슨의 정서는 사실, 2차세계대전의 경험에서 파생한 실존주의 철학과 달리 훨씬 더 국지적인, 말하자면 지극히 미국적인 정서라 해야 옳다고 본다. 그 정서는 그 무엇보다도 현대 미국의 도시 주변부를 관통하는 소외감과 맞닿는다. 미술계에서는 에드워드 호퍼가 바로 이 처연한 고독의 정서를 꿰찔러 가장 미국적인 회화의 작품세계를 완성했다.

　셔우드 앤더슨의 와인즈버그는 광활한 옥수수밭으로 에워싸인 목가적 전원이지만 한편으로 현대 기술의 상징인 철로로 도시와 연결되어 있어 밤낮으로 기차 소리가 들리며 신문이 발간되고 은행가의 권력이 통하는 공간이다. 그리고 이곳은 낭만주의적 전원이 아니라 도시와 연결되어 있으면서도 도시라는 거대한 욕망 기계와 어느 정도 단절되어 있는 공간, 소위 '교외'의 전신이다. 미국의 교외는 평화롭고 안온한 항상적 표면을 유지하고 있으나 사실은 당시 미국 전역을 휩쓸고 있던 자본과 기술의 어마어마한 소용돌이를 부정확하게 감지한 결과 이름 붙일 수 없이 막막한 형체로 다가오는 갈망으로 들끓고 있었다. 꺼림칙해하는 말들을 매섭게 채찍질해 마차를 몰고 달려오는 기차에 돌진하는 돈키호테적인 노인의 죽음은, 철도를 통해 연결되어 독립된 농경사회가 도시의 주변부로 변해가는 시대적 흐름을 축약한다.

마을 한복판을 '철로'가 관통하는 와인즈버그의 지리적 특성과 그로테스크들의 갈망은 모두 이 더욱 넓은 세계로서 도시와의 관계 속에서 입지가 재설정되는 미국의 농경사회에 대한 성찰이다. 과거 옥수수밭 한가운데 중서부의 마을은 독자적으로 존립 가능한 농경사회였다. 그러나 철도와 연결되면서 이곳은 자원을 생산해서 도시에 보급하는 주변지역으로 재정의된다.

그리하여 교외의 그로테스크들은 그들의 욕망을 구체적으로 도시와의 관계 속에서 정의한다. 파시발 박사나 워시 윌리엄스, 에노크 로빈슨처럼 도시에서 상처를 입고 와인즈버그로 도피해 들어온 나이 든 외지인들에게 와인즈버그는 패배한 삶의 상징이자 은둔처이다. 그렇기에 아직도 희망을 품고 있는 젊은 이들에게 도시는 언제나 자아를 표현할 수 있는 풍요로운 가능성, 막연한 한 줄기 희망의 구체화된 형상이다. 엘리자베스 윌러드가 물려받은 800달러의 유산은, 바로 그 희망의 표징이다. 와인즈버그에서 자아와 세계의 한계에 봉착하는 청년들은 모두 다, 그러니까 엘머 카울리도, 세스 리치먼드도, 그리고 조지 윌러드 역시 와인즈버그를 떠나 도시로 향한다. 그러나 청년들이 도시를 떠난 뒤 남겨진 소녀들의 운명은 더 혹독하다. 기다리고 절망하다 외로움에 그로테스크로 늙어간다. 앨리스 힌드먼은 도시로 떠난 애인을 기다리다가 지치고 환멸한 나머지 그로테스크가 되어가고, 케이트 스위프트나 루이스 하디 역시 말로 형용할 수 없는, 들끓는 자아표현의 가능성을 헛되이 모색하다가 좌절하며 그로테스크한 모습으로 중년이 되어간다. 이들은 청년들에 비해 '도시에서 소비될' 가능성이 훨씬 더 적은, 흠결 있는 상품이기 때문이다. 알코올 중독 치유를 위해 찾아온 외지인이―그는 치유에 실패한다―와인즈버그의 한 어린 소녀에게 이전에 존재하지 않았던, 분명히 좌절에 봉착할, "탠디"가 되고 싶다는 욕망을 구체적으로 심어주는 단편 〈탠디〉는 와인즈버그와 도시의 역학관계를 잘 보여준다.

생각해보면 그로테스크한 캐릭터들에 대한 가장 대표적이고 직접적 비유라고 볼 수 있는 "옹이 지고 뒤틀린 사과"를 버리는 이유 역시, 구체적으로 "도시의 아파트"에서 소비될 말끔하고 흠 없는 사과만을 솎아내기 위해서라고 명시되어 있다. 이처럼 도시에 부속되어 있으며 또한 도시에서 소외되어 있다는 교외의 정서는 손턴 와일더의 《우리 읍내》를 거쳐 존 치버와 레이먼드 카버, 루이스 어드리치로 이어지며 미국문학의 주류를 형성하게 되는데, 그 정서를 문학적으로 처음 발견한 사람 역시 '모험가' 셔우드 앤더슨이었던 것이다.

어느 젊은 작가의 성장

단속적인 단편들로 구성된 《와인즈버그, 오하이오》가 마치 한 편의 소설처럼 읽히는 이유는 조지 윌러드라는 작가 지망생을 중심으로 통일된 '성장'의 테마가 흐르기 때문이다. 조지 윌러드는 〈그로테스크의 서〉에 등장하는 노인 작가의 페르소나라고 보아도 무방하다. 꿈속에서 그로테스크의 행진을 관람하던 작가는 유독 길게 늘어진 한 여인의 일그러진 형체를 보고 걷잡을 수 없는 슬픔에 휩싸여 강아지 새끼처럼 끙끙 앓는데, 아마 그 여인은 자신과 아들의 탈출을 꿈꾸며 벽 속에 돈을 묻어버리고, 그 진실을 전달하기 위해 그토록 기다리며 사랑해온 죽음과 사투를 벌인 어머니 엘리자베스 윌러드일 것이다. 조지 윌러드는 앨리스 힌드먼과 같은 소수의 예외들을 제외하면, 그로테스크의 삶과 항상 접점을 갖는다. 어떤 때는 〈철학자〉의 파시발 박사나 〈괴짜〉의 엘머 카울리처럼 자기 이야기를 들어달라고, 그리고 세상에 전해달라고 그로테스크들이 그를 찾아오기도 한다. 하지만 보통은 〈손〉이나 〈하느님의 권능〉, 〈품위〉, 〈아이디어가 많은 남자〉에서처럼 우연한 시간에 우연한 장소에 존재하게 되어 그로테스크들의 이야기를 듣게 되는 것이다. 조지 윌러드가 어머니가 속한 그로테스크들과 깊은 감정적 유대감을 갖고 있는 건 사실이지만, 엘머 카울리가 정확하게 지적하듯, 사실 조지 윌러드는 오하이오의 와인즈버그 그 자체이며, 결코 사회에서 소외당한 존재가 아니다. 그는 이 사회를 대변하는 신문의 기자이며, 바로 그 때문에 그로테스크들과의 만남과 그들에 대한 재현이 상징적 실제적으로 의미를 갖는다. 조지 윌러드가 그로테스크들의 이야기들을 품은 채로, 그로테스크들이 꿈꾸고, 그로테스크들이 나아갔다가 실패하고 돌아온 도시로 나가는 결말은 그가 이제 작가로서의 소명을 시작한다는 의미인 것이다. 그 소명은 바로 그로테스크의 이야기들을 의미 있게 '소통'하는 것이다. 한 작가의 성장을 그리는 테마의 통일성이 이 단편들을 뿔뿔이 흩어지지 않도록 단단히 엮어 작품의 형식적 유기성을 담보한다.

아이러니로 점철된 마지막

셔우드 앤더슨은 자기 삶의 이야기를 끝내는 최후의 순간까지 아이러니를 놓지 않았다. 예순다섯의 나이로 네 번째 부인과 남미로 크루즈 여행을 떠났던 그는, 오르되브르에 꽂혀 있던 이쑤시개를 실수로 삼켰고 파나마의 콜론에서 복막염으로 허무하게 세상을 떠났다. 평생 단 하나의 베스트셀러를 냈고—《와인즈버그, 오하이오》가 아니었다—생전에 작가로서 단 한 번도 명성을 날린 적이 없던 그였기에 오하이오 주 일리리아의 지역신문 〈일리리아 크로니클 텔레그램〉은 그의 죽음을 알리는 기사의 헤드라인을 이렇게 뽑았다. "일리리아에서 제조업에 종사한 바 있는 셔우드 앤더슨, 사망"이라고.

셔우드 앤더슨
연보

9월 13일 미국 오하이오 주의 작은 농경마을인 캠든에서 출생. 북군으로 남북전쟁에 참전했던 마구제작자 어윈 매클레인과 에마 제인 앤더슨 슬하에서 일곱 자식 중 셋째로 태어남.	**1876**
칼레도니아로 이주. 훗날 반자전적 소설인 《타르: 중서부의 유년기》에 이 시기의 경험이 등장. 일용 마구제작자로 일하던 아버지는 폭음으로 재정난에 빠져듦.	**1877**
오하이오 주 클라이드에 가족 정착. 아버지는 간판을 그리고 도배를 했지만 가족을 부양하기 어려웠고 어머니는 빨랫감을 가져와 세탁부로 일하기 시작. 셔우드 앤더슨은 가족을 돕기 위해 온갖 부업들을 함.	**1884**
14세의 나이로 정규교육을 그만둠. 신문배달부, 심부름꾼, 마구간지기 등 닥치는 대로 일함.	**1890**

가족이 심각한 경제난에 봉착함. 오하이오 **1895**
주 방위군과 5년 계약을 맺음. 《와인즈버그,
오하이오》의 헬렌 화이트의 모델로 여겨지
는 인물 버사 베인즈와 사귐. 그러나 결핵을
앓던 어머니의 죽음으로 클라이드를 떠남.

시카고에 정착. 형 칼의 도움을 받아 루이스 **1896**
인스티튜트에서 야간학교를 다니며 독학.
이곳에서 로버트 브라우닝, 앨프리드 테니
슨, 월트 휘트먼에 대한 강의를 들음.

스페인 전쟁에 참전하기 위해 입대, 훈련. **1898**

소속 연대가 스페인 전쟁 참전을 위해 쿠바 **1899**
로 떠났으나 이미 종전한 뒤였고, 아무 일도
없이 다시 귀국. 오하이오 주 스프링필드의
비텐베르크 대학 부속 비텐베르크 아카데
미에서 고등학교 고학년 과정을 수료. 기숙
사에서 지내면서 훗날 《와인즈버그, 오하이
오》의 케이트 스위프트 캐릭터에 영감을 준
교사 트릴레나 화이트를 만나고 처음으로
'문학'에 대해 깨우침.

졸업식에서 연사로 발탁되어 시오니즘에 대 **1900**
한 졸업연설을 함. 크로웰 광고회사를 경영
하던 해리 시몬스가 졸업연설에 감명을 받
아 자기 회사 시카고 지부에서 광고기획자
로 일해달라고 함.

상사와의 불화 등으로 크로웰 광고회사를 **1901**
떠남. 기숙학교 동창 마르코 매로의 권유로
프랭크 B. 화이트 광고회사에 취직, 다양한
광고 카피와 칼럼 등을 쓰게 됨.

클라이드의 친구 집에 놀러 갔다가 오하이 **1903**
오 주 톨레도의 부유한 사업가 딸인 코넬리

아 프랫 레인을 만남.

코넬리아 프랫 레인과 결혼해 시카고 남부의 아파트에 정착.	1904
경영 능력을 인정받고 통신판매회사인 유나이티드 팩토리스 컴퍼니의 사장으로 취임해 클리블랜드로 이사.	1906
아들 로버트 레인 출생. 사업의 스트레스로 신경쇠약 발병. 유나이티드 팩토리스 컴퍼니 사장직을 사임하고 오하이오 주 일리리아로 이사. 철도가 보이는 곳에 창고를 임대하고 앤더슨 매뉴팩처링 컴퍼니를 설립해 '루프픽스'라는 방수페인트를 통신판매하기 시작.	1907
아들 존 셔우드 출생.	1908
딸 매리언 출생. 페인트 판매 사업은 대성공을 거두고, 투자회사인 아메리칸 머천트 컴퍼니와 합병까지 성사시킴.	1911
"발이 점점 더 축축하게 젖고 있어"라는 말을 남기고 사무실에서 나가 실종되었다가 나흘 뒤 클리블랜드의 약국에 나타나 자기가 누군지 알 수가 없다면서 도움을 요청함. 휴론 로드 종합병원에 입원했으나 아내의 얼굴도 알아보지 못함. 그 후 사업을 그만두고 전업 작가로 전환.	1912
2년 전부터 별거 상태에 있던 코넬리아 프랫 레인과 이혼하고 두 번째 아내이자 정부였던 조각가 테네시 클라플린 미첼과 결혼. 첫 소설《윈디 맥퍼슨의 아들》출간.	1916 《윈디 맥퍼슨의 아들》

	1917	《행진하는 병사들》
소설 《행진하는 병사들》 출간. 이 시기까지의 작품은 습작으로 간주됨.		
월트 휘트먼의 영향을 받은 첫 시집 《미국 중서부의 돌림노래》 출간.	1918	《미국 중서부의 돌림노래》
연작단편집 《와인즈버그, 오하이오》 출간. 여기 수록된 〈손〉이 처음 쓴 단편이라고 함.	1919	《와인즈버그, 오하이오》
소설 《불쌍한 화이트》 출간.	1920	《불쌍한 화이트》
단편집 《달걀의 승리: 시와 단편으로 미국인의 삶을 포착한 단상 모음》 출간.	1921	《달걀의 승리》
새로운 성적 자유를 다룬 소설 《수많은 결혼들》 출간. F. 스콧 피츠제럴드로부터 "앤더슨 최고의 소설"이라는 찬사를 들음. 단편집 《말〔馬〕과 사람》 출간.	1923	《수많은 결혼들》 《말과 사람》
테네시 클라플린 미첼과 이혼. 미첼과 이혼 전부터 사귀고 있던 윌리엄 포크너의 친구 엘리자베스 노마 프롤과 세 번째로 결혼. 뉴올리언스로 이주, 프렌치쿼터 중심부 잭슨스퀘어의 폰탈바 아파트에 정착. 윌리엄 포크너, 칼 샌드버그, 에드먼드 윌슨 등 여러 작가들과 어울림. 회고록 《어느 이야기꾼의 이야기》 출간.	1924	《어느 이야기꾼의 이야기》
뉴올리언스의 경험과 1920년대의 새로운 성적 자유를 다룬 《어두운 웃음소리》 출간, 앤더슨 생전 유일하게 출간 당시 베스트셀러에 오름. 에세이집 《현대의 작가》 출간.	1925	《어두운 웃음소리》 《현대의 작가》
반자전적 소설 《타르: 중서부의 유년기》와 회고록 《셔우드 앤더슨의 공책》 출간.	1926	《타르》 《셔우드 앤더슨의 공책》

시집 《신약성서》 출간.	1927	《신약성서》
두 개의 자전적 작품으로 구성된 장편 《앨리스와 잃어버린 소설》, 신문기사 모음집 《헬로, 타운즈!》 출간.	1929	《앨리스와 잃어버린 소설》 《헬로, 타운즈!》
논픽션 에세이집 《아메리칸 컨트리 페어》 출간.	1930	《아메리칸 컨트리 페어》
에세이집 《아마도 여자들은》 출간.	1931	《아마도 여자들은》
세 번째 아내 엘리자베스 프롤과 이혼. 소설 《욕망을 넘어》를 당시 연인이던 엘리너 코펜헤이버에게 헌정.	1932	《욕망을 넘어》
네 번째 아내이자 마지막 아내인 엘리너 코펜헤이버와 결혼. 단편집 《숲 속의 죽음 외》 출간.	1933	《숲 속의 죽음 외》
에세이집 《허세는 금물》 출간.	1934	《허세는 금물》
프리랜스 칼럼니스트로 언론사에 기고를 해 오다가, 버지니아 주 프랭클린 카운티로 취재차 파견되어 밀수업자들과 갱스터들에 대한 대규모 재판을 취재, 〈거대한 밀수작전〉이라는 유명한 기사를 씀. 에세이집 《어리둥절한 아메리카》 출간.	1935	《어리둥절한 아메리카》
소설 《키트 브랜든: 어떤 초상》 출간.	1936	《키트 브랜든》
희곡집 《희곡, 와인즈버그 외》 출간.	1937	《희곡, 와인즈버그 외》
에세이집 《리얼리즘에 대한 어느 작가의 개념》 출간.	1939	《리얼리즘에 대한 어느 작가의 개념》

포토에세이 《홈타운》 발간.

3월 8일 남미 크루즈 여행을 떠났다가 실수로 이쑤시개를 삼켜 장에 천공이 생기는 바람에 향년 65세에 파나마 콜론에서 복막염으로 사망.

| 1940 | 《홈타운》 |
| 1941 | |

옮긴이 김선형

서울대학교 영어영문학과를 졸업하고 동 대학원에서 박사 학위를 받았다. 현재 서울
시립대학교 연구 교수로 재직 중이다. 2010년 유영번역상을 받았다. 옮긴 책으로《수
전 손택의 말》《은하수를 여행하는 히치하이커를 위한 안내서》《실비아 플라스의 일기》
《시녀 이야기》《스쿠루테이프의 편지》《빌러비드》《재즈》등이 있다.

세계문학의 숲 049

와인즈버그, 오하이오

2016년 1월 29일 초판 1쇄 인쇄
2016년 2월   5일 초판 1쇄 발행

지은이 | 셔우드 앤더슨
옮긴이 | 김선형
발행인 | 이원주

발행처 | (주)시공사
출판등록 | 1989년 5월 10일(제3-248호)

주소 | 서울특별시 서초구 사임당로 82(우편번호 137-879)
전화 | 편집 (02)2046-2869·영업 (02)2046-2800
팩스 | 편집 (02)585-1755·영업 (02)588-0835
홈페이지 | www.sigongsa.com
세계문학의 숲 홈페이지 | www.sigongclassic.com

ISBN 978-89-527-7532-0(04840)
         978-89-527-5961-0(set)

고 전 의 경 계 를 넘 어 내 일 을 여 는 문 학

001 베를린 알렉산더 광장 1, 2
알프레트 되블린 | 안인희 옮김
제임스 조이스의 《율리시스》에 비견되는,
독일어로 현대를 묘사한 가장 중요한 작품
*노벨연구소 선정 최고의 세계문학 100선

003 어느 영국인 아편쟁이의 고백
토머스 드 퀸시 | 김석희 옮김
아편 방울에 담아낸 19세기 영국 문화의
낭만적 트라우마

004 차가운 밤
바진 | 김하림 옮김
격동하는 중국 현대사를 관통하는, 중국 3대
문호 바진 최후의 역작

005 인간실격
다자이 오사무 | 양윤옥 옮김
전후 일본 문학사에 1천만 부 판매라는 경
이로운 기록을 남긴 놀라운 고전
다자이 오사무 평론가 오쿠노 다케오 해설 전문 수록

006 나사의 회전
헨리 제임스 | 정상준 옮김
독자의 사고마저 조종하는 교묘한 서술 기
법이 빛나는 헨리 제임스의 대표작

007 아서 왕 궁전의 코네티컷 양키
마크 트웨인 | 김영선 옮김
마크 트웨인의 탁월한 상상력과 대담한 유
머가 돋보이는 미국 문학 사상 가장 위대
한 풍자소설

008 방문객
콘라드 죄르지 | 김석희 옮김
헝가리 현대문학계의 살아 있는 거장, 콘
라드 죄르지의 대표작

009 개들이 본 세상
미겔 데 세르반테스 | 박철 옮김
근대소설의 개척자 세르반테스의 작가정
신과 결출한 이야기꾼으로서의 면모를 보
여주는 단편 선집

010 밤으로의 긴 여로
유진 오닐 | 김훈 옮김
오랜 슬픔을 피와 눈물로 써내려간, 미국
현대극의 아버지 유진 오닐의 자전적 희곡
*노벨문학상 수상작가
*1956년 퓰리처상 수상작

011 생사의 장
샤오홍 | 이현정 옮김
중국의 대문호 루쉰이 인정한 천재 여류작
가 샤오홍의 대표작

012 독일. 어느 겨울동화
하인리히 하이네 | 김수용 옮김
독일이 배출한 가장 우아하고 대담한 예술
정신, 하인리히 하이네의 진면목
*연세대학교 선정 고전필독서 200선

013 지옥변
아쿠타가와 류노스케 | 양윤옥 옮김
압도적인 재기와 선명한 필력으로 완성한
아쿠타가와 류노스케 단편문학의 정수

014 페르미나 마르케스 국내초역

발레리 라르보 | 정혜용 옮김

《젊은 예술가의 초상》을 있게 한, 20세기
청춘소설의 효시

*20세기 전반기 가장 위대한 소설 12선

015 굴뚝 청소부 예찬

찰스 램 | 이상옥 옮김

영미 수필문학의 최고봉 찰스 램이 들려주
는 빛나는 생활인의 예지

영미문학연구회 선정 최고의 번역자 이상옥 교수 편역

016 오만과 편견

제인 오스틴 | 고정아 옮김

사람들이 사랑하고 결혼하는 한 영원토록
사랑받을 고전

버지니아 울프의 〈제인 오스틴론〉 수록

*국립중앙도서관 선정 청소년 권장도서 50선
*미국대학위원회 선정 SAT 추천도서
*서머싯 몸이 선정한 세계 10대 소설
*노벨연구소 선정 최고의 세계문학 100선
*BBC 선정 영국이 가장 사랑한 책 2위

017 여인들의 행복 백화점 1, 2 국내초역

에밀 졸라 | 박명숙 옮김

백화점을 둘러싼 다양한 인간 군상을 완벽
하게 그려낸 에밀 졸라의 숨겨진 걸작

019 동물 농장: 어떤 동화

조지 오웰 | 권진아 옮김

권력과 인간 본성에 대한 근원적 탐구로
이루어낸 20세기 정치풍자소설의 고전

〈동물 농장〉의 출간 비화를 밝히는 조지 오웰과 T. S. 엘
리엇의 편지 수록

*BBC 조사 '지난 천 년간 최고의 작가' 3위
*타임 선정 20세기 100대 영문소설
*모던라이브러리 선정 최고의 영문소설 100선
*미국대학위원회 선정 SAT 추천도서
*한국 문인이 선호하는 세계문학 100선

020 이방인

알베르 카뮈 | 최수철 옮김

출간 자체로 하나의 사회적 사건이 된 알
베르 카뮈의 대표작

소설가 최수철의 번역으로 새롭게 소개되는 《이방인》

*노벨문학상 수상작가
*연세대학교 선정 고전필독서 200선
*미국대학위원회 선정 SAT 추천도서
*노벨연구소 선정 최고의 세계문학 100선
*르 몽드 선정 20세기 100대 명저 1위
*조선일보 101 파워클래식 선정도서

021 베르길리우스의 죽음 1, 2

헤르만 브로흐 | 김주연 신혜양 옮김

로마 최고의 시인 베르길리우스 최후의 순
간을 통해 삶과 죽음, 예술과 인생의 관계
를 재조명한 유럽 모더니즘의 걸작

023 댈러웨이 부인

버지니아 울프 | 이태동 옮김

시처럼 아름답고 투명한 문체와 존재에 대
한 비범한 탐구, 20세기 영미문학의 신기
원을 이룬 탁월한 소설

*타임 선정 20세기 100대 영문소설
*노벨연구소 선정 최고의 세계문학 100선
*뉴스위크 선정 세계 100대 명저

024 슈테른하임 아씨 이야기 국내초역

조피 폰 라 로슈 | 김미란 옮김

《젊은 베르터의 고뇌》에 영감을 준 독일 낭
만주의 소설의 효시

025 적지지련

장아이링 | 임우경 옮김

《색, 계》의 작가 장아이링이 섬세한 시선으
로 포착한 격동의 중국 현대사

026 내 책상 위의 천사 1, 2

재닛 프레임 | 고정아 옮김

재앙과도 같던 젊은 시절에서 길어올린 20세
기 가장 위대한 자전소설, 뉴질랜드의 국민
작가 재닛 프레임 대표작

*1989년 커먼웰스상 수상작

028 크리스마스 캐럴: 유령 이야기

찰스 디킨스 | 정은미 옮김

산타클로스, 크리스마스트리와 더불어 크

리스마스의 상징이 된 디킨스의 대표작

*BBC 선정 영국이 가장 사랑한 책 100선
*BBC 조사 '지난 천 년간 최고의 작가' 5위

029 젊은 예술가의 초상

제임스 조이스 | 장경렬 옮김

《데미안》과 어깨를 나란히 하는 20세기 최고의 지적 성장소설

*모던라이브러리 선정 최고의 영문소설 3위
*국립중앙도서관 선정 고전 100선
*서울대학교 권장도서 100권
*국립중앙도서관 선정 청소년 권장도서 50선
*미국대학위원회 선정 SAT 추천도서

030 미래의 이브 국내초역

오귀스트 빌리에 드 릴아당 | 고혜선 옮김

인조인간과의 사랑을 본격 소재로 하여 펼쳐지는 SF의 전설적인 고전

031 비전

윌리엄 버틀러 예이츠 | 이철 옮김

노벨문학상에 빛나는 위대한 시인 예이츠의 오랜 꿈과 예언이 담긴 마지막 걸작

*노벨문학상 수상작가

032 미친 사랑

다니자키 준이치로 | 김석희 옮김

일본 탐미주의문학의 상징 다니자키 준이치로의 대표작

033 제7의 십자가 1, 2

안나 제거스 | 김숙희 옮김

반파시즘과 반독재의 상징이 된 기념비적 작품이자 사회주의 리얼리즘의 걸작

035 귀여운 여인

안톤 체호프 | 김규종 옮김

세계 3대 단편작가 안톤 체호프의 문학을 한눈에 조망할 수 있는 걸작 선집

036 열두 개의 의자 1, 2

일리야 일프·에브게니 페트로프 | 이승억 옮김

유쾌한 두 천재 작가의 만남으로 탄생한

소비에트 문학사상 가장 통쾌한 소설

038 밤은 부드러워 1, 2

F. 스콧 피츠제럴드 | 공진호 옮김

집필 기간 9년, 17번의 개고를 거쳐 탄생한 피츠제럴드 문학의 결정판

*모던라이브러리 선정 최고의 영문소설 100선

040 마음은 외로운 사냥꾼

카슨 매컬러스 | 서숙 옮김

고독 속에서 사랑을 갈망하는 이들의 쓸쓸한 초상, 20세기 미국 문단의 기적 카슨 매컬러스의 경이로운 데뷔작

*타임 선정 100대 영문소설
*모던라이브러리 선정 최고의 영문소설 100선
*오프라 북클럽 선정도서

041 목신 판 국내초역

크누트 함순 | 김석희 옮김

혁신적 미학으로 20세기 소설의 새로운 장을 연 노벨문학상 수상작가 크누트 함순의 대표작

*노벨문학상 수상작가

042 젊은 베르터의 고뇌

요한 볼프강 폰 괴테 | 김용민 옮김

세계 3대 시성 괴테의 첫 소설. 청년 괴테의 자전적 요소가 담긴, 질풍노도 문학의 대표작이자 서구문학사 최초의 '세계문학'

043 인간의 대지

앙투안 드 생텍쥐페리 | 김윤진 옮김

한계상황에 처한 인간의 숭고한 의지를 시적이면서 철학적인 표현으로 그려낸 생텍쥐페리의 대표작

1931년 페미나상 수상작 〈야간 비행〉 동시 수록

*1939년 아카데미 프랑세즈 소설대상
*1939년 전미도서상 수상

044 피에르, 혹은 모호함 1, 2 국내초역

허먼 멜빌 | 이용학 옮김

《모비딕》의 고독과 〈필경사 바틀비〉의 절망

이 만나다. 19세기 미국문단의 가장 이례적인
작가 허먼 멜빌의 숨겨진 걸작

046 다르마 행려 국내초역
잭 케루악 | 김목인 옮김
《길 위에서》와 함께 잭 케루악의 대표작으로
꼽히는 장편이자 혹독한 삶의 체험으로서의
방랑을 그린 케루악 문학의 정수

047 지킬 박사와 하이드 씨
로버트 루이스 스티븐슨 | 권진아 옮김
뮤지컬 〈지킬 앤 하이드〉 원작. 인간 내면의
악이라는 인류 최고의 악몽을 형상화한 신화
적 작품
《롤리타》의 블라디미르 나보코프 평론 수록

048 좁은 문
앙드레 지드 | 이상해 옮김
사랑을 위해 자신의 온 생을 걸려 하는 소년과
그를 위해 그 사랑마저 포기하고자 하는 소
녀. 20세기 프랑스 문학의 거인, 앙드레 지드
의 대표작
*노벨문학상 수상작가

049 와인즈버그, 오하이오
셔우드 앤더슨 | 김선형 옮김
미국 현대 소설의 아버지 셔우드 앤더슨이 창
조해낸 슬프고 아름다운 그로테스크의 마을
*모던라이브러리 선정 최고의 영문소설 100선

시공사 세계문학의 숲은 계속 출간됩니다.